UNA PRISIÓN AL SOL

MISTERIOS DE LAS ISLAS CANARIAS LIBRO 3

ISOBEL BLACKTHORN

Traducido por
CELESTE MAYORGA

Para Chris Roy

Y en memoria de Octavio García, ex preso de la Colonia Agrícola Penitenciaria de Tefía, Fuerteventura, que hizo campaña por la justicia y cuyo testimonio permitió conocer la terrible historia de este campo de concentración.

NOTA DE LA AUTORA

Escribí *Una prisión al sol* para honrar y recordar a todos esos hombres encarcelados bajo el régimen del general Franco por ser homosexuales. En Fuerteventura, donde se desarrolla esta historia, las condiciones carcelarias eran brutales y se asemejaban a un campo de concentración. Hasta donde yo sé, nada sustancial sobre esta prisión se ha escrito en inglés. Toda mi investigación la realicé en español. En 2008, la historia de la prisión estalló después de que el profesor Miguel Ángel Sosa Machín entrevistara al sobreviviente de la prisión, Octavio García. Conozco la existencia de la prisión desde 1989, cuando vivía en Lanzarote y mis amigos cercanos de la isla me contaron lo que sucedió allí.

He yuxtapuesto a propósito la vida en la prisión con la actual, contrarrestando la gravedad de la situación de los presos con un toque de anticlímax en la narrativa principal, esforzándome no solo por el equilibrio, sino también por atraer la reflexión sobre quiénes éramos, quiénes somos y donde queremos estar.

Una prisión al sol es mi cuarta novela de las Islas Canarias y fue escrita siguiendo ese estilo narrativo.

Ofrezco la siguiente historia con toda sinceridad.

PARTE I

LA CASA DE CAMPO

La casa de campo tenía muros de casi un metro de grosor, un acérrimo recordatorio de lo que hacía falta para vivir allí y a lo que me negaba a acostumbrarme: el viento, el polvo, el calor, el sol abrasador. Llevo dos semanas y media en la isla y todavía no estoy seguro de qué atrae a los visitantes a ese lugar. Puedo entender a la isla en sí. Sol de invierno, playas en abundancia, mucho espacio y un ambiente seguro y relajado. Es la meca turística de las Islas Canarias, Fuerteventura. La mayoría de los turistas se encuentran acorralados en enclaves a lo largo de la costa este. Allí, en esa llanura yerma donde la vista del mar está cortada por colinas, y una cadena de montañas separa a los habitantes de las zonas más pobladas, no se puede describir como otra cosa que inhóspita. Sin embargo, allí habita la gente; el alquiler vacacional, el último de un puñado de casas de campo que se autodenomina pueblo: Tefía.

Mi escapada a la isla.

Una elección racional en el momento en que reservé. Un viernes, según recuerdo, y una triste tarde inglesa de junio, el sol luchando por enviar su luz a través de capas y capas de nubes. En mi estrecho apartamento de un dormitorio, ignorando el empañamiento de las ventanas y la radio que el inquilino de abajo insistía en tocar todo el día y la mitad de la noche, examiné la isla en pantalla y consideré mis criterios. No quería playa, ni gente, ni ruido, ni distracciones. Una lista de aspectos negativos, cierto, pero ya tenía suficiente caos dentro de mí sin sufrir la gama habitual de diversiones navideñas. Quería un retiro y estaba reservando unas vacaciones por una buena razón. Estaba reservando unas vacaciones para enderezarme.

Cuando estudié las fotos del alquiler vacacional, las numerosas habitaciones pequeñas y cuidadosamente amuebladas que parecían estar dispuestas alrededor de un patio interno, las ventanas con contraventanas, los techos con vigas, la cama con dosel y la bañera con patas, pensé que había tropezado con el alojamiento perfecto, aunque un poco grande para una persona. Las vistas de las montañas rojizas bajo un cielo brillante también me atrajeron. Pasé por alto el hecho obvio de que tal fotografía no transmitiría la dureza de un paisaje. En total, no le di más vueltas al asunto. Impaciente, reservé los vuelos y el alojamiento en menos de una hora y salí bajo la lúgubre lluvia a comprar una maleta nueva y una botella de Sancerre para celebrar.

Una semana después abordé el avión, soporté los asientos de plástico y el aplastamiento de cuerpos en la cabina y, cinco horas después, recogí un auto de alquiler en el aeropuerto. Fuerteventura me recibió con un calor veraniego de treinta y cinco grados. Tuve que ubicar el auto en algún lugar en un resplandor de metal y asfalto cuando comencé a sudar repentinamente.

Extraje el mapa que había dibujado en una servilleta de papel en el aeropuerto de Gatwick, que constaba de tres líneas de araña y un par de intersecciones, y lo usé en lugar del GPS para navegar los treinta y dos kilómetros hasta Tefía.

Más allá del bullicio de la franja costera, la isla mostró su autenticidad. Durante la duración del viaje, a través de nada más que tierra seca y rocas y montañas bajas y desoladas, dejé entrar una curiosa fascinación, la mayor parte de mí permanecía perturbada por el extraño paisaje desértico.

Una última curva y me dirigí hacia el norte a través de una llanura, siguiendo la línea de las montañas hacia el este. Cuando vi el letrero de Tefía, reduje la velocidad, sabiendo que mi alojamiento estaba cerca, buscando la cabaña, detectando su camino.

Detenido por fin, abrí la puerta del coche con una ligera brisa. La temperatura no era mucho más fresca en la llanura. Mirando hacia atrás por donde había venido, noté una neblina en el horizonte oriental. ¿Polvo? Había leído algo en uno de los sitios web turísticos sobre el polvo del Sahara.

La casa de campo era robusta y pintoresca, con un techo plano y pequeñas ventanas de varios paneles colocadas al azar en las paredes protegidas por verandas. No había ninguna casa al otro lado del camino, y detrás de la casa había un campo. Otras casas estaban esparcidas al azar.

Saqué mi equipaje del maletero, encontré las llaves debajo de la alfombra de la entrada y entré.

El interior estaba fresco, el aire refrescado con un perfume floral. Dejé mi maleta y mochila en la primera habitación en la que entré, y exploré la distribución del lugar, habitaciones que conducían a otras, el callejón sin salida ocasional, terminando en la cocina donde se había dejado una cesta en el banco.

Con curiosidad, desempaqué las golosinas, solo para descubrir que todo venía en pares, incluidas dos copas para el champán. Al ver los adornos de pareja, una mano desconsolada me apretó las entrañas. Me dirigí al dormitorio principal para encontrar dos bombones centrados en la colcha de la cama con dosel. Corazones de amor en envoltura rosa. A estas alturas, el puño había llegado a mi garganta, solté un gemido y no pude contener un torrente de lágrimas.

Soy un hombre que no es dado a las emociones e hice todo

lo posible para frenar el flujo, pero admito que se sintió bien llorar un poco, o incluso mucho. Supongo que no me había enfrentado a mi soledad hasta que me la pusieron en la cara con tanto cariño.

La cesta me mantuvo provisto durante los dos primeros días de mi estancia. Los atentos propietarios no debían saber lo aliviado que me sentí de no tener que salir de la casa de campo. Quería aventurarme y explorar mi entorno, pero había llegado con un trabajo atrasado y necesitaba deshacerme de la carga lo más rápido posible.

Soy un escritor fantasma independiente, no es mi carrera elegida, si ese trabajo puede llamarse carrera. Escribo memorias, termino novelas, escribo artículos, creo contenido para blogs y sitios web (artículos de no ficción sobre salud y dieta, consejos importantes y artículos de viajes) e incluso algún que otro cuento. El último le valió un premio al autor. Doy voces a otras personas, les ayudo a comunicar lo que necesitan decir. Trabajo para pequeñas empresas y corporaciones y para escritores con más riqueza que capacidad. En cierto sentido, es un trabajo satisfactorio y me enorgullece decir que me gano la vida dignamente, pero en el momento en que llegué a Fuerteventura había empezado a sentirme rancio.

Tenía un artículo que escribir para un sitio web de *fitness*, cinco publicaciones de blog para componer para varias empresas (el tipo de publicaciones que hago con facilidad, lo que genera una tarifa por hora medio decente) y una historia corta para completar para una mujer que no podía conjurar un final. Y pude ver por qué: era blanca y británica y había cruzado la línea de la apropiación cultural al elegir ser una australiana indígena. Peor aún, estaba escribiendo en primera persona, un movimiento culturalmente sensible, y había entrado en un peligroso territorio post-Shriver. Me sentí incómodo manteniendo la pretensión que ella había creado, pero estaba pagando generosamente, y siempre podía lograrlo con efectivo y, además, nadie sabría de mi participación. Mi nombre no aparecería en ninguna parte de la pieza terminada.

Ser un escritor fantasma tenía algunas ventajas.

El trabajo me mantenía en el interior mirando mi laptop. Estaba tan atrapado en el trabajo atrasado que apenas aparté la vista de la pantalla. Bien podría haber estado de vuelta en mi piso de mala muerte en el oeste de Londres.

El segundo día, a medida que pasaban las horas, la irritación me carcomía. Había guardado el cuento para el final y me encontré caminando penosamente a través de la maleza del desierto australiano en el calor abrasador, muy consciente de un paisaje similar fuera de mi puerta principal, sudando a medida que el día se hacía más caluroso, recordándome a mí mismo que la protagonista probablemente no estaría sufriendo tanto, probablemente no se sentía pegajosa e irritable. Probablemente estaba completamente a gusto mientras el sol se ponía, pero ¿qué iba a saber yo? ¿Los australianos indígenas se queman con el sol? ¿Sufren los indígenas australianos un golpe de calor? Internet no parecía saberlo. Me sentí grosero, posiblemente racista incluso al preguntar.

Me las arreglé para insertar los párrafos que le faltaban al borrador y pulir el final al que le faltaba dinamismo, pero cuando presioné Guardar y luego Enviar, me recordé a mí mismo que trabajar no era para lo que había venido aquí y necesitaba establecer algunos límites, ignorar los trabajos de escritura fantasma que llenaban mi bandeja de entrada.

Había reservado una estancia de tres meses porque pensé que sería tiempo suficiente para escribir algo por mí mismo. No hay mejor manera de suavizar las cicatrices de la batalla de la vida y encontrar la paz interior que componer una obra de ficción del tamaño de un libro en el aislamiento monástico lejos de la vida cotidiana.

El retiro del escritor.

La mayoría de los escritores en retiro ya tienen una idea

clara de en qué planean trabajar. Yo no. Sabía de qué no se trataría la novela. No me basaría en mis propias experiencias, recientes o de mi infancia. Era enfático sobre eso. Dejaría la autocanibalización a otros. Tampoco ahondaría en los géneros. Compondría algo literario, contemporáneo, con un toque de historia. No estaba pensando en ventas o premios. Quería la satisfacción de ver mi propio nombre en la portada. Quería llamarme a mí mismo un autor.

Por lo tanto, mi problema era el de la página en blanco. Me faltaba inspiración y no tenía idea de dónde buscarla. Todo lo que sabía era que no encontraría esa inspiración dentro de mí. No tenía nada en mi composición que pudiera formar la base de una buena historia, punto.

Pasé el resto del día paseando por la casa de campo, de pie en las distintas habitaciones, tratando de imaginar quién había vivido allí. Una familia grande. Agricultores. Gente tradicional. Aburridos. La tarde se convirtió en noche y ni siquiera había conjurado un personaje.

Temprano a la mañana siguiente, al ver que me había comido todo el contenido de la cesta, me aventuré a entrar en el pueblo, aprovechando el relativo fresco del día. El paseo me llevó más allá de algunas viviendas de aspecto destartalado, casas blancas con ventanas cerradas, austeras, sin lujos, la mayor parte del pueblo se extendía desordenadamente a ambos lados de la carretera arterial.

La tienda estaba ubicada en el otro extremo del pueblo, alejada de la carretera frente a una parada de autobús. En el interior, los estantes estaban sorprendentemente bien surtidos. Compré pan local, queso, tomates, cebollas, ajo y huevos, junto con un trozo de chorizo, dos latas de atún y tres botellas de un vino tinto que sonaba prometedor. La mujer que me atendió fue amable y le dediqué mi sonrisa más cálida. Un alma benévola, su ancho rostro se iluminó con el mío, pero no pude entender nada de lo que dijo. Saqué mi billetera y le ofrecí lo que pensé que era lo suficientemente cerca de la cantidad correcta. Ella llevó los billetes al cajón de la caja registradora y luego colocó algunas monedas en mi palma. Gracias, dije, sin duda espantosamente. De nada. Luego, «Hasta luego», que pronunció en un tono monótono entrecortado, y me di cuenta de que compartíamos la misma desventaja.

En el tiempo que había tardado en comprar, el sol había reunido sus fuerzas y ahora mordía. En el camino de regreso a la casa, que duró cinco minutos, me empujó una brisa autoritaria. Las montañas llamaron mi atención. Disfruté vagamente distinguiendo los distintos tonos de marrón pálido.

En Fuerteventura, el ojo no tiene más remedio que sintonizar con el color marrón y discernir los matices. Quizás estemos predispuestos a encontrar la belleza donde sea que podamos, pero sería estirar el concepto para describir bello el paisaje alrededor de Tefía. Era todo menos eso. «Desolado» etiqueta mejor el lugar, y me sentí aliviado al encontrarme de nuevo en la casa de campo, que ya se sentía como un santuario contra los elementos.

Examinando mis escasas compras, dándome cuenta de que me ayudarían a pasar el almuerzo y posiblemente la cena, pero un poco más lejos, y sabiendo que no planeaba ir a la tienda local todos los días, decidí hacer una compra de comestibles adecuada esa tarde. Pensé que después de todo, tenía un coche de alquiler y planeaba usarlo.

La recepción de Internet en Tefía me pareció excelente. Me conecté a Internet y no tuve problemas para encontrar un supermercado de tamaño decente. Tenía dos opciones para elegir. Podría dirigirme hacia el norte hasta Lajares o hacia el sur hasta Antigua, en cualquier ruta en coche a través de campo abierto. Elegí la ruta del sur porque era bastante más corta. Después de almorzar una baguette rellena de queso, atún y rodajas gruesas de cebolla y tomate, una combinación que resultó difícil de comer, escribí una lista de compras completa.

Pensé en todas mis necesidades y lo que quería, y los anoté en grupos discretos: productos secos, latas, fiambres, carnes, verduras congeladas y frescas.

Soy uno de esos maridos de casa acostumbrados a la tienda de comestibles. No soy un navegador y no me entretengo mucho. Me gusta entrar y salir en el menor tiempo posible. Es una especie de deporte para mí. Un juego. Nunca he recurrido a un cronómetro, no lo llevaría tan lejos, pero resalta mi lado competitivo y me enorgullece pensar en lo eficiente que soy. El único desafío al que me enfrenté esta vez fue el idioma. Necesitaba superar el nivel básico de mi curso de idiomas en línea gratuito si quería ser algo más que mudo cuando se trataba de comunicarme con los nativos.

El viaje resultó más agradable de lo previsto. Había algunas vistas fascinantes a lo largo del camino hacia el sur, y el paisaje árido comenzó a tener cierto atractivo, aunque solo fuera por su absoluta uniformidad. Más campos secos y montañas áridas en cada curva. Y las montañas volvieron a robar la atención. Ninguna de ellas era tan alta, pero sus formas eran visibles en su totalidad, no había nada creciendo en sus flancos. Ese día, descubrí que había algo absorbente en ellas a nivel estético, y sentí los débiles movimientos de la musa. Aunque necesitaría mucha más inspiración de la que podría proporcionar un paisaje, por inhóspito o absolutamente magnífico que fuera, antes de que pudiera siquiera empezar a pensar en escribir una novela.

En Antigua, el supermercado era fácil de encontrar. Entré y salí en menos de media hora con una gran carga. Cuando abrí la puerta del lado del conductor supe que la próxima vez tendría esa media hora reducida a veinte minutos. Escribiría mi lista de compras en el orden de los pasillos.

Me sentí triunfante en el camino a casa. Ni siquiera me importaba el calor.

Hay algo reconfortante en un refrigerador y una despensa

bien surtidas, la idea de que no hay necesidad de salir de casa. Liberador también, dejándome libre para pensar en asuntos importantes. Sobre todo, si salía, quería que fuera por algo placentero, algo interesante. No para una tarea.

Con los comestibles guardados, miré fijamente las horas sin nada por delante y me pregunté cómo ocuparía el tiempo. Tenía ganas de hablar con alguien, pero en esos primeros días de mi estadía me abstuve de dejar que Jackie y los niños o incluso mi mejor amiga, Angela, conocieran mi excelente conectividad, prefiriendo dejarles pensar que había adoptado un estilo de existencia ermitaño y me había comprometido a guardar silencio. Que se preguntaran cómo me estaba yendo. Que todos me extrañaran.

Mientras deambulaba de habitación en habitación, comencé a saborear la soledad. Era refrescante tener espacio a mi alrededor, tanto dentro de la casa como en la llanura, un espacio que actuaba como un bálsamo. Me senté en una habitación y luego en otra, pasando el tiempo suficiente en el patio interior, ya que era bueno para mi salud. Debo haber ocupado todos los asientos del lugar al final de la tarde, y deposité algo mío (un libro, una revista, un dispositivo) en cada habitación, cuidadosamente centrado en una mesa o apoyado en el brazo de una silla.

Esa tarde, la puesta de sol fue tremenda. Bandas de un profundo carmesí barrieron el cielo, distrayéndome mientras preparaba un chorizo y pasta horneada. Cuando el plato estuvo en el horno, me serví una copa grande de vino tinto y luego me paré en la ventana de la cocina y bebí un sorbo mientras observaba los colores cambiantes, la profundización, el desvanecimiento en la noche.

Más tarde esa noche, tuve mucho placer contemplando las estrellas. El cielo estaba especialmente despejado, y después de divisar el firmamento en la porción que brindaba el patio, salí y me quedé al aire libre y me empapé de los pinchazos centelleantes en sus diversos arreglos, un recordatorio de las maravillas del universo que desconocemos a la luz del día. Finalmente, me sentí somnoliento y me fui a la cama.

El dormitorio, con su cama con dosel centrada contra la pared este, era la característica definitoria de la casa de campo. La decoración era agradable, bloques de colores fuertes, sin adornos, sin encajes. En esos primeros días de mi estadía, disfruté estar en esa habitación. Nunca antes había dormido en una cama con dosel y me iba a dormir cada noche sintiéndome como un rey.

Al día siguiente, me desperté al amanecer. Me senté en la cama y luego fui y miré por la ventana. La vista no me pareció nada digna de mención, salvo un molino de viento solitario encaramado en una colina a media distancia. Un objeto robusto, probablemente no en uso, sus hojas todavía quietas en el viento. Siendo el único rasgo de interés más allá de las paredes de la granja, mi mirada permaneció atraída y presioné mi rostro contra el vidrio como para acercarme.

Mi curiosidad se hizo más fuerte y me sentí obligado a desenterrar los secretos del molino de viento. ¿Cuál era su historia? Debía tener una. Una ligada a la historia antigua de la isla y las prácticas agrícolas locales. No es exactamente el combustible para cualquier tipo de historia que yo pudiera redactar, pero, de nuevo, no debería prejuzgar. Además, no había forma de saber qué podría encontrar allí que pudiera estimular la inspiración: un pañuelo caído, una billetera caída, el chip de algún artefacto, cualquier cosa que pudiera provocar esa chispa interior.

Habiendo razonado las cosas, decidí aventurarme a través de la llanura polvorienta e investigar.

EL MOLINO DE VIENTO

Yo era un hombre con una misión. Mi primera exploración real de lo que la isla tenía para ofrecer y, a pesar de la corta distancia, la caminata hasta el molino de viento se sintió como una expedición. Necesitaba estar preparado. Necesitaba sustento, sobre todo.

Después de sumergirme en una tarrina de yogur de fresa, comí un plato de pasta fría horneada, sobras de la noche anterior. Luego lavé las cucharas y el plato y los dejé escurrir, me di una ducha fría y me puse unos pantalones deportivos cortos y una camiseta. Atuendo de turista. No pude evitar ser consciente de lo blanca que se veía mi piel. Miré con horror en el espejo del dormitorio, dos piernas delgadas y un par de brazos flácidos que se asomaban por los agujeros de las extremidades de mi ropa. Llevaba demasiada carne alrededor de mi cintura. Carne que estaba cubierta por mi camiseta pero no oscurecida.

Aspiré mi panza con auto-disgusto. Me había dejado ir. La propagación de la mediana edad había llegado demasiado pronto. Tenía un infarto en ciernes, material de camilla, destinado a una tumba prematura. Demasiadas noches viendo

Netflix mientras bebía vino tinto. ¡Despiértate a ti mismo, Trevor Moore!

Peor aún, ¿no había tenido sexo en cuánto tiempo? ¿Un año? Más bien dos, y no es de extrañar. Yo era un cerdo.

Después de hacer la cama, que no pude dejar en desorden, metí los pies en un par de zapatos deportivos y salí armado solo con una botella de agua, decidido a aprovechar al máximo el vasto y vacío exterior.

La acera era estrecha, pero al menos había una. El viento llegó detrás de mí, fresco en mi piel, empujándome. El sol, todavía bajo por el este, aún no molestaba. Era agradable, la trayectoria un poco cuesta abajo, y mientras avanzaba, admiré el terreno accidentado y las montañas al sur, indistintas en la neblina de polvo.

La acera se acababa en la intersección, donde se habían restaurado restos de otro molino de viento y se decoraba el paisaje, sirviendo como una especie de monumento. Después de pararme en la esquina y notar cómo la carretera principal desaparecía a medida que se acercaba a las montañas en el horizonte sur, tomé la carretera hacia el oeste, que estaba sellada por un tramo antes de convertirse en arena.

Algo de esa arena llegó a mis zapatos deportivos, lo que hizo que la marcha fuera desagradable. En un esfuerzo por distraerme de la incomodidad, volví a enfocarme en los alrededores, diciéndome a mí mismo que en algún lugar entre el pedregal y el matorral podría ser una fuente de inspiración para una novela, si tan solo mi imaginación la encontrara.

Me concentré mucho en los detalles. Los campos a ambos lados del camino estaban sembrados de pequeñas rocas y el suelo tenía un tinte rosado. No estaba seguro de si eso era un truco de la luz porque, en el calor del día, en su conjunto, el suelo tenía un aspecto cremoso. En total, había muy pocos árboles.

La caminata duró unos quince minutos. Pasé junto a una

casa de campo en ruinas y me detuve para contemplarla, pero la morada en ruinas no logró provocar ni una chispa de entusiasmo en mi parsimoniosa musa. Justo después de las ruinas, el camino tomó un giro brusco a la izquierda y, más adelante, en una franja de grava en el más desolado de los paisajes, estaba mi destino.

El molino de viento, un objeto robusto construido con grandes piedras marrones y puntiagudo con un mortero espeso de color crema pálido, se erguía orgulloso en su arenoso vestíbulo. Las seis velas, compuestas por contraventanas de madera oscura, estaban inmóviles. El techo abovedado del molino de viento, de la misma madera oscura, formaba un casquete austero. En la parte trasera, el poste de cola estaba anclado al suelo sin la rueda del cabrestante. Un arreglo simple de rocas junto con un muro de piedra seca rodeó la base del molino de viento y completó la restauración.

Mirando a mi alrededor, supuse que el paisaje era una forma de limpiar el suelo de rocas no deseadas. Aun así, sin ningún follaje del que hablar, en absoluto, el lugar se sentía como si los trabajadores hubieran empacado y se hubieran ido después de clavar el último clavo, y el gobierno local hubiera aprobado el proyecto como un trabajo suficientemente bueno. Quizás las autoridades pensaron que nadie que pasara por Tefía se molestaría en venir aquí, pensé, ni siquiera para ver el molino de viento, sin duda la isla tiene molinos de viento mejores y más grandes en otros lugares.

Caminé alrededor de la base y luego subí los escalones que conducían a una puerta cerrada. No había nada que ver más que un atisbo del océano hacia el oeste. Hice una pausa y me sumergí en la pequeña porción de azul, disfrutando de la sensación que me daba de estar en una isla. Tierra adentro, en medio de toda la sequía, era fácil olvidar que el océano estaba allí.

Antes de irme, me senté en los escalones de piedra del

molino de viento y vacié mis zapatos. No es que tuviera mucho sentido. Tres pasos fueron suficientes para introducir más arena. Tomé un trago de mi botella de agua y eché un último vistazo a mi alrededor.

En la distancia hacia el sur había una casa de campo, e inmediatamente al norte, partiendo de la franja de grava que rodeaba el molino de viento, un camino conducía a una especie de complejo. Los propietarios habían hecho un esfuerzo por embellecerlo; flanqueando el camino había hileras de palmeras jóvenes colocadas en parterres de grava negra profunda y bordeadas de grandes piedras. Esos parterres eran una señal de importancia, como si fuera una indicación de un lugar de eminencia, incongruente con todo lo demás. Al final de una de las hileras de palmeras había una señal.

Fui y encontré una explicación de los detalles del molino de viento. Resultó que en años pasados, esta tierra seca como el polvo producía suficiente grano para justificar un molino. Increíble. Por otra parte, por supuesto, habría habido suficiente grano, abundante grano, o el molino de viento no se habría construido. Era evidente por sí mismo.

El sol empezó a calentar la piel de mi cara, cabeza y cuello, y decidí que era mejor volver a la casa de campo. Hasta el momento en que comencé a caminar de regreso, no me había dado cuenta de que todo el camino hasta el molino de viento había sido cuesta abajo. Descubrí, para mi disgusto, que el regreso era, por lo tanto, cuesta arriba, y ahora también me enfrentaba al viento tempestuoso y la marcha era mucho más difícil.

Mi paso pronto se convirtió en un trabajo penoso, y el viento pareció deleitarse en mi lucha y se fortaleció y sopló en mi cara, empujándome con fuerza en ráfagas intermitentes. Mi agradable paseo matutino adquirió las proporciones de un maratón. Cuando llegué a la casa de campo, estaba sudando y jadeando, y me dolían las piernas.

Fui y me paré en el patio interior donde me quité los zapatos, depositando la arena en la base de una planta en maceta. Estaba avergonzado de mí mismo. Dos años de miseria por litigios de divorcio y ni siquiera había caminado hasta las tiendas locales a menos de cien metros de mi pequeño y cansado apartamento en Londres. Era un hombre destrozado y mi cuerpo era un desastre. Siempre había dado por sentado mi forma física, mi tono muscular, mi relativa juventud. Encontrarme jadeando por aire como un anciano era abominable en extremo.

Después de beber dos vasos de agua en rápida sucesión, tomé una larga ducha fría y regresé al patio con mi laptop, decidido a encontrar el gimnasio más cercano.

Estaba distraído por mi bandeja de entrada. Escaneando los mensajes, deseé no haberme molestado cuando vi el correo electrónico.

No soy el tipo de hombre que otros pueden imaginar cuando piensan en un desgraciado oprimido, pero en ese momento, así es como me sentí. Siempre me he considerado normal en temperamento, no rápido para la ira, observador y distante, a diferencia de los tipos más involucrados y emocionales que parecen gravitar hacia mí como limaduras de hierro que necesitan un imán al que aferrarse. La vida, en la forma de una esposa, puede desestabilizar la compostura de un hombre en el interior donde otros no pueden ver, convirtiendo una máquina que funciona sin problemas en un lío decrépito de metal retorcido. Ella me había convertido en un montón de basura.

Ella, siendo mi ex esposa Jackie. Jackie me empujó, nos empujó, empujó a toda nuestra pequeña familia nuclear por un acantilado, y aterrizamos en una playa rocosa frente a un océano agitado, contemplando los días felices de nuestra antigua vida doméstica. Ella no pudo evitarlo, y no la culpo, estas cosas suceden después de todo, pero las consecuencias cuando trepamos por ese acantilado a un lugar seguro, fueron más de lo que cualquiera de nosotros habíamos anticipado. Como si eso no fuera lo suficientemente malo, ella me hizo escalar un acantilado diferente.

¿Qué podría querer de mí ahora? ¿Dinero? Seguramente no.

No quería mirar. Puse el correo electrónico en la carpeta con la etiqueta «pendiente».

Jackie y yo llevábamos casados más de veinte años. De hecho, fueron veinte años, dos meses y cinco días cuando pidió tiempo fuera. Lo que siguió fueron dos años más de tormento, más o menos, porque me había entrenado para ser impreciso en cuanto a la duración del divorcio, sin importarle el cuantificar las discusiones, el dolor, la angustia y la pérdida mientras peleábamos sobre la casa y los niños. Dos años y finalmente llegamos a un acuerdo, y naturalmente me encontré con mucho menos de lo que había anticipado.

Después de examinar mis opciones, que implicaban mudarme a algún condado remoto donde las carreteras eran demasiado estrechas, el clima era peor que en cualquier otro lugar y una visita al supermercado era como una expedición, presenté una oferta para una pequeña cabaña en Norfolk Broads.

La cabaña estaba muy lejos de Londres, donde Jackie y los niños estaban decididos a permanecer, pero al menos la nueva morada estaba cerca de mi amiga editora, Angela, quien había sido mi aliada más cercana desde la escuela primaria.

Indudablemente éramos cercanos, pero durante mucho tiempo, quizás demasiado, Angela y yo habíamos mantenido nuestra amistad a través de Skype y, de vez en cuando, nos poníamos al día en la vida real.

Después de la separación, Angela se convirtió en mi pilar. Generalmente le hablaba por Skype una vez a la semana. Fue la única vez que me fijé en el hombre en el que me había convertido, mi rostro una vez agradablemente aquilino, ahora estaba demacrado, los ojos hundidos y los labios hacia abajo. Un cuadrado pequeño y deprimente de mí y una gran imagen de ella, toda de rostro redondo y ojos alegres.

Durante todo el episodio del divorcio, Angela insistió en que estaba pasando por una crisis de la mediana edad. El término me hizo sentir como un cliché. En las últimas semanas antes de volar a Fuerteventura, ella también se aseguró de contarme mis defectos. He estado aumentando de peso (lo sabía), necesitaba un corte de pelo (estaba cultivando el aspecto desaliñado) y, si me veía con esa camiseta gastada y delgada de Jimi Hendrix una vez más, haría el viaje de tres horas en coche desde Norfolk y la arrancaría de mi espalda. Me la compró para mi cumpleaños dieciocho.

Angela era el tipo de mujer que caminaba por la vida. Siempre elegante con sus pantalones negros y blusas ceñidas al cuerpo, rebosaba seguridad en sí misma. Ella era quien era y no se disculpaba por ello. Su cabello nunca estaba peinado. No llevaba maquillaje. Su esposa, Juliette, usaba las faldas.

Estuve en su boda, uno de los pocos hombres heterosexuales que asistieron que se sintieron extrañamente amenazados (una reacción resumida) por un conocido, Simon, un editor comisionado de Hedgehog Pie Press que me susurró con un insulto ebrio: «Si esto del matrimonio sexual se pone de moda, seremos redundantes». Me reí para ser cortés, pero en ese instante, vi que mi propio malestar tenía la misma fuente. Dejé que Simon bebiera champán y sirviera sus bromas inapropiadas en otro lugar, y encontré un rincón tranquilo del salón del pueblo en el que recuperar mi ecuanimidad.

Jackie había anunciado que quería divorciarse durante el desayuno esa misma mañana, mientras salaba su huevo duro. Las duras palabras cayeron como piedras en mi tazón de cereal.

—Ya no tenemos nada en común.

—¿Qué te hace decir eso?

Hizo una pausa, con una cuchara de huevo en el aire.

—He estado pensando durante mucho tiempo que nuestra relación ya no funciona. ¿No crees que estamos en una rutina?

—No, no lo creo, como sucede.

Ella no estaba escuchando.

—Los niños son casi adultos, así que ahora es un buen momento.

—¿Lo es?

Ella se puso reflexiva en ese momento. Empecé a pensar que estaba leyendo un guión que había escrito y ensayado.

—Creo que nos casamos demasiado jóvenes. Nos hemos distanciado.

—Tenemos mucho en común.

—Mira, Trevor, necesito redescubrirme a mí misma.

Quedó claro que ella no iba a tolerar mis comentarios defensivos. En lo que a ella respectaba, nuestro matrimonio había terminado. Tenía todos los tópicos. Pero la verdad era que ella había encontrado a Megan, había despertado su deseo y quería explorar ese lado de su sexualidad. Sintiendo la necesidad de confesar los hechos fríos y duros, aunque solo sea para asegurarse de que no podríamos salvar lo que teníamos, dijo: «Siempre he sido bisexual, lo sabes. Pero esto es diferente. Megan es la indicada. Con ella, realmente puedo ser yo».

Jackie podía ser despiadada con su honestidad. Por eso era buena en su trabajo. Era gerente de recursos humanos. Gracias a sus ingresos sustanciales, pude seguir mi propia carrera, aunque no estaba seguro de darle a la escritura fantasma un estatus tan alto.

No mucho después de la boda de Angela y Juliette, nos separamos, o mejor dicho, Jackie me pidió que me mudara para que Megan pudiera mudarse. Ella anunció ese plan junto con un saco lleno de racionalizaciones cuando estaba adecuadamente fortificada con una gran copa de Rioja.

Le obedecí, siempre el pacificador. No fue hasta que los

abogados intervinieron con un consejo que comenzó la disputa y estalló la acritud.

Escondido en un miserable apartamento de Londres, crecieron mis frustraciones con mi fantasmal existencia como escritor. Pronto se convirtieron en el tema principal de conversación cuando hablaba con Angela. Quiero mi nombre en la portada, por una vez. Entonces escribe el maldito contenido, decía ella con total naturalidad. Pero, ¿qué escribiría?

Angela sugirió que reservara una escapada. Para entonces, el contrato de arrendamiento de mi apartamento había terminado y no debía tomar posesión de mi nuevo hogar hasta dentro de tres meses. Jackie y Megan estaban metidas en los planes de la boda, y los niños, Ian y Felicity, estaban demasiado ocupados con sus propias vidas de adolescentes como para prestar mucha atención.

¿A dónde iría? ¿Shetland? No seas ridícula. En ningún lugar tropical, le dije, no me gusta la humedad. ¿Has pensado en Canarias? No quiero multitudes. Entonces prueba Fuerteventura. ¿Qué hay ahí? Playas principalmente. No me gustan las playas. ¿A qué te dedicas? Aislamiento. Entonces encontré el lugar adecuado. Y me envió el enlace al cortijo de Tefía por Skype.

Angela era de la opinión de que yo tenía problemas sin resolver enterrados profundamente en mi psique. Angela diría eso. Era una de esas mujeres un poco mayores y mucho más sabias que los hombres que conocía. Dirigía una pequeña imprenta desde su casa en Norwich. Tenía cuarenta autores y actuaba como una especie de matriarca benevolente, suavizando sus preocupaciones con consejos, sugerencias y montones de simpatía. Cuando empezaban a enorgullecerse, ella insistía en que la mejor manera de progresar como autor era escribir otro libro, lo que luego hacían diligentemente, y la ansiedad por la falta de ventas del último se desvanecía. Angela luego exhalaba un suspiro de alivio y todos estaban felices, por un tiempo. Funciona todo el tiempo, decía ella. Angela pensó que yo debería hacer lo mismo y escribir un libro. Me dijo que consideraría publicar lo que se me ocurriera. Incluso me ayudaría a darle forma al manuscrito, si lograba producir uno. Dijo que escribir una novela me ayudaría a aceptar mis demonios internos y seguir adelante.

¿Qué demonios internos?

Lo cual supongo que fue en parte la razón por la que no tenía la intención de buscar dentro de mí mismo para idear una trama. Eso, y ya sabía que estaba equivocada; no había nada en mí que no hubiera resuelto ya. Mucho antes me había ocupado de lo que en esencia me definía como ser humano: mi diferencia.

INFANCIA

Fue la tía Iris quien dijo que yo era diferente. Crecí con esa sensación de alteridad superpuesta en mi psique por mi pariente autoritario, destacado del resto de la familia en nuestra casa unifamiliar en Heene Way, una calle arbolada en el extremo acomodado de West Worthing, Sussex, después de que mi padre se escapara con la vecina. La familia parecía querer culpar a alguien. No podía entender por qué me eligieron, aparte de que era el único hombre que quedaba en la casa. Todo lo que sabía era que pasé de ser un niño feliz e inocente a un niño infeliz con la carga de observar las emociones torturadas de los demás.

Mi madre estaba fuera de sí. Ella era una católica respetuosa de Dios que rechazó el divorcio de su esposo. Consumida por la vergüenza, no encontró consuelo en la misa ni en la confesión ni en las simpatías de su sacerdote. En cambio, empezó a beber en exceso y, cuando no bebía, se sentaba en una silla y miraba fijamente una pared sin comprender. Se habían eliminado todas las fotografías de la familia. Mi hermana, Marnie, que tenía trece años cuando ocurrió la terrible traición, comenzó a frotarse los antebrazos con cuchillas de varios tipos y decidió que ya no necesitaba comer, hábitos que alarmaron a la tía Iris, que se había mudado para ayudar.

No pude ver que Iris ayudara en absoluto excepto para atender las tareas del hogar. Junto con el ambientador dulce y enfermizo que rociaba por todas partes, infundió la atmósfera ya turbulenta con su propia histeria, porque era un poco histriónica, era Iris.

Hice lo que haría cualquier chico sensato de mi edad. Me retiraba a mi habitación. Era el único curso de acción disponible para mí, ya que no era del tipo que huye. Instalado en el dormitorio más pequeño de la casa, enterraba mi mente en libros y cómics y, en los días en que no llovía y sentía la necesidad de aire fresco, me escondía en el jardín trasero o montaba mi bicicleta por las calles de mi barrio.

Yo era un chico normal, ni tímido ni extrovertido, y la única diferencia que podía ver entre la familia con la que tenía la desgracia de vivir y yo era que no me revolvía, ni sangraba, ni me encogía, ni gemía, ni me enfurruñaba ni me tambaleaba.

Siempre me han disgustado los extremos: el calor extremo, el frío extremo y, sobre todo, las demostraciones salvajes de emociones. Mi preferencia por la uniformidad se extiende a mi entorno. Me gusta mi tierra ondulada, mi océano en calma, mi entorno limpio y suave. Incluso a los nueve años, hacía mi cama todas las mañanas y mantenía mi habitación ordenada. Acomodaba mis libros en orden de tamaño en una sola estantería. En el estante de arriba, ordenados en grupos prolijos, se exhibían mis autos antiguos. Mi padre me los había regalado, pero nunca jugué con ellos. Mi juego de ajedrez, dominó, borradores y Monopoly estaban cuidadosamente apilados en el estante inferior al lado de mi alcancía.

Prefería visitar las casas de mis amigos, en lugar de que entraran en la mía, por temor a que se encontraran con mi madre, la tía Iris o mi hermana en un estado, o que convirtieran mi habitación en una a través de juegos bulliciosos. A la tía Iris le gustaba decirme que era demasiado solitaria y que debería invitar a los chicos. Para apaciguarla, invitaba a mi mejor amigo, Vince, de vez en cuando, pero sobre todo yo iba a su casa.

Vince, un niño astuto y perspicaz, vivía en la calle de al lado y lo conocía desde mi primer día en la escuela. Vince era mi confidente, y resumió maravillosamente mis circunstancias domésticas una vez cuando teníamos unos trece años, diciendo que yo era el chivo expiatorio. Creo que estábamos aprendiendo sobre las guerras mundiales en historia, y aplicó el término a mí. Reflexioné un poco sobre su comentario, llevándomelo a casa y reflexionando mientras observaba las actitudes de las mujeres en la casa, cómo elegían ignorarme, burlarse de mí o hacerme agujeros, y al final del día, había decidido que Vince tenía razón en su evaluación. Ciertamente, yo era el chivo expiatorio.

A partir de ese momento, su hogar se convirtió en mi hogar. Encontré a sus padres cálidos y acogedores. Pasaría tanto tiempo de mi vida en el dormitorio de Vince como en el mío.

Cuando la niñez dio paso a las hormonas y nuestro vello creció en nuestras axilas e ingles, esa otra parte de mi anatomía creció por voluntad propia a la menor chispa y exigía la liberación de su propio tipo único. Una vez, mientras estábamos encerrados en el dormitorio de Vince, desplegó una revista sexy y nos acostamos boca abajo en su cama y hojeamos las páginas. Después de un rato, Vince me empujó sobre mi espalda y cuando me miró, su mirada se fijó en el crecimiento de mis pantalones. Sin decir una palabra más, abrió la cremallera de mi bragueta y, antes de que pudiera detenerlo, metió la mano y tiró. Estuve delirando en un instante, y en el siguiente, mi virilidad recién descubierta explotó en un repentino chorro.

Después de eso, las exploraciones de Vince se hicieron más audaces. Desplegaba su miembro (el suyo era mucho más grande que el mío) y me animaba a desplegar el mío y teníamos concursos de masturbación, tirando nuestras cargas a la papelera.

Todo fue diversión juvenil. Ninguno de los dos cuestionaba lo que hacíamos. Por el contrario, nos reímos y bromeamos, hicimos dibujos obscenos y compartimos nuestras fantasías.

Un año después, nuestras voces se rompieron y Vince se enamoró de una chica llamada Amy, y nuestros días de masturbación terminaron. Terminé la escuela con calificaciones altas en inglés e historia y pasé a estudiar en la Universidad de Sussex en Brighton. Viví en casa durante los tres años de mi carrera, pero nunca estuve allí. Para entonces Vince se había casado con Amy y yo estaba saliendo con su mejor amiga, que se convertiría en mi esposa, Jackie.

EL GIMNASIO

Cerré la pestaña del correo electrónico y obligué mi atención a lo que me rodeaba, tomando nota del patio con su disposición de plantas en macetas y muebles de hierro forjado y decoración de paredes. Un entorno encantador, y no había nada que ganar reviviendo el pasado. Los mismos recuerdos, junto con los mismos sentimientos, resurgieron como basura no deseada y enterrada durante mucho tiempo, desenterrada por una enérgica bifurcación de jardín que una mente errante despierta en acción.

Al cabo de un rato, volví al asunto que tenía entre manos: mi aptitud o la falta de ella. Encontrar el gimnasio más cercano fue la parte fácil. Encontré un establecimiento adecuado en Puerto del Rosario, situado cerca del puerto, en una calle lateral no muy lejos de la calle principal. Incluso navegar mi camino hacia el corazón de la capital de la isla no fue tan oneroso como pensé que podría haber sido, pero en el momento en que bajé al nivel del sótano, entré a las instalaciones y vi las máquinas, las pesas y los hombres cubiertos con pantalones cortos y camisetas, todos bronceados y tonificados, me dieron ganas de volver a Tefía.

La determinación ganó. Vestido con pantalones cortos y la camiseta más holgada que había empacado, me dirigí al mostrador, pagué la tarifa de la sesión y me puse en marcha, pensando que probaría algunas máquinas después de un largo y duro pedaleo en la bicicleta estática.

Monté la bicicleta más cercana a la puerta de entrada y más alejada de todos los demás hombres en las instalaciones, ajusté el asiento y jugueteé con la configuración hasta que mis pies pudieron pedalear con relativa facilidad. A pesar de los espejos que duplicaron, si no triplicaron, las miradas que revoloteaban en mi camino, logré ignorar a los demás en la habitación mientras jadeaba, sudaba y me esforzaba durante diez kilómetros. Desmonté, recorrí la habitación y me dirigí a las máquinas cercanas, que parecían dedicadas a la mitad inferior de la anatomía.

Mi decisión de permanecer anónimo y privado se puso a prueba cuando luché por cambiar la configuración de peso en la prensa de piernas. Creí escuchar risas por encima del sistema de sonido y mantuve la cabeza gacha por si descubría que mis sospechas estaban confirmadas, y esa risa realmente estaba dirigida a mí.

Un miembro del personal vio mi batalla y se acercó, presentándose en inglés como Luis, el entrenador personal del gimnasio. Tenía un rostro amistoso, unos modales exaltados y una forma de acercarse un poco demasiado cerca.

—No te preocupes —dijo, deslizándose de nuevo al español mientras sacaba el pasador y lo colocaba en una carga de menor peso. Luego me miró de arriba abajo y añadió con una amplia sonrisa—: Pero, tú necesitas el sol —dijo las palabras de manera lenta y separadamente y señaló mi piel para asegurarse de que entendiera. Sí, sí, lo sé, soy tan blanco como el lino blanqueado, no me lo recuerdes.

Cambió al inglés para sugerirme que me podía diseñar un

programa de acondicionamiento físico. Debe haber estado mirándome todo el tiempo.

—Es la mejor manera de ponerse en forma rápidamente. Sin lesiones —dijo, todavía todo sonrisas.

Con él de pie tan cerca mientras esperaba para montar la máquina, me sentí un poco obligado a estar de acuerdo.

—Aunque no estoy seguro de que tenga sentido. Solo estoy aquí de vacaciones.

—¿Por cuánto tiempo te quedas?

—Tres meses.

—Serás fuerte en ese tiempo. Y perderás eso —agregó con una breve risa, señalando mi vientre.

La humillación aumentó. Albergaba dudas sobre si perdería mi panza en tres cortos meses, pero Luis tenía razón. Era obvio para mí y sin duda para todos los demás en el gimnasio que no tenía ni idea de lo que estaba haciendo.

Me aparté de la máquina y dije:

—Está bien. Eso seria genial.

Primero, me mostró los alrededores, presentándome las máquinas como si fueran sus viejos amigos. Continuó diseñando un programa de acondicionamiento físico basado en mis esfuerzos vergonzosamente débiles, llevándome primero a una máquina, luego a otra, y haciéndome hacer algunas repeticiones con varias cargas de peso mientras me daba instrucciones sobre la mejor manera de posicionar mi cuerpo y qué posturas evitar. Luché por asimilarlo todo y esperaba que él incluyera sus consejos en el plan.

El recorrido de Luis demostró ser un ejercicio en sí mismo, y al final estaba muy cansado. Un tipo notablemente hablador, me pregunté si había tomado alguna droga. Mientras estábamos en el mostrador donde pagué su tarifa, Luis me preguntó qué estaba haciendo en la isla y dónde me estaba quedando.

Siempre honesto, le dije que estaba alquilando una casa de

campo en Tefía. Fue el nombre de la aldea lo que hizo que una sombra cruzara su rostro. ¿Por qué esa mirada?

—¿Tefía? —dijo dubitativo.

—Quería un lugar lejos de la franja turística —dije, instantáneamente a la defensiva. Entonces suspiré—. Pero está desolado allá arriba. ¿Lo conoces?

—Conozco a Tefía —dijo con oscura ironía—. Todo el mundo conoce a Tefía.

—Eso suena como una advertencia —dije con una carcajada, ignorando interiormente su comentario.

—No es una advertencia —dijo él—. El pueblo tiene una historia terrible.

Comencé a interesarme por lo que tenía que decir y tenía muchas ganas de saber más. Las historias terribles se convierten en historias increíbles.

—¿Cómo es eso? —le pregunté.

—¿Has estado en el molino de viento?

¡El molino de viento!

—De hecho, estuve allí esta mañana —dije, una sonrisa se extendió por mi rostro.

Luis permaneció oscuro y sombrío.

—Entonces debes saberlo —dijo, mirando hacia el mostrador entre nosotros.

—¿Saber qué? —dije desconcertado—. Es solo un molino de viento. No tiene nada de oscuro.

—No el molino de viento, el albergue de al lado.

¿Albergue? ¿Qué albergue? Seguramente, ¿no se refería a cualquier edificio que estuviera en ese camino bien mantenido?

—No puedes no verlo —dijo él—. La entrada está justo al lado del molino de viento.

Sus palabras se filtraron dentro de mí. Evidentemente, no me había dado cuenta de que el camino conducía a un edificio público. ¿Qué tipo de albergue era y qué había sucedido allí? Luis parecía dispuesto a contarme la historia completa cuando alguien entró desde afuera. La mirada de Luis se posó en el reloj de la pared y, con una rápida disculpa, fue a atender su cita.

Regresé a Tefía con los músculos tensos y doloridos. Necesitaba una cerveza refrescante y un bocadillo de algún tipo, pero me dirigí directamente al molino de viento y subí el corto camino hacia el albergue, deteniéndome al final ante un par de altas puertas de hierro que estaban cerradas.

El recinto estaba amurallado, pero pude ver a través de una grieta en las puertas algunos edificios bajos de color ocre y una cúpula de observatorio. Luego volví a pasar por delante de mi coche y, cuando me di la vuelta, vi que la pared solo estaba alta en la entrada. Monté el muro de piedra bajo que encerraba el camino y caminé una corta distancia a lo largo del perímetro del complejo. Me sentí extrañamente cohibido y esperaba que no me vigilaran.

Dentro del complejo, más allá de una plantación de cactus gigantes en un lecho de grava elevado, al otro lado de una pequeña área de estacionamiento, la disposición de los edificios alrededor de un cuadrilátero tenía un claro toque militar. Supuse que la estructura servía como una especie de ejército o base aérea. El ambiente no era precisamente agradable, aunque no había nada en el complejo que provocara miedo, ni perros gruñendo, ni ventanas rotas ni señales de deterioro. Tampoco apareció nadie, y no había ningún sonido ni ningún signo de vida humana. Noté dos rocas esculpidas de piedra negra. Se parecían un poco a lápidas o algún tipo de monumento. Lo que estaba inscrito en ellas miraba hacia el otro lado.

Continué hasta que encontré un hueco en la pared, entrando en una franja de grava negra y pasando por un campo recreativo utilizado para deportes. Más allá del campo, al noroeste, había una casa de campo dentro de un muro de piedra y rodeada de árboles. Parecía ser una vivienda separada. Me mantuve bien alejado de ella, abriéndome paso crujiendo por la grava hasta la parte trasera del recinto. La tierra cayó hacia el noreste, terminando en una fila de tres pequeños edificios en forma de cubo, cada uno un poco más grande que una sola habitación. Los edificios estaban en mal estado. Parecía que nadie había ido a atenderlos en mucho tiempo. Un escalofrío me recorrió a pesar del calor. No me apetecía bajar para echar un vistazo más de cerca.

Regresé por donde había venido, pensando que el complejo claramente había cambiado de propósito. ¿Qué tipo de albergue era y por qué ubicarlo hasta aquí? Además, ¿qué tenía de malo el lugar para provocar esa reacción en Luis? No iba a averiguarlo husmeando. Vacié mis zapatos de arena, subí a mi coche y conduje a casa.

Después de saciar una sed furiosa y evitar un hambre voraz, regresé a mi laptop al patio y me senté al sol para broncearme las piernas. Unas pocas palabras clave y tuve un montón de pestañas abiertas con imágenes, videos, blogs y artículos de periódicos sobre el albergue. Ninguno de ellos en inglés.

Mi español era basura e incluso con un traductor en línea, me costaba comprender lo que estaba leyendo. Sin embargo, no pude encontrar nada, ni un solo artículo en mi lengua materna, así que perseveré.

Pronto me di cuenta de que Luis se estaba refiriendo a una prisión, no al albergue juvenil en el que ahora se ha convertido El Albergue, ya que el gobierno se hizo cargo del edificio con fines educativos.

Originalmente era una base aérea militar, el complejo se convirtió en una prisión para albergar a presos políticos y criminales algún tiempo después de que el general Franco llegara al poder. A partir de 1954, como resultado de una ley que ilegalizó la homosexualidad en virtud de un acto de vagancia, los hombres homosexuales fueron encarcelados en el albergue, luego fue una prisión granja, por hasta tres años. Por lo que pude deducir, las condiciones eran abominables. Los hombres jóvenes de ochenta y siete kilos se redujeron a casi la mitad en cinco meses. La etiqueta de «campo de concentración» no parecía quedarse corta.

No es de extrañar que no me hubiera gustado el ambiente del lugar. Esos hombres deben haber sido encarcelados en esa fila de pequeñas chozas detrás del complejo principal. Por lo que pude deducir, se habrían apiñado unos doce hombres en cada una. Una imagen de Vince flotando sobre mí con salvaje intención pasó por mi mente y me estremecí.

Uno de los artículos del periódico era el obituario de un ex recluso. Un activista gay que hacía campaña por algún tipo de restitución; había muerto apenas el mes pasado. Todo sonaba desgarrador, triste y feo, y no era en absoluto lo que había venido a hacer a Fuerteventura.

No es que me faltara empatía. Simplemente no quería cargar con las tribulaciones de otros setenta años atrás, cuando apenas había comenzado a recuperarme de las mías.

Por otra parte, esa prisión podría ser una fuente de inspiración para una novela, y haría bien en detenerme y considerarlo. ¿Qué tipo de historia contaría? ¿Ya se había hecho algo similar? ¿Qué podría hacer yo con los desgarradores acontecimientos encerrados en el pasado? Yo, que no soportaba pensar en emociones pesadas y penurias. Quería componer algo interesante y actual, cierto, pero no oscuro y sombrío. Además, el tema de la preferencia por personas del mismo sexo seguía siendo un punto delicado después de Jackie y el divorcio.

Un fuego incómodo me devolvió al aquí y ahora. Había perdido la noción del tiempo y mis muslos se sentían como si se estuvieran friendo al sol. Me levanté y llevé la laptop al interior.

Efectivamente, pagué caro por esa hora o dos de investigación, el ardor se hizo más profundo a medida que avanzaba la tarde, y para la hora de la cena, estuve tentado de usar el paquete de guisantes congelados que había comprado en Antigua como una compresa fría. ¿Había empacado el Savlon?

Afortunadamente, lo hice y froté una cantidad generosa en cada muslo. La crema alivió el dolor, pero no el calor que irradiaba mi piel horneada.

Esa noche tuve que dormir sin las mantas.

UNA LLAMADA DE SKYPE

Acababa de terminar de untar Savlon en mis muslos rojos y doloridos después de una ducha fría por la mañana, cuando mi laptop señaló una llamada de Skype. Vestido con calzoncillos y una camiseta vieja, salí corriendo del baño en suite, atravesé mi habitación y fui directamente a la sala de estar más pequeña, donde había dejado mi laptop.

Era Angela.

Ver su rostro sonriente mirando más allá del mío, se sintió como una intrusión en extremo. Sabía que solo tenía curiosidad por ver vislumbres de dónde me estaba quedando, pero casi corté la llamada. Una reacción exagerada de mi parte, después de todo, ella había encontrado esta casa de campo para mí, pero mis músculos estaban rígidos y doloridos por el gimnasio, y mi piel ardía por las quemaduras solares, y en general no estaba de muy buen humor.

—Hola, tú. ¿No me vas a enseñar los alrededores?

Ella no dejaba de mirar más allá de mí. Me obligué a ablandarme.

—Bien, tú ganas.

Desenchufé la laptop y la llevé a dar un circuito por la casa, yendo de habitación en habitación, cada una interconectada con la siguiente alrededor del patio central, excepto la sala de estar que daba a la calle, a la que se accedía por el pasillo de la plaza; la cocina, que partía del mismo pequeño recibidor; el baño principal, al que se accedía por un segundo pasillo cuadrado en el lado sur; y mi dormitorio, al que se llegaba a través de la mayor de las tres salas de estar. A medida que avanzaba, apunté con la cámara web las características de interés: la decoración de la pared de hierro forjado en el patio, la encimera de granito en la cocina, el grosor de las paredes, la bañera con patas en el baño principal y la cama con dosel, prolijamente tendida, naturalmente, y por fin me dijo que me detuviera.

—Me estás mareando. —Se rió.

Yo también me sentía mareado.

—¿Cómo van las cosas en el lúgubre Norwich? —pregunté.

—Igual que siempre. Acabo de firmar con un nuevo autor.

—¿Alguien que conozca?

—Lo dudo. Tiene un gran catálogo editorial. Un novelista policiaco. Richard H. Parry.

—Nunca he escuchado de él.

—No esperaba que lo hicieras. Los escritores de crímenes son un centavo la docena y él no es Ruth Rendell, pero aún así. Curiosamente, me tienes que agradecer por firmar con él.

—¿Oh?

—Tiene una casa en Lanzarote donde escribe, y se ha aficionado a escribir novelas ambientadas allí. Una de ellas fracasó y ha estado luchando por recuperar su posición anterior, por eso lo he elegido.

—Un poco arriesgado, si está en declive.

—Quizás. Pero tengo la sensación de que todavía tiene algo en él. Lo que me lleva a ti.

—¿Sí? —Esperaba que no estuviera dispuesta a sugerirme que conociera al hombre.

—Ustedes dos deberían conocerse. Interés compartido y todo eso.

Gemí por dentro mientras mantenía una expresión suave, que sin duda ella podía ver a través.

—¿Tuviste suerte al crear una historia? —dijo ella, cambiando de táctica.

—Solo he estado aquí cinco días.

—Está bien, entonces, ¿qué *has* estado haciendo?

Le conté mi viaje al molino de viento y le dije que le complacería saber que había empezado a ir al gimnasio y que tenía un caso grave de quemaduras solares.

—¿Dónde? —preguntó, sin ver mi rostro quemado por el sol.

—Mis muslos —dije con gravedad—. Me dediqué a investigar en el patio y me olvidé de la hora. Llevaba pantalones cortos.

No tenía por qué haberse reído con tantas ganas.

—He encontrado algo de interés —le dije, deseoso de distraerla—. Justo al lado del molino de viento, hay un albergue juvenil. Parece que las escuelas lo usaban para campamentos. Es una antigua base aérea que alguna vez se usó como prisión.

—Suena intrigante.

Su tono vago, de hecho la frase en conjunto, era su forma de decir, qué aburrido.

—Angela, escucha. Esa prisión solía albergar a hombres homosexuales encarcelados durante el régimen de Franco. He estado leyendo sobre eso. O intentando. Lo están llamando un campo de concentración.

Ahora la tenía. Se inclinó hacia delante, con los labios entreabiertos y los ojos muy abiertos. Hubo una breve pausa.

—¿Bien?

—¿Bien?

—¡No te detengas ahí!

—Eso es todo lo que sé. Solo me enteré ayer. Fue así como me quemé con el sol. Estaba absorto tratando de traducir todos los detalles.

—¿No hay nada en inglés?

—No que pueda encontrar.

—Qué pena. Te iba a pedir un enlace.

Ella me miró fijamente y yo le devolví la mirada, desafiándola a que lo dijera.

—Bastante obvio, ¿no crees?

—Olvídalo.

—Ay, vamos. Estabas buscando una idea para un libro y ahora tienes una.

—No escribiré un libro sobre eso. No. Gracias.

—¿Por qué no?

¿De verdad tenía que preguntarme eso? Ambos sabíamos lo que sentía por la traición de Jackie. Era un área sensible y Angela realmente debería haberlo sabido mejor.

—Porque no soy gay —dije con amargura.

—¿Por qué importa eso?

—Ya sabes cómo son los críticos. Como hombre blanco heterosexual, mis opciones son limitadas.

—¡Basura! No hagas caso de toda esa mierda sobre la apropiación cultural. Los españoles son blancos en cualquier caso y tú eres un hombre con ciertas ambigüedades.

—Angela, déjalo.

—No creo hacerlo. Te has topado con un tesoro literario.

—¿Eso crees? Para ser honesto, el tema no me inspira.

—Deja de ser pretencioso.

—Deja de ser franca.

Angela levantó las manos.

—Hazlo a tu manera. Con esa actitud, buena suerte para

encontrar inspiración. ¿Cómo se llama ese lugar? ¿Un albergue, dijiste...?

La línea se cortó o ella terminó la llamada. De cualquier manera, no me importaba mucho. Cerré la laptop y me preparé para el gimnasio.

LUIS

Hacía mucho más calor en la costa este de la isla, y los edificios apiñados en las estrechas calles de Puerto del Rosario atrapaban ese calor. Cuando salí de mi auto con aire acondicionado, el aire caliente me golpeó como si hubiera abierto la puerta de un horno. Me apresuré al gimnasio pensando que debía haber algo mal en mí, ya que la mayoría de los británicos anhelan ese tipo de clima. Cuando abrí la puerta, otra preocupación se apoderó de mí y me detuve, consciente de mí mismo. Sintiendo el calor entrar y salir el frío, hice un movimiento decisivo, con la esperanza de que la tenue iluminación oscureciera el enrojecimiento de mis muslos.

Un rápido vistazo alrededor y vi que la habitación estaba casi vacía, y nadie parecía haberse dado cuenta de mi entrada.

Fui al mostrador y pagué la tarifa de sesión única a un tipo mayor y de aspecto arrugado que me miró con fría indiferencia. Negándome a dejarme desconcertar por su actitud, me dirigí con paso firme hacia las cintas de correr, las máquinas de pasos y las bicicletas. Luis, de pie junto a una de las máquinas de pesas, miró y me dio su sonrisa animada y ridículamente radiante. Levanté su plan de acondicionamiento físico en reconocimiento.

La bicicleta estática era más difícil, mis músculos se quejaban de que estaban cansados desde ayer. La mayor parte de mí quería desmontar y cambiar la configuración, pero mi orgullo no me lo permitía, y seguí adelante, usando el calvario para purgar mi mente de pensamientos sobre Angela y ese albergue, jadeando y sudando hasta que llegué al objetivo de Luis de exactamente doce kilómetros. Satisfecho de poder atravesar la barrera del dolor, desmonté y tomé un trago de mi botella de agua. Con la sangre bombeando por mis venas y el sudor goteando por mi espalda, me acerqué a la prensa militar.

Mi entrenamiento dio un giro hacia abajo, gracias a quien había usado la prensa antes que yo. Debe haber sido un Hulk. Era todo lo que podía hacer para cambiar los pesos de la barra. Tuve que apretar los dientes y apretar mi vientre flácido mientras tiraba las placas de metal, una por una, de cada extremo de la barra y me tambaleaba hacia donde estaban apiladas las otras. Podía sentir los ojos de los chicos sobre mí mientras luchaba. No recordaba la última vez que me había sentido tan humillado. Desde el momento en que llegué a Fuerteventura, mi masculinidad había estado ligada a mi fuerza física, mi apariencia, asuntos que no había dado mucho crédito antes en mi vida. Se había vuelto importante, quizás demasiado importante para mí, sentirme en forma, fuerte y capaz de soportar el duro entorno en el que me encontraba. Era como si mi vida dependiera de ello, pero en realidad, era solo mi orgullo, mi sentido maltrecho de mí mismo.

Me abrí paso a través de las cuatro series de diez repeticiones prescritas, con el peso modesto que Luis me había recomendado, hasta que los músculos de los hombros y la parte superior de los brazos me quemaban. Luis había mencionado algo sobre los deltoides y supuse que estaban inflamados. Cuando bajé la barra por última vez y alcancé mi toalla, mi codo golpeó mi muslo y mi quemadura de sol se encendió en reacción, agregando a los males.

Aún así, seguí adelante.

Lo siguiente era la máquina de elevación lateral. Luis me dijo que me bajara desde el peso más alto que pudiera manejar, que sabía que no sería mucho. Quienquiera que hubiera estado aquí antes que yo estaba hecho de acero, el pasador estaba entre las dos barras de menor peso. Extraje el alfiler y lo inserté hasta la mitad de la pila. Luego me senté en el asiento, sentí que un poco de frío llegaba a mis muslos, me levanté y dejé la toalla para que sirviera de barrera al sudor de mi predecesor. Luego sostuve los brazos en ángulo recto, apreté los puños e intenté levantar los codos a la altura de los hombros. Las almohadillas que presionaban la parte superior de mis brazos no se movieron ni una fracción. Mi humillación se encendió de nuevo cuando me incliné para restablecer el peso de la carga.

Cuatro series de veinte aumentos fueron las instrucciones. Mis brazos no querían saber después de medio set. Seguí presionando, apretando los dientes, negándome a ceder a la quemadura. Para el cuarto set, solo logré cuatro aumentos, y nuevamente esperaba que nadie estuviera mirando mientras salía de la máquina, seis repeticiones cortas, un fracaso lamentable en mis propios ojos.

Los aumentos frontales fueron aún peores. Con una mancuerna de cinco kilos en cada mano, levanté los brazos hacia la horizontal y los volví a bajar a los lados. Arriba, abajo, arriba, abajo, y podía sentir la tensión en mis muñecas, antebrazos y codos hasta mis hombros. En el tercer set, los músculos de mis brazos, tal como estaban, se voltearon en un coro de dolor. Nunca había experimentado una agonía como esa. Luis era cruel, decidí. Tenía que haber malicia en su alma para crear un plan de acondicionamiento físico claramente diseñado para matarme.

La prensa de hombros con mancuernas sentado no fue

mejor. Lo único positivo era que me senté. El ejercicio era muy parecido al de la prensa militar y, a estas alturas, todos los músculos de la parte superior de mis brazos y hombros estaban enojados, adoloridos y quejándose.

¡Y todavía tenía otros cinco kilómetros para pedalear en la bicicleta estática! Observé en su plan de acondicionamiento físico que Luis eufemísticamente llamó a mi experiencia final un «enfriamiento». Casi me desplomé sobre el manillar, empapado en sudor y golpeado. No fue hasta que llegué a los dos kilómetros y la carga de endorfinas que venía con el ejercicio intenso se aceleró por mis venas, que pude sentir una pequeña sensación de logro y bienestar. Pedaleé tan fuerte como pude, hasta el final, desmonté jadeando y empapado, golpe en la marca de cinco kilómetros.

Con mi ritmo cardíaco aún elevado, me acerqué a Luis, quien había reemplazado al viejo en el mostrador, y le agradecí entre breves ráfagas de aire por su plan de acondicionamiento físico.

—De nada —dijo cálidamente, sonriendo con su brillante sonrisa hacia mi rostro.

—Nos vemos mañana, entonces —dije, y me dispuse a alejarme.

—Espera.

Me di la vuelta.

—Si vienes todos los días, deberías comprar una membresía.

—No necesitaré una —dije con bastante rapidez, reaccionando a la venta difícil.

Parecía abatido. Ignorando su reacción, ajusté la bolsa en mi hombro y estaba a punto de alejarme de nuevo cuando dijo:

—Hay un descuento semanal. —Hizo una pausa—. O puedes registrarte durante un mes si lo deseas.

¿Por qué la persistencia? ¿Estaba en una comisión? ¿O el gimnasio estaba tan desesperado por mi dinero?

—Muy bien, entonces —dije, de repente viendo sentido en sus sugerencias—. Tomaré un mes.

Entonces me llamó la atención un folleto que anunciaba una oferta especial para una membresía de tres meses.

—Que sean tres.

Parecía encantado. Cuando extraje mi billetera y él organizó mi tarjeta de membresía, me pregunté nuevamente si el negocio iba mal, pero a juzgar por la cantidad de clientes que estaban aquí el día anterior y la ubicación central, lo dudé. Tal vez era un tipo realmente agradable al que le complacía ver a un inglés decididamente blanco y regordete comprometerse a ponerse en forma. Entonces decidí que Luis era uno de esos hombres en forma que se tomaban el gimnasio demasiado en serio. Observé su físico, los músculos tensos, el vientre plano y, por supuesto, el bronceado latino natural. Era innegablemente atractivo. No tenía la costumbre de notar a otros hombres, pero lo noté, en ese mismo momento, y de una manera que me sorprendió.

Cuando me entregó mi tarjeta, hizo un gesto hacia mis piernas, que pensé que estaban escondidas detrás del mostrador, y dijo:

—Has estado demasiado bajo el sol, ¿no?

Me encogí interiormente mientras soltaba una risa frívola.

—Olvidé la hora.

No se rió conmigo. En cambio, parecía serio.

—Ten cuidado —dijo él. Sus ojos se clavaron en los míos como si estuviera tratando de ver mi interior. Me desconcertó.

Me alejé antes de que pudiera entablar más conversación conmigo. Mientras me dirigía hacia la puerta, mi mente voló de nuevo a Vince.

UN VIAJE A LA PLAYA

A la mañana siguiente, me desperté envuelto en una maraña de sábanas húmedas. Mientras desenredaba los muslos, sentí una mancha de fría pegajosidad, y una lenta comprensión se apoderó de mí. Un sueño húmedo. No había tenido un sueño húmedo desde que tenía dieciocho años. Los sueños húmedos terminaron para mí una vez que estaba feliz con Jackie.

«Un sueño húmedo».

El horror del suceso impregnó mi ser. ¿Mi soledad y frustración se habían hundido a estas profundidades?

Lleno de auto-disgusto, tiré de las sábanas de la cama y las puse a lavar. En la ducha, me enjaboné el lío pegajoso. La rigidez de mis hombros, muslos y pantorrillas se hizo evidente mientras me secaba. Se me ocurrió que debería haber estirado esos músculos después de mi entrenamiento. Luis no había mencionado el estiramiento, probablemente porque consideraba que la necesidad era evidente. Tomé nota mental de hacerlo la próxima vez.

Mientras esperaba que el ciclo de lavado hiciera su trabajo, limpié la cocina con paño, escoba y fregona, y luego saqué una taza de café y un tazón de cereal al patio. Colocando una silla a la sombra, salté a mi laptop para ponerme al día con los asuntos del día.

Lo primero que verifiqué fue el clima. Iba a ser otro día miserable. Eso puso fin a una caminata matutina. Ansioso por salir de la casa de campo y continuar en mi búsqueda de ideas para una novela que pensé que tenía que estar al acecho en alguna parte de la isla, estudié un mapa de la isla y encontré la playa más cercana. Era en un pueblo llamado Puertito de Los Molinos, que según un traductor en línea literalmente significaba un pequeño puerto de molinos. El pueblo estaba situado en la costa oeste de Tefía, al que se accedía, si tomaba un atajo, por la pista que pasaba por delante del molino de viento. Desde allí, el camino atravesaba la llanura, pasaba por un grupo de granjas y llegaba a la costa. El viaje era de unos cinco kilómetros. Estaría allí en unos diez minutos.

Antes de cerrar mi laptop, eché un vistazo rápido a mis correos electrónicos. Nada de Jackie y nada de los niños. Después de eliminar todas las promociones habituales y las notificaciones de las redes sociales, descubrí que quedaba solo una breve nota de Angela preguntando si había escuchado las noticias. ¿Qué noticias? Hice clic en el enlace adjunto y, cuando mis ojos se posaron en el titular, mi pecho se apretó; la palabra «preselección» era todo lo que necesitaba saber, y me transporté a tres meses antes, cuando una de mis clientas, una heredera adinerada que se creía novelista y se hacía llamar la Sra. Sandra Flint, había sido preseleccionada a un importante premio literario. Casi me había atragantado con mis cereales Wheaties. Esta vez, tragué lo que quedaba del cereal en mis mejillas y me enjuagué la boca con un sorbo de café. Seguro de que había evitado la repetición de una experiencia cercana a la muerte, me desplacé hacia abajo. Había cinco títulos y uno de ellos pertenecía a Sandra Flint. Me dije a mí mismo que debería estar feliz por ella, pero era todo lo contrario. Todo lo que podía sentir era una mezcla tóxica de indignación y desprecio, agitada con una varita de autocompasión.

Hace dos años, Flint me había encargado la ayuda con una novela que estaba luchando por completar. Ese era el informe que ella me había dado. Todo lo que tenía que hacer, había dicho, era terminar el último capítulo y pulir el resto. Acordamos mis honorarios y acepté el trabajo a pesar de mis recelos, ya que me habían atrapado antes, cuando una de mis asignaciones le ganó un premio al autor. Debería haberlo sabido mejor antes de asumir una novela completa, pero necesitaba el dinero.

Resultó que el capítulo final era el menor de los problemas de la autora. Terminé haciendo una reescritura completa, modificando la trama, desarrollando temas, insertando una historia de fondo crucial y acribillando al antagonista. En general, sentí como si hubiera compuesto toda la maldita novela al final, y luego, para mi disgusto, la Sra. Flint se negó a darme crédito por haber contribuido tanto como una coma.

El resentimiento se enroscó en mí cuando borré el correo electrónico de Angela. Ahora, Flint podía ganar un premio importante mientras yo languidecía en la tierra de los no reconocidos. Cerré la laptop, tomé mi café (repugnantemente tibio) en tres grandes sorbos y fui y agarré mi teléfono y las llaves del auto del banco de la cocina. Una rápida búsqueda en el dormitorio en busca de ropa de playa y una toalla, y salí por la puerta y me dirigí a la playa.

Tomé con calma el camino de tierra que pasaba por delante del molino de viento, no quería levantar demasiado polvo, no es que hubiera alguien alrededor para respirarlo. Había algo desolado y solitario en ese molino de viento con sus velas de persiana y su mampostería restaurada, de pie en medio de la nada al lado de una base militar y una prisión, ahora convertido en albergue juvenil. Me parecía un lugar olvidado, casi privado, no un lugar en el que las autoridades estuvieran interesadas en molestar a los visitantes. El camino de tierra continuó en un tramo y en la siguiente intersección, me complació volver a la pista.

Conduciendo más allá de un grupo de granjas que había visto en el mapa, tuve que esforzarme para imaginar la isla después de la lluvia, cuando las plantas crecían rápido, absorbiendo el calor y el sol, produciendo lo suficiente para justificar la labranza de la tierra aquí, cuando para el resto del tiempo había poco que hacer aparte de ver cómo todo el verde se marchitaba y el suelo volvía a su estado árido. A juzgar por el pequeño número de granjas que había visto en la isla, la mayor parte de la tierra no valía la pena.

El camino pasaba junto a un lecho de río seco y estrecho, luego se dirigía directamente al océano. En cuestión de momentos, había llegado al pequeño puerto, nada más que un grupo de cabañas de pesca en forma de cubo colocadas al azar en la cabecera de la playa.

Las cabañas estaban pintadas de blanco y los bordes de las paredes estaban adornados con finas bandas de color. El pueblo, acunado por un acantilado bajo que se elevaba detrás, miraba la extensión del océano zafiro, deslumbrante bajo un cielo azul. La tierra más allá de la aldea se extendía más hacia el oeste una corta distancia antes de dirigirse hacia el norte, protegiendo la pequeña bahía de la corriente oceánica que empujaba contra esa costa. Al contemplar la escena, Fuerteventura de repente cobró mucho más sentido como un lugar para escaparse. Incluso sentado en mi auto buscando un lugar para estacionar, podía decir que aquí, en esta bahía protegida, era como si el resto del mundo no existiera. Aunque lo hacía, y la presencia de otros autos estacionados en la cabecera de la playa subrayó ese hecho.

Antes de que la carretera cruzara el lecho seco del arroyo, me detuve en una pequeña zona de estacionamiento. Junto a la calzada había una pasarela arqueada. Agarré mis cosas y crucé el puente, deteniéndome en la cima como un turista adecuado para contemplar las rocas lisas y desgastadas de abajo. Aquí llovió, eso estaba claro y, a juzgar por la erosión cuando llegó la lluvia, se precipitó hacia el mar en un gran torrente.

El pueblo estaba resguardado del viento predominante que cargaba a través de las llanuras del interior y, en un día como éste, cuando el aire estaba en calma, la pequeña bahía rocosa se calentó. Dejé el puente en favor de la playa.

Todavía era temprano y había poca gente. Bordeé el restaurante estratégicamente situado en la cabecera de la playa, pasé junto a la señal de advertencia que advierte a los visitantes que no deben nadar debido a las fuertes corrientes, y me dirigí al agua, decepcionado de tener que trepar por una amplia banda de grandes guijarros para llegar a la arena. Aún así, un inconveniente para mí probablemente significaba protección costera, y quién era yo para comenzar a reorganizar el paisaje en mi mente para lograr algún tipo de perfección artificial. Lo único que importaba era que el agua estuviera tranquila, las olas no demasiado altas.

Parecía que la marea estaba bajando, revelando arena blanca cremosa que se secaba lentamente al sol. Me saqué la camiseta por la cabeza, tiré mis cosas sobre un gran guijarro y me dirigí al agua, reprimiendo un grito ahogado cuando mis dedos de los pies registraron el frío, luego mis tobillos, mis pantorrillas, mis rodillas, mis muslos, casi hasta mi vientre.

La pendiente fue leve. Pasé la línea de ruptura antes de estar a la altura de la cintura. Las olas tenían solo treinta centímetros de altura, pero me empujaban hacia adelante, y podía sentir la succión de la marea mientras el agua retrocedía después de cada ruptura.

Demasiado pronto, el sol se sintió caliente en mi piel. Me volví para enfrentar las olas entrantes y me pregunté si el agua era lo suficientemente segura. Aventuré un poco de nado en braza durante un breve tramo, luego regresé y me quedé más o menos donde antes. Incluso en el poco tiempo que había estado en el agua, había llegado gente y yo vigilaba mis cosas mientras estudiaba el pueblo y el acantilado, tratando de imaginarme la vida de quienes vivían o se quedaban aquí. No había rastro de ningún molino.

El acantilado comprendía unas pocas capas de lava antigua que recubrían la piedra arenisca que se encontraba debajo. Con todas sus grietas y recovecos, contenía numerosos secretos y mi imaginación vagaba en busca de posibles historias. Sabía que cualquier cosa que se me ocurriera tendría que superar mi mejor trabajo hasta ahora, mi libro preseleccionado, propiedad hasta el último punto por la maldita de Sandra Flint.

Vi una hilera de ruinas en la cima del acantilado hacia el norte, e instantáneamente vi que Puertito era una perfecta cala de contrabandistas. Comencé a evocar un escenario, mi musa se despertó mientras veía a los excursionistas deambular por el borde del acantilado a ambos lados del pueblo.

Lo siguiente que supe fue que estaba siendo empujado hacia adelante por una ola que rompía contra mi espalda, perdí el equilibrio y caí en el agua. La adrenalina fue instantánea, me puse de pie y regresé a tierra firme antes de que otra ola me sorprendiera.

Mi concentración se rompió y cuando llegué a mi toalla, decidí que no estaba a punto de escribir una novela sobre narcotraficantes en Fuerteventura. Si ese tema no se había hecho ya aquí, se había hecho ampliamente en otros lugares. Además, el hecho de que me quedara aquí no significaba que tuviera que escribir algo de aquí. Dejaría ese tipo de proyecto a personas como Richard H. Parry, de quien Angela mencionó, tenía una casa en Lanzarote y alejaría mi imaginación de esta isla desierta y su océano impredecible.

Encontré un lugar razonablemente seco para tumbarme en la arena y dejar que el sol hiciera su trabajo secando y bronceando mi piel, además de mis muslos quemados por el sol que cubrí con mi camiseta. No pasó mucho tiempo antes de que hubiera tenido suficiente sol y me fui a dar un paseo.

De cerca, el pueblo era pintoresco aunque desaliñado. La atracción principal parecía ser un santuario que se había colocado sobre un lecho elevado de piedra y grava. El santuario constaba de un arco de medio punto, de unos dos metros de profundidad, decorado en la parte posterior por un friso de conchas de peregrino y coronado por un crucifijo de madera, con el frente acristalado mirando al océano como para bendecir a los pescadores y mantenerlos a salvo.

El santuario era un claro recordatorio del traicionero océano, aunque dudaba que la devoción a Dios hiciera una gran diferencia. Habiendo sido educado como católico, ni siquiera estaba seguro de que Dios existiera. No quería pensar en eso. En cambio, me senté en uno de los asientos de piedra tallada detrás del santuario y traté de decidir sobre el Puertito de los Molinos y si me gustaba o no el lugar lo suficiente como para volver.

La comida me ayudaría a decidir si valía la pena regresar a mi playa local. Sin duda, solo para ser arrojado por otra ola, pensé, dando paso a una repentina oleada de autodesprecio.

Parecía haber dos restaurantes, uno en cada extremo del pueblo y ambos en una pequeña elevación. El lejano parecía rústico y bohemio y cerrado. Elegí el que estaba cerca del río y más cerca de mi auto. El área cubierta al aire libre con vista al agua era un atractivo definitivo, y ya había una pareja sentada en una de las mesas.

Pensé que era demasiado temprano para el almuerzo, pero cuando estaba eligiendo una mesa, noté a una pareja sentada en un rincón cercano, sumergiéndose en platos de pescado a la parrilla, papas y ensalada, dispuestos en ordenadas filas en platos ovalados. El olor hizo que mi vientre retumbara. Cuando llegó el camarero, prevaleció la frugalidad y pedí un café y un poco de queso de cabra local.

A estas alturas, la temperatura se había disparado. Apenas llegaba una brisa del océano. Estaba más fresco en la sombra del dosel, pero el café me hizo sudar y el queso estaba salado. En total, cuando volví a mi coche, tenía una sed rabiosa.

De regreso a la casa de campo, fui directamente al tendedero, deshice las sábanas y volví a tender la cama, sellando mi pegajosa vergüenza. Sólo entonces tomé una cerveza fría y preparé un almuerzo temprano.

Con una baguette de atún en lata llenando mi barriga, abrí una de las tumbonas guardadas en la lavandería, me unté los muslos con protector solar y, dejando el resto de mí desprotegido, me senté en el patio para seguir bronceándome al sol. Pero el calor pronto me puso atontado y comencé a dormitar. Irritado por mi languidez y consciente del peligro de sufrir graves quemaduras solares, me levanté y volví a entrar. Con toda la tarde para matar y nada en absoluto para entretenerme, me puse mi ropa de gimnasio y me dirigí a la ciudad para recibir más castigo.

Puerto del Rosario era un horno. No recordaba haber experimentado un calor como ese. Por otra parte, realmente no podría decirlo. Irradiaba mi propio calor de pies a cabeza, y el cemento y el asfalto de la calle no ayudaban. Armado con mi plan de acondicionamiento físico, salí de mi auto y dentro del gimnasio con aire acondicionado en el espacio de tres respiraciones, mis ojos se adaptaron a la oscuridad mientras sucumbía a un mareo.

La sensación pronto pasó, y escaneé el gimnasio, notando una multitud muy diferente, compuesta por levantadores de pesas serios, todos ellos hombres corpulentos. Casi se podía oler la testosterona, la masculinidad animal en la habitación.

Con cierto alivio vi a Luis detrás del mostrador. Llamé su atención y me dio su amplia sonrisa. No me tranquilizó mucho su amabilidad, pero también sabía que yo tenía tanto derecho a usar el gimnasio como los demás, y todo lo que tenía que hacer era aplicarme a mi propia rutina y evitar el contacto visual a medida que iba de máquina en máquina. La música fuerte ahogaría cualquier risa si me encontraran una fuente de diversión, y todos eran locales de habla hispana, a juzgar por su apariencia, lo que significaba que no entendería ninguna burla, si hubiera alguna. Realmente, no tenía necesidad de sentirme cohibido o peor aún, intimidado. Los ignoré a todos mientras pedaleaba los diez kilómetros necesarios sin ir a ninguna parte.

Era día de pecho. Cuando llegué a la banca, Luis se acercó y nos paramos en cada extremo de la barra.

—Deja los quince kilos en la barra —dijo él, sacando un disco de diez kilos de su extremo. Yo hice lo mismo. Eso dejaba treinta kilos más la propia barra que era de cinco. Podría haber jurado que él había anotado treinta kilos en total, pero no estaba dispuesto a objetar.

—¿Estuviste ocupado esta mañana? —preguntó él mientras ponía mi torso sobre el vinilo acolchado.

—Fui al Puertito de Los Molinos. —Lo miré y me encontré mirando fijamente su entrepierna. Aparté mi mirada.

—Ah, muy bien —dijo con aprobación en su voz—. ¿Visitaste las cuevas?

¿Qué cuevas? Perderme de sitios importantes parecía convertirse en un hábito mío y me pateé a mí mismo por tener tanta prisa por salir por la puerta de la casa de campo esa mañana antes de verificar completamente el lugar en línea, y por dejar el pueblo antes de haber echado un buen vistazo.

—No tuve la oportunidad —dije, fingiendo que sabía todo sobre esas cuevas.

—La próxima vez debes ir con marea muy baja. A veces, la marea baja no es tan baja.

—Como descubrí —mentí, esperando que Luis no estuviera dispuesto a preguntarme exactamente a qué hora estaba allí, y que careciera de un conocimiento enciclopédico de las mareas locales.

—También asegúrate de tener suficiente tiempo para explorar.

—Lo haré.

—Y toma una antorcha.

¿Una antorcha? Recordé a las personas que había visto cuando salía del pequeño puerto, como hormigas explorando los acantilados al norte y al sur, y tomé nota mental de llevar calzado adecuado también.

Alcé mis manos para tomar la barra mientras Luis la levantaba de la rejilla. Se paró sobre mí dispuesto a ayudarme si el peso resultaba demasiado para mis brazos. Pensé que el ejercicio estaba destinado a trabajar diferentes músculos del día del hombro, pero no pude diferenciar y solo se necesitaron un par de repeticiones para que cada músculo de mis hombros y brazos me gritara que me detuviera. Pero, ¿cómo podría hacerlo con Luis flotando sobre mí con su entrepierna a centímetros de mi frente?

Cinco series de cinco repeticiones más tarde, y casi cedí a la agonía.

Cuando por fin Luis tomó la barra y la colocó en la rejilla, me sentí aliviado de no tener más su cuerpo con su bulto sorprendentemente prominente de la entrepierna (que pensándolo bien debió deberse al ángulo desde el que lo estaba observando), apoyándose sobre mí como eso, un símbolo de masculinidad, masculinidad escasa en mis venas.

Cuando me senté, Luis me dejó solo y se acercó a un grupo de hombres que merodeaban por la parte trasera del gimnasio.

Los cuatro sets de veinte podrían no haber sido tan malos si mis músculos no hubieran recibido ya una paliza. La prensa inclinada con mancuernas también podría haber estado bien. Alivié la carga de peso para cada una, dándome cuenta de que Luis probablemente había puesto cada peso un poco demasiado pesado para mis capacidades. También tuve que ajustarme a una carga más ligera en la prensa de la máquina de declive. Luis me había dicho que siguiera empujando el manillar hasta que no pudiera manejar otra repetición. Ese momento ocurrió demasiado pronto.

Durante la duración de mi entrenamiento, mantuve mi mirada alejada de los demás en el gimnasio, pero podía sentir la suya en mí. Tenía que ser el hombre más débil allí por mucho tiempo. Sabiendo el calor que hacía afuera, parte de mí quería permanecer donde estaba, pero la opresión psicológica de todos esos Hulks superaba con creces la opresión física del calor, y después de mi enfriamiento obligatorio de cinco kilómetros, renuncié a estirarme, le di a Luis un saludo casual y me fui.

UN DESCUBRIMIENTO
SORPRENDENTE

Todavía estaba confundido por el sueño cuando abrí los ojos para recibir la suave luz del amanecer. Me di la vuelta, un movimiento tentativo, y miré al techo, mi cuerpo tenso por todas partes. Un músculo de la pantorrilla amenazaba con sufrir un calambre. Debería haberme estirado el día anterior, si no en el gimnasio, al menos cuando llegué a casa. En cambio, me bebí una botella de vino mientras completaba tres trabajos de escritura, cocinaba un chorizo y pasta horneada y luego me relajaba para ver Netflix. Tiré mi sábana, afortunadamente seca, y salté a la ducha.

Mientras tomaba un desayuno con tocino, verifiqué el clima local. La ola de calor estaba lista para continuar. El pronóstico en un sitio meteorológico predijo mediados de los treinta y, si el día anterior era algo por lo que pasar, la temperatura llegaría aún más alta al final de la tarde. Tierra adentro, incluso en la llanura azotada por el viento de Tefía, no había ningún lugar para estar. La isla también estaba soportando una neblina de polvo, con el viento del sureste impregnando el aire con el del Sahara. No había nada más que otro viaje a la playa y, después de una rápida búsqueda de las mareas, supe hacia dónde me dirigía. Salí por la puerta en menos de media hora.

El cielo en el Puertito de Los Molinos parecía un poco más claro, al menos mirando hacia el océano, y de pie en la costa sobre la arena blanca y cremosa, creí detectar una ráfaga de brisa fresca en el agua casi plana.

Parecía que todos aquí habían comprobado las mareas como yo lo había hecho, encontraron que estaba especialmente baja en este mismo momento y venían a aprovechar. Había un grupo de buscadores de placer arremolinándose sobre la arena húmeda y en los bajíos junto al acantilado, una pareja incluso llegó a los trescientos metros hasta las cuevas.

No perdí el tiempo en quitarme las chanclas y tirar la camiseta y la toalla en la arena cerca de los guijarros que bordeaban la playa. No estaba seguro de si usar o quitarme los lentes de sol, así que me los dejé puestos. Metí las llaves en el bolsillo seguro de mis pantalones cortos y, con el teléfono en la mano, salí chapoteando por los bajíos hasta el acantilado.

El agua llegaba a veces a la altura de mis tobillos, y tuve que meterme casi hasta la mitad de la pantorrilla para caminar detrás de los juerguistas que se divertían mucho en los charcos de roca junto a un arrecife bajo, y en los recovecos del acantilado de lava retorcido.

Mantuve una mirada insegura en el agua mientras vadeaba aún más profundo, llegando hasta mis rodillas mientras pasaba por una depresión en la pared del acantilado y luego doblaba una protuberancia rocosa. No es de extrañar que los más temerosos se quedaran más cerca de la playa principal. Cuanto más avanzaba, más desconcertante era la sensación de que la marea cambiaría repentinamente o aparecería una gran ola de la nada, como había sucedido el día anterior. Seguí caminando, asegurándome de que había comprobado una y otra vez. Según las predicciones, la marea baja se produciría en unos cinco minutos, lo que me daba tiempo suficiente para explorar la cueva.

El agua en el tramo final debajo del acantilado era poco profunda y el lecho marino estaba sembrado con grandes rocas. Bajé el paso, disfruté del momento y me detuve para tomar algunas fotos.

Mientras me acercaba a la cueva, la pareja que había visto desde la playa principal había comenzado a regresar. La mujer me saludó y dijo algo rápidamente en español que no pude entender, pero asentí y sonreí como si lo hiciera. Ella se encogió de hombros y siguió hablando con su compañero; sobre qué, no tenía ni idea. Además, mi atención estaba bien y verdaderamente atraída por la vista que tenía delante.

Frente a mí había un arco de lava y, en su base, áreas de roca rosa. A medida que me acercaba al arco, el agua se hizo más profunda para formar una piscina turquesa que estaba rodeada de rocas cubiertas de algas. Entré, hundiéndome hasta la cintura mientras cruzaba. El agua estaba tibia y tranquila, y quería disfrutar del lujo por un tiempo, pero decidí dejar esa experiencia para más tarde.

Salí del agua y entré en la cueva. Caminaba sobre arena dura aunque húmeda. Pequeñas olas lamían mis dedos de los pies. Seguí unos pasos, acercándome a la oscuridad, al principio cegado por el contraste. Mis ojos se adaptaron lentamente y vi más adelante otro arco de roca, la arena se dirigía hacia el interior bajo un amplio techo abovedado.

Justo dentro de la cueva, otro estanque de rocas estaba escondido detrás del arco principal, y el agua se arremolinaba acariciando la arena. Me volví y, por un momento, me quedé mirando hacia afuera, mirando el océano zafiro y el cielo azul lechoso. Era surrealista y encantador, y tuve que apartar los ojos, ansioso por explorar el interior.

Fascinado por la cueva en sí con todas sus formas y colores, vagué por los tramos más lejanos, entrando en un túnel poco más alto que la altura de la cabeza. Me agaché, por si acaso. En poco tiempo, la luz se desvaneció por completo y encendí la linterna de mi teléfono. La arena estaba fría y un poco húmeda bajo mis pies. Recordando algo que había dicho Luis, me detuve a escuchar el mar, que sonaba más fuerte cuando las olas rompían contra el acantilado rocoso.

Un boom repentino y me detuve en seco. Esa ola era demasiado grande y estaba demasiado cerca para mi comodidad. Instantáneamente sentí claustrofobia. ¿Qué tan lejos llegaría el agua cuando subiera la marea? Sin querer averiguarlo, me di la vuelta y corrí de regreso.

Casi había entrado en la cámara principal cuando algo me llamó la atención, algo que no estaba hecho de piedra, que sobresalía de una repisa alta. Al principio pensé que era un animal, o incluso un cuerpo, pero pronto vi que era una mochila. Recordé a la pareja con la que había pasado y decidí que debía pertenecerles. Tenía dudas sobre si dejarla allí o llevármela cuando otra ola se estrelló contra la base del acantilado.

Tomé la mochila de la repisa y, al encontrarla mucho más pesada de lo que esperaba, la dejé caer al suelo. No había tiempo para mirar adentro.

Entré en la cámara principal para encontrar las olas que habían estado lamiendo el estanque de rocas ahora arrastrándose hacia la cueva en largos barridos. Más allá de la cueva, entraban olas más grandes, una tras otra. No eran altas, pero seguro que viajaban rápido. La marea parecía tener una avalancha espantosa. En mi ingenuidad, había pensado que la marea baja duraría al menos un par de horas, pero claramente estaba equivocado. Por supuesto que estaba equivocado. La marea solo estaría en su punto más bajo por un momento y luego volvería a subir. Ahora estaba claro para mí que la mujer con la que me crucé había estado tratando de advertirme de este mismo hecho.

Corrí hacia la boca de la cueva. El Puertito de los Molinos parecía un refugio lejano aislado de mí por el océano invasor. Vi que la pareja ya había desaparecido y, escaneando el océano a lo largo de la base del acantilado, no había nadie más a la vista.

No había nada más que regresar lo más rápido que pudiera. Evitando el pánico puro, metí mi teléfono en la mochila y lo levanté por encima de mi cabeza, forzando a los músculos tensos de mi hombro y brazo a obedecer mi voluntad. Vadeé el estanque de rocas, ahora mucho más profundo que antes, y tan pronto como llegué al otro lado y el agua solo me llegaba hasta las pantorrillas, bajé la mochila hasta el pecho y me eché a correr.

Esa profundidad no duró mucho.

Donde el agua me llegaba hasta las rodillas, ahora me llegaba hasta la mitad del muslo. Al ver esas olas resueltas que se levantaban hacia mí, tuve que resistir la tentación de recuperar mi teléfono, tirar la mochila y nadar. De lo contrario, había muchas posibilidades de que una ola real me arrojara contra el acantilado.

No había vadeado mucho más antes de que mis muslos y pantorrillas comenzaran a quejarse. ¡Maldito sea ese gimnasio! Trescientos metros empezaban a parecer mil. La corriente estaba en mi contra, queriendo arrastrarme hacia el sur. Seguí adelante tan rápido como pude, pero la playa principal no parecía acercarse más.

Busqué formas de escalar el acantilado, pensando que podría ser mi mejor opción, pero no era un escalador de rocas, y probablemente solo lograría trepar una fracción, y luego me quedaría atascado, aferrándome a la roca retorcida mientras la marea subía y cubría de rocío, solo para luego resbalar y caer, golpearme la cabeza y ser arrastrado por esa corriente feroz.

Mis brazos habían comenzado a quejarse por el esfuerzo de levantar la mochila para evitar que el contenido se mojara. Era una bola de dolores y molestias con nudos, cada parte de mí resistía el esfuerzo de vadear a través del agua agitada. Seguí adelante, esforzándome contra la marea y la corriente empujándome, tratando de hacer parpadear mi visión, tratando de no ceder al pánico que amenazaba con consumirme cada vez que una ola pasaba.

Cuando llegué al tramo donde el agua había llegado a la mitad de mi pantorrilla, estaba chapoteando en el agua por encima de mis rodillas. Quería acercarme un poco más al acantilado donde el agua era un poco menos profunda, pero existía el riesgo de que la oleada de contracorriente creara suficiente turbulencia como para derribarme.

Cuando el agua de una ola más grande se dirigió hacia mí, forcé la mochila por encima de mi cabeza y me preparé, con los pies a horcajadas, resistiendo la ola. Al ver la ola chocar contra el acantilado, el terror se apoderó de mí. Si no me movía, sería una de esas estadísticas que justificaban la señal de advertencia en la playa.

Me esforcé hacia adelante, instando a mis piernas a trabajar más duro, decidido a regresar a la orilla. Incluso con una determinación férrea que solo la adrenalina puede infundir, cada paso era un esfuerzo. La marea estaba en mi contra en todos los sentidos. Mientras me acercaba al final del acantilado y la playa estaba tentadoramente cerca, las olas reunieron su fuerza como si estuvieran empeñadas en estrellarme contra la pared rocosa. Resistí con todas mis fuerzas, volviéndome de lado con la mochila muy por encima de mi cabeza. Luego me preparé para el retrolavado cuando el agua golpeó una repisa que pronto se sumergiría. Mientras el océano retrocedía, listo para su siguiente golpe, avancé, inquietantemente cerca de la línea de ruptura.

Mi terrible experiencia llegó a un abrupto final cuando rodeé el final del acantilado y me dirigí a las aguas poco profundas de la playa. Medio anticipé una ronda de aplausos, pero nadie se dio cuenta. Los bañistas estaban acostados en sus toallas en la arena inmediatamente debajo de la banda de guijarros, o posados en esa banda, habiendo encontrado de alguna manera un lugar cómodo.

Fuera del agua, mis piernas se convirtieron en gelatina. Llegué a mi toalla, ahora peligrosamente cerca de la marea invasora, y me las arreglé para ponerme mi camiseta y deslizar mis pies en mis chanclas. Encontré un lugar para sentarme en la playa lejos de los demás y me recuperé. Tuve un repentino antojo de chocolate.

Pronto, sentí demasiado calor. El sol era feroz y necesitaba con urgencia un poco de sombra. Pensando que primero tenía que encontrar al dueño de la mochila, saqué mi teléfono y, con una mirada superficial al contenido de la mochila, todo lo que vi fue una toalla, me obligué a levantarme.

Me acerqué a una pareja cercana que estaba sentada, disfrutando del sol en sus caras. Levanté la mochila y pregunté si era de ellos. Negaron con la cabeza. A continuación, me acerqué a tres mujeres que yacían boca abajo, asándose la mitad de la espalda al sol del mediodía. No tenía idea de su nacionalidad, así que pregunté en mi propia lengua materna. Ellas respondieron, después de mirarme, perplejos, con un fuerte acento que tomé por ser español, que no sabían nada de ninguna mochila.

Seguí adelante, acercándome a familias, hombres solteros, de hecho, a todas las personas en la playa en ese momento. Ninguno de ellos reclamó la propiedad de la mochila ni había visto a nadie con ella ni nada similar. Todo lo que obtuve por mis problemas fueron muchos encogimientos de hombros vacíos.

¡Qué montón de cretinos distraídos!

Con la esperanza de encontrar en el restaurante a la pareja con la que me había cruzado en las cuevas, me abrí camino a través de los guijarros y luego subí un tramo de escalones de piedra, entrando en la zona de asientos al aire libre. Allí escudriñé a la clientela y recorrí las mesas. Recibí las mismas reacciones negativas y desconcertadas, junto con muchas miradas furtivas e intercambios susurrados que capté en mi visión lateral.

Derrotado, estaba a punto de irme a casa, cuando una mujer corpulenta con una blusa que no le quedaba bien me dijo que preguntara en el otro restaurante.

—Parece cerrado —dije.

—No está cerrado. Tú ve —insistió ella.

No me gustaba que me mandaran. En desafío, sentí deseos de dirigirme hacia mi coche para tomar una ducha fría y tomar una cerveza en casa, pero la sensación de que me arrepentiría de no haberlo intentado todo para localizar al propietario me impulsó a través del pueblo de diez pequeñas chozas.

En el denso calor del mediodía, con el sol abrasando mi espalda y un olor a pescado asaltando mis fosas nasales, comencé a sentir náuseas y desmayos.

Al final de la playa, subí los dos tramos de escalones de piedra que conducían al restaurante. Cuando entré en la profunda terraza rústica de ese restaurante claramente bohemio, estaba a punto de colapsar en uno de sus sofás de aspecto barato.

Por lo que pude ver, el comedor estaba al aire libre bajo pérgolas rústicas. Una sección tenía franjas de tela de colores brillantes, cubiertas tal vez para parecerse a una tienda beduina y mantenidas en su lugar debajo de un entrecruzamiento aleatorio de vigas que daban sombra al espacio entre dos chozas cuboides. La pared del fondo era el acantilado en sí. El padre en mí consideró que el restaurante no era seguro para niños. Una sola cuerda colgando entre postes bajos era todo lo que impedía que los comensales cayeran por el borde. Jackie habría tenido un ataque. Sin embargo, el restaurante estaba en una ubicación privilegiada con vistas a la playa, el océano y el acantilado, y no parecía haber nada que hacer más que relajarse, disfrutar del ambiente y comer. Y muchos lo hacían. A pesar de los dudosos estándares de seguridad, debajo de varias secciones del dosel, sentados frente a un área de cocina al aire libre que difícilmente podría llamarse cocina, una serie de comensales felices ocupaban cada mesa. El chef, si se le podía llamar así, estaba trabajando en la creación de una paella en un plato enorme sobre un fuego abierto. Era un hombre corpulento y barbudo que vestía una camiseta, un delantal y una gorra de béisbol, y tenía una figura muy excéntrica.

Haciendo caso omiso de su mirada, que se había clavado en la mía en el momento en que lo noté, di la vuelta con la mochila, recibiendo los mismos movimientos de cabeza y miradas de confusión y perplejidad que anticipé. Finalmente, llegué a una mesa donde un hombre y una mujer disfrutaban de unos tragos y de la vista.

El hombre era delgado, moreno, con un espeso cabello oscuro recogido en una cola de caballo en la nuca. La mujer tenía el cabello cobrizo y una apariencia fresca e inglesa. Sobre la mesa había una cámara de aspecto caro. Turistas. Tenían que ser. Levanté la mochila y repetí mi pregunta.

—¿Les pertenece esto por casualidad?

Ambos me miraron a la vez, luego la mujer me miró de arriba abajo. Para entonces, ya estaba acostumbrado al aparente rechazo de mi pregunta, yo, mi ser por completo. Debo haber parecido tan derrotado como me sentía. El hombre abrió la boca para hablar cuando la mujer dijo:

—Parece que necesita sentarse.

La mirada del hombre volvió a mi rostro. Dijo algo en español. Ella respondio. Luego dijo:

—Traiga una silla.

—¿No molesto su almuerzo?

—Ya nos íbamos —dijo la mujer—. Puede quedarse con nuestra mesa. Parece que la necesita.

Saqué la silla de repuesto y me senté, colocando la mochila en el suelo entre mis pies. Privado de su dueño, me sentí extrañamente como su guardián.

—Soy Claire —dijo la mujer con una amplia sonrisa—, y este es Paco.

—Trevor.

Ella inclinó su rostro hacia mí, inquisitiva e interesada. Me sentí extrañamente incómodo.

—¿De vacaciones?

—Algo así. Alquilo una casa de campo en Tefía por tres meses.

—Escapando, entonces.

Me reí.

—Podría decirlo. Soy escritor.

—Impresionante.

—¿Dónde en Tefía? —preguntó el hombre, Paco.

—Partiendo de esta dirección, la tercera casa a la izquierda.

Una mirada de reconocimiento apareció en el rostro de Paco como si conociera bien la propiedad.

—¿Y ustedes? —les pregunté.

—Vivimos en uno de los pueblos del interior.

—¿Cuál?

—Tiscamanita. —La forma en que Paco dijo la palabra dio una impresión de pertenencia y sentí que era un local.

—Restauramos una ruina —dijo Claire con orgullo.

—*Tú* has restaurado una ruina —se apresuró a decir Paco.

Ella emitió una risa incómoda.

—Paco es fotógrafo —me dijo ella. Metió la mano en su bolso y extrajo una tarjeta de negocios. Deslizando la tarjeta por la mesa en mi dirección, dijo—: Hemos convertido una esquina de la casa en un apartamento de un dormitorio. Autónomo. Entrada privada.

—Gracias, pero...

—Con una vista espectacular de un volcán.

—Él ya tiene un lugar, Claire.

Ella miró hacia el océano.

—Quizá quiera volver a la isla o quedarse más tiempo esta vez. Nunca se sabe. —Volvió la cabeza, su mirada se posó en mi cara.

—De hecho, no lo sé —dije, guardándome la tarjeta en el bolsillo.

—Espero que encuentre al dueño —dijo Paco, mirando la mochila a mis pies mientras se levantaba.

Se despidieron y me desearon suerte. Los vi alejarse, luego me acerqué al chef, como había visto hacer a otros, y pedí un plato de su paella y una cerveza.

Mientras esperaba mi orden, verifiqué los horarios de las mareas en mi teléfono y descubrí que había tenido razón, nada malo con mi capacidad de observación o mi memoria, solo mi comprensión de las mareas. Había una diferencia de casi dos metros entre la marea baja y la marea alta, según el día, y eso equivalía a mucha agua. Como la pendiente de la playa era leve, era lógico que la marea se precipitara en la forma en que lo había hecho, deteniéndose en la playa solo por ese banco de guijarros.

¿Por qué no me detuve y pensé en lo que esa mujer que salía de la cueva había estado tratando de decirme? Mientras consideraba mi respuesta, me encontré cara a cara con una cualidad de mi naturaleza que no había reconocido realmente antes. Fui demasiado rápido, demasiado impulsivo, demasiado ansioso por demostrar (a un instructor de gimnasia, por el amor de Dios) que no era un tonto ignorante. Había asimilado de un vistazo la nueva información sobre las mareas y asumí que había adquirido algún tipo de conocimiento profundo. Ahora vi que mi evaluación era una forma de arrogancia. Después de todo, incluso si hubiera considerado lo que esa mujer había estado diciendo, probablemente no habría prestado mucha atención. ¿Siempre era tan rápido en asumir que tenía razón?

La llegada de mi cerveza me distrajo de mis pensamientos. La paella que vino poco después estaba deliciosa. La vista y toda la experiencia de ese café rústico resultó ser un ungüento para una mañana que de otro modo sería confrontante.

UN MOMENTO DE CONCIENCIA

Con su astucia habitual, el salvaje sol de verano había hecho todo lo malo posible para mi piel, los efectos no se sintieron hasta más tarde, hasta que regresé a la casa de campo después de mi terrible experiencia, la quemadura se desarrolló como una fotografía, irradiando su calor ardiente en la oscuridad de la habitación sin ventanas donde me senté durante una hora bebiendo cerveza. Mi piel me picaba más en los hombros, la nariz, la frente y el cuero cabelludo, esas áreas de mi cuerpo que habían sufrido la peor parte del incendio infernal, mientras que mis piernas, sumergidas en agua durante mucho tiempo, aún estaban blancas salvo por mi muslos ya quemados por el sol. También lucía dos discos blancos de forma irregular alrededor de mis ojos. Parecía un panda. Demasiado para el protector solar. Además de mis males, estaba desarrollando rápidamente un fuerte dolor de cabeza que los analgésicos no lograban tocar. Sentí náuseas, tenía una sed rabiosa e irradiaba calor como un alto horno.

Había planeado ir al gimnasio más tarde, pero en mi condición, solo estaba en forma para momentos tranquilos en habitaciones oscuras con muebles suaves. No podía fruncir el ceño, no podía entrecerrar los ojos y ciertamente no podía sonreír. Cuando lo hice, pagué el precio.

Me acabé una segunda botella de San Miguel y me metí en la ducha, dejando que el agua fría me calmara la piel. Me quedé allí un buen rato. Habían pasado diez minutos antes de que me secara con palmaditas y me frotara cuidadosamente la piel con un poco de Savlon. Vestido sólo con calzoncillos, arrastré mi pobre y dolorido cuerpo a la cocina donde la mochila, la causa de mi agonía, estaba sentada en el banco.

Al verla allí, lamenté el momento en que tomé esa decisión en la cueva de traerla conmigo. Debería haberme ido solo, o haber seguido una vocecita en el interior que sugirió en el momento en que salí del océano que regresar a mi auto, o al menos, dirigirme a la sombra proporcionada por el restaurante principal, eran buenas ideas. Si hubiera seguido mi propio consejo, muchas de mis quemaduras solares no habrían sido tan graves. En cambio, me había asado como una bestia en un asador mientras extraños en la playa daban lentamente sus respuestas sobre si lo eran o no, o sabían del dueño del artículo ofensivo.

Debería haberme rendido después de que se hizo evidente que nadie sabía nada al respecto. Pero esa parte de mi cerebro que le gusta no dejar piedra sin remover, me hizo acercarme a cada persona en la playa.

De hecho, debería haber ido directamente a la policía en ese mismo momento, entregar la cosa rojiza y haber terminado. Que encontraran al dueño.

Debería haber hecho todo eso, pero no lo hice. Y ahí estaba la mochila, sin dueño, en mi cocina.

Aún podría y debería ir a la policía. Pero no estaba en condiciones de conducir.

Debería, debería, debería. ¡Basura a un monólogo interior lleno de culpa y auto-recriminaciones! Ya era hora de que trajera algo de positividad a mi vida.

Abrí la cremallera del bolsillo principal y estaba a punto de extraer el contenido cuando entró la precaución. ¿Era prudente alterar lo que podría ser una prueba? ¿No debería al menos llevar guantes?

Encontré un par de guantes de goma en un cajón. Todavía estaban en su paquete. Abrí el plástico, extraje un guante e inserté una mano. La goma estaba apretada y tiraba de mi piel. No había pensado que mis manos estaban sensibles a las quemaduras solares hasta ese momento. Debí haber atrapado el sol cuando llevaba la mochila por encima del agua.

Tuve que tirar y tirar para meter los dedos a mitad de camino en los orificios de los dedos y dejé de intentar ponerme el guante correctamente cuando cada dedo estaba a la mitad.

Un guante bastaría.

Con cautela, extraje el contenido de la mochila, artículo por artículo, y los coloqué en el banco. Una toalla de playa, enrollada como una salchicha, de colores vivos, húmeda y con olor a mar. Un par de zapatos de lona hechos jirones sin cordones. Las suelas estaban gastadas y la lona manchada. Ciertamente habían visto días mejores. Un diario con una tapa azul lisa, nuevo y sin ni siquiera un garabato. Me llamó la atención la bolsa frontal abultada. Un par de pantalones cortos y una camiseta estaban apiñados en el pequeño espacio. Ambos eran viejos y estaban descoloridos. Poco más que harapos. La camiseta tenía un agujero cerca del dobladillo. Los bolsillos de los pantalones cortos estaban vacíos. Encontré una botella de protector solar en un bolsillo lateral y un teléfono móvil en el otro. El único otro artículo que llenaba el fondo del compartimento principal de la mochila y era demasiado grande para extraerlo con mi única mano enguantada, era un paquete de lo que parecían montones de papel envuelto en una tela vieja. Me puse el segundo guante lo mejor que pude y luego saqué el paquete de la mochila y abrí la tela.

Mi mandíbula se abrió. Allí, ante mis ojos, había paquetes

de dinero en efectivo asegurados con bandas de goma y apilados en cinco pilas ordenadas. Tomé uno de los paquetes superiores y hojeé las notas. Eran todos cincuenta euros y una estimación aproximada me dijo que había veinte en ese paquete. Eso eran mil euros. ¿Cuántos paquetes había en una pila? Pasé el dedo por la pila más cercana a mí y conté diez bultos. Eso significaba cincuenta paquetes en total. Si cada uno contenía mil euros, entonces yo estaba mirando cincuenta mil euros.

¡Cincuenta mil euros!

Estaba inestable sobre mis pies. Mis ojos se llenaron de codicia mientras mi mente giraba con posibilidades. Un coche. Pagar la hipoteca. Reservar otras vacaciones. Cualquier cosa en absoluto.

Dejé el dinero en efectivo allí, palpé la mochila, hurgué en cada bolsillo, revisé dos y tres veces, volteé la mochila y la sacudí vigorosamente, pero no había nada más que encontrar.

Mis manos sudaban dentro de los guantes de goma. Me los quité y dejé que mi piel respirara mientras ordenaba mis pensamientos.

Ese dinero en efectivo le pertenecía a alguien y no tenía derecho a quedármelo. O más bien, para apaciguar mi conciencia, necesitaba al menos intentar identificar al propietario.

La ropa y la toalla no me decían mucho. La única identificación era ese teléfono. Lo encendí y me sorprendí cuando pude deslizarme directamente a la pantalla de inicio. No pantalla bloqueada. Con extraña anticipación, entré en mensajes. Vacío. Registro telefónico. Nada. Aplicaciones de redes sociales. No activadas. Entré en contactos y encontré dos números de teléfono, ambos móviles y ambos sin nombre. Dudé. ¿Debería intentar llamar a esos números? Parecía la forma más directa de averiguar qué estaba pasando. Pero una pequeña voz cautelosa en mi interior me detuvo.

Tuve la presencia de ánimo para apagar el teléfono para

ahorrar batería. Luego examiné el contenido de la mochila una vez más. Aparte del dinero en efectivo, los artículos eran los de un amante de la playa habitual, alguien que ya había ido a nadar (por la toalla húmeda) y le apetecía ir otra vez. Los zapatos de lona evocaban a un joven turista, tal vez un surfista. Alguien que había conseguido un vuelo barato. Alguien a quien le gustaba pasar unas vacaciones fuera de los caminos trillados. La falta de una botella de agua sugirió que el individuo, hombre, a juzgar por los pantalones cortos, no había planeado quedarse mucho tiempo, pero nadie lo haría, no en esa cueva.

El dinero le daba un tono diferente a las cosas y una serie de pensamientos galoparon por mi mente al mismo tiempo. Por encima de todo, quienquiera que perteneciera a la mochila volvería a la cueva a buscarla. Se me ocurrió en un pensamiento aislado que la repisa donde se había escondido la mochila debía estar por encima de la línea de flotación incluso en las mareas más altas. La arena estaba seca allí, por lo que recuerdo. Quizás la mochila no había estado allí tanto tiempo, y de alguna manera me las había arreglado para perder al dueño por completo mientras la marea subía, incluso mientras estaba en la playa acercándome a cada persona allí. Porque nadie en su sano juicio habría nadado en la otra dirección. Por lo que había visto en los mapas, la costa consistía en un largo tramo de acantilado.

¿La mochila realmente pertenecía a la pareja con la que me había cruzado cuando me acerqué a la cueva? Pensando en retrospectiva, el hombre parecía agitado. ¿Era por eso que la mujer quería que me diera la vuelta? ¿En caso de que encontrara la mochila? ¿Nada que ver con la marea? Pero si ese fuera el caso, ¿por qué desaparecer de Puertito? ¿Por qué no esperar a que apareciera yo, con las manos vacías o cargado?

La pregunta mucho más importante era por qué alguien querría esconder una mochila llena de dinero en efectivo.

Obviamente, porque era dinero poco fiable, quizás robado, o producto de un delito. ¿Dinero de droga? Tenía que ser. Quienquiera que hubiera escondido la mochila sabía que alguien estaba o estaría detrás de ellos, y necesitaba esconder el dinero en el lugar más improbable mientras se dirigían a ocuparse de otra cosa.

¡Qué extraño escondite!

A menos que realmente lo necesitaran totalmente fuera del camino y completamente inaccesible.

Con toda probabilidad, alguien más estaría a la caza de ese dinero en efectivo y yo me había acercado a todos en la playa y en ambos restaurantes, haciendo alarde de esa mochila para todos y cada uno.

La alarma me atravesó. Alguien podría haber reconocido la mochila, fingir no hacerlo para no llamar la atención y luego seguirme hasta aquí.

Fui directamente a la ventana y miré a través de las cortinas de red de un lado a otro de la calle. No había nadie, ningún coche sospechoso estacionado cerca.

Pero eso no significaba que estuviera a salvo. Correrían la voz. Sería el chisme del día para todos aquellos a los que me había acercado, un turista inglés idiota con la mochila perdida de alguien.

Mis sospechas aterrizaron en esa pareja del restaurante Bohemio, Paco y Claire; se habían apresurado a dejar su mesa y marcharse. Eran los sospechosos más probables simplemente porque eran los que más se interesaron por mí. Todos los demás habían expresado indiferencia. Ellos no. Me invitaron a unirme a ellos. Y yo había caído en su trampa y les dije exactamente dónde me estaba quedando.

Sin embargo, ¿por qué me dieron su tarjeta de negocios? Si estuvieran implicados de alguna manera, ¿no preferirían ocultar sus propias identidades en lugar de hacer alarde de ellas? Tal vez Claire pensó en atraerme a su lugar para hacerme algo que solo Dios sabe. Después de todo, parecía bastante dispuesta a atraerme a Tiscamanita. Me imaginé a la pareja, segura de sí misma y relajada, y me dije a mí mismo que me estaba volviendo paranoico. Esa pareja exudaba una mezcla de indiferencia y leve preocupación. Les faltaba el aire criminal. Ninguno de los dos tenía nada de sospechoso. En total, no eran del tipo criminal.

Por otra parte, nunca lo sabría.

Considerando todas las implicaciones de mi situación, parecía que no me quedaba otra opción. Tenía que conducir hasta la comisaría más cercana y entregar la mochila. Cuanto más me aferrara a ella, peor sería para mí. Me puse los guantes, envolví el dinero en efectivo y luego comencé a devolver el contenido a los bolsillos laterales.

Mientras recogía el paquete de efectivo, dudé. Había más en esto de lo que se veía a simple vista, y estaba haciendo una serie de suposiciones sin fundamento. La verdad se revelaría si esperaba. Si alguien golpeaba mi puerta, podía actuar como tonto o entregar el dinero en efectivo. O simplemente podría esconder la mochila y fingir que se la había entregado a la policía y luego salir corriendo después de que quienquiera que fuera se había ido.

Independientemente de lo que eligiera hacer, una cosa era segura, mientras que la duda y las sospechas reemplazaban a la dura verdad, no podía gastar un solo euro de ese dinero.

INCERTIDUMBRE

Me desperté enredado en las sábanas de nuevo. Para mi gran alivio, estaban secas, pero tenía una erección todopoderosa, y necesitaba urgentemente orinar.

A la deriva en mi mente se encontraban volutas de un sueño, imágenes translúcidas de carne núbil, apenas definidas.

Se estaba celebrando una fiesta a mi alrededor. Estaba de pie junto a una piscina. Juerguistas con poca ropa retozando. Heavy metal sonaba de fondo. La risa aumentó. Entonces apareció un hombre en el agua. Me miró y sonrió. Me inmovilizó con la mirada mientras salía de la piscina. Estaba desnudo. Su miembro brillaba. De repente, fue todo lo que pude ver. Sabía que el hombre era Vince.

Me desenredé y fui al baño para lidiar con la incómoda situación de un pene duro como una piedra y una vejiga llena a reventar. Me dolían las bolas y necesitaba orinar. Las bolas tuvieron prioridad.

Mientras me lavaba las manos, reflexioné sobre por qué Vince debería aparecer repentinamente de mi inconsciente y entrar en mis sueños. Esos días furtivos de tirones frenéticos quedaron verdaderamente en el pasado. En aquel entonces, ninguno de los dos había hablado nunca de ser gay, y durante todo el tiempo que estuve casado con Jackie nunca sentí deseo por un hombre. Tenía que admitir que la tendencia debe haber estado acechando en mí, aunque débilmente, o nunca habría dejado que Vince manejara mi pene con solo la más leve alarma y repulsión. Seguramente un hombre puramente heterosexual habría golpeado a Vince en la cara en el momento en que sus dedos aterrizaran en su miembro. Para mí, sus suaves manos de chico excitaban al extremo. Mi sexualidad se sentía ambigua al recordar. Sin embargo, todavía no sentía ningún deseo ni atracción por un hombre, ni siquiera en mi imaginación. Entonces, ¿qué se estaba filtrando? ¿Significaba algo? ¿O era solo un truco jugando conmigo durante esta fase más vulnerable de mi vida?

En la ducha, atribuí mis molestias nocturnas a los nervios tensos y al exceso de emoción, y acabé con las nuevas especulaciones. Mi tiempo en Fuerteventura estaba destinado a ser un retiro relajante. Es cierto que había estado en la isla solo una semana, y no podía esperar haberme desenrollado y asentado en una rutina en ese tiempo, ciertamente no conducente a la composición de ficción, pero permanecía muy alejado de las tensiones de mi rutina diaria y me sentía más relajado que en Inglaterra. Mi transformación física también había comenzado. Todo ese pedaleo y levantamiento en el gimnasio no había cambiado mi físico, pero el esfuerzo estaba comenzando a generar sensaciones de bienestar, incluso si mi cuerpo estaba adolorido, de pies a cabeza.

¡Y qué semana había sido! Primero, el inquietante descubrimiento de que un albergue juvenil local había funcionado una vez como una prisión que encarcelaba a hombres homosexuales, un asunto que había estado molestando en los márgenes de mi mente desde que Angela sugirió que escribiera sobre él. Ahora, esa horrible historia, a solo un corto paseo desde la ventana de mi dormitorio, había sido eclipsada por un drama actual que se desencadenaba ante mí, desde el momento en que encontré la mochila. Parecía que la vida tenía planes para mí en esta isla, planes que no implicaban descanso y relajación. Parecía como si me hubieran elegido como personaje en una especie de saga que deseaba que *fuera* ficción para no tener que soportar la ansiedad que la acompañaba.

Me paré frente al espejo del baño e inspeccioné las quemaduras solares. Mi piel estaba carmesí y estaba decidiendo si broncearse o pelarse. Mi nariz ya lo había decidido. Independientemente de lo que decidiera hacer con el día, tenía que mantenerme alejado del sol, o al menos cubrir mis partes quemadas. Apliqué Savlon y seguí con una generosa dosis de la crema hidratante que había adquirido de Jackie. Al salir del baño, olía vagamente a antiséptico y a flores.

Con un desayuno de masa madre tostada cubierta con gruesas rodajas de tomate y queso de cabra, todo rociado con aceite de oliva, revisé mi bandeja de entrada, por fin abrí la carpeta «Pendientes» y abrí el correo electrónico de Jackie.

Dos breves frases y ella me deseaba un feliz viaje. Eso era todo. ¿Debería responder? ¿Darle las gracias? Pero luego ella respondería al mío, esperando actualizaciones. Terminaría exigiendo una cuenta completa de mi estadía para satisfacer su curiosidad. Dadas las circunstancias, cuanto menos diga, mejor. Eliminé el correo electrónico. Si tenía curiosidad, déjala cocerse.

Entre la basura habitual, había tres breves asignaciones de redacción: una empresa de gimnasio quería más contenido para su sitio web, un blogger quería un artículo sobre la salud de los hombres y la última era una solicitud de diez consejos importantes para excursionistas. Imaginé un posible Consejo Diez: si ves una mochila solitaria en tu caminata, déjala donde está.

Todos eran buenos pagadores. Fui en contra de mi decisión

anterior de no aceptar más asignaciones y las acepté una por una. Hice una taza de café y me puse a trabajar.

Era mediodía cuando me detuve a preparar el almuerzo. Estaba a la mitad de cortar las verduras para ensalada, con el cuchillo sobre un pepino, cuando mi laptop emitió su sonido de Skype.

Angela. Tenía que ser.

Quería ignorarla, pero el sonido era demasiado exigente. Cuchillo en mano, me sumergí en un momento de confusión. Necesitaba terminar de preparar mi ensalada o se arruinaría. Si le dijera que me devolviera la llamada, querría saber por qué. Además, también sería su hora de almuerzo.

Dejé el cuchillo y fui a contestar la llamada, corriendo al pequeño comedor donde había instalado mi estación de trabajo y presionando el botón de aceptar. Angela apareció instantáneamente en pantalla. Le sonreí a pesar de que no podía verme, dejé mi cámara web apagada. Sin video, al menos no podría reírse de mi cara quemada por el sol.

—Mala conexión —le dije antes de que ella preguntara.

—Hola, Trevor. ¿Cómo estás?

—Estoy genial —mentí.

—Encantada de escucharlo.

Llevé la laptop al banco de la cocina y seguí cortando, tan silenciosamente como pude, el cuchillo haciendo golpes rítmicos en la tabla de cortar.

—¿Qué es ese horrible sonido?

—Perdón.

Empecé a cortar lentamente, bajando lento el cuchillo mientras golpeaba la tabla. Pasé a una zanahoria.

—¿Cómo vas con la escritura? —dijo ella.

—Acabo de completar tres asignaciones.

—Eso no es lo que quise decir.

—Un hombre tiene que comer.

Era cierto, mis escasos ahorros no durarían para siempre.

Angela se pasó una mano por el pelo.

—Deberías considerar escribir sobre esa prisión.

—No.

Empujé la hoja hacia abajo con fuerza sobre el último segmento de zanahoria. Debe haber sonado terrible del otro lado, pero Angela no hizo ningún comentario. Hubo un momento de silencio. Luego dijo:

—No suenes tan empático. Eres el escritor perfecto para ello.

No lo era. Sabía muy bien que no lo era. Tenía suficiente confusión dentro de mí, y lo último que necesitaba era encarnar personajes homosexuales, especialmente aquellos encarcelados en un campo de concentración. Sería demasiado.

—¿Y ese Richard H. Parry? —dije con desdén—. Dáselo a él.

Le puse a mi ensalada corazones de alcachofa y un pimiento rojo entero asado que rompí con los dedos.

—No tiene tu sensibilidad cultural —dijo Angela—. Es demasiado anticuado para hacer justicia al tema.

—¿De una prisión?

—De preferencia de género.

Tiré la ensalada en el tazón y rocié todo con un aderezo de aceite de oliva y lo dejé en el banco, llevándome la laptop y Angela a la mesa del comedor.

—¿Y yo lo sé todo? —dije, instalando mucho sarcasmo en mi voz mientras me sentaba—. Bueno, no lo sé.

—Trevor, sí sabes.

—No otra vez. Déjalo en paz, Angela. Soy heterosexual.

—Tan recto como un plátano.

Irritado, quité una mota de polvo de la esquina inferior de la pantalla que me había estado molestando durante toda la llamada. Hubo una larga pausa y luego gritó:

—¡Qué te pasó en la cara!

Una oleada de humillación conmocionada me atravesó.

¡Malditos sean mis dedos torpes! Ella me miraba fijamente, las lágrimas ya rodaban por sus mejillas.

Tomada con la guardia baja, solté toda la historia de mi terrible experiencia en el Puertito de Los Molinos, incluida la parte de no tener en cuenta la amplitud de la marea, un descuido que me llevó a la falsa creencia de que tenía tiempo suficiente para regresar a la playa principal.

—Trevor —jadeó cuando terminé de hablar—, esto simplemente debes escribirlo.

—No puedo. Lo estoy viviendo, Angela, y es, bueno, aterrador.

—Todo lo que necesitas hacer es entregar la mochila a la policía y luego inventarte una historia de lo que hubiera pasado si no lo hubieras hecho.

—¿Te refieres a si me quedo con el efectivo?

—¿Seguramente tu imaginación puede correr hacia eso?

—No mientras la mochila esté en mi silla.

—Por supuesto, no. Te está poniendo demasiado ansioso. —Miró hacia la puerta de su oficina—. Tengo que correr. —La pantalla se quedó en blanco antes de que pudiera despedirme.

Angela tenía razón, como siempre. Necesitaba entregar la mochila.

Al menos no había mencionado a Sandra Flint y su inmerecida preselección. Por otra parte, el trabajo sí se lo merecía, pensé con repentino orgullo. Esa preselección era mía, y al menos debería permitirme un poco de satisfacción incluso si me negaran algún premio en efectivo.

Tomé mi ensalada de la cocina y comí hasta el último bocado mientras me desplazaba por las imágenes de Fuerteventura. Cuando me aburrí con fotos de sol y arena, localicé la estación de policía más cercana.

Deteniendo lo inevitable, lavé, sequé y guardé, mis ojos revolotearon hacia la mochila que todavía estaba en la silla. Después de doblar el paño de cocina sobre la puerta del horno, tomé mis lentes de sol y mi sombrero y luego deslicé la mochila de la silla y me la colgué al hombro, dándome cuenta antes de que aterrizara en mi piel escaldada que no debería haber hecho eso. Reprimí un grito, me quité la bolsa del hombro y la dejé caer al suelo.

El dolor tardó unos momentos en remitir. No me atrevía a frotarme la piel, lo que me obligaba mi instinto a hacerlo.

Afuera, era otro horno de día. Corrí a mi coche y abrí todas las puertas, incluido el maletero, para dejar salir el calor. Mientras estaba de pie, esperando con la mochila a mis pies, un automóvil pasó, desaceleró, dio un giro en U y luego se detuvo frente a mi casa. Los músculos de mi intestino se contrajeron. No había tiempo para correr adentro. No había tiempo para subirme al coche y marcharme. Todo lo que podía hacer era parecer casual y esperar.

Hubo una larga pausa mientras quienquiera que estuviera en ese auto decidiera salir. Quizás estaban cargando un arma.

Por fin, se abrió la puerta del pasajero.

Eran Paco y Claire.

PACO Y CLAIRE

—¿Va a salir? —dijo Claire, toda sonrisas mientras se acercaba, con el cabello cobrizo recogido en la cabeza y los lentes de sol encajados en la masa—. Los coches se calientan mucho aquí, dejados al sol. Apuesto a que no puede tocar el volante.

Emití una risa incómoda que sonó más como un gruñido.

Paco pasó junto a mí y siguió el camino corto. No tenía idea de qué podría haber atraído su interés. La propiedad miraba hacia las cuadras traseras del pueblo, y no había mucho que ver de interés o belleza. Se quedó de espaldas a nosotros, como si examinara el paisaje, pero se me ocurrió que su comportamiento era simplemente una simulación. Al verlo, parecía incómodo, inquieto como si estuviera ansioso por ponerse en marcha.

Ajena, o tal vez indiferente a su comportamiento, Claire señaló la mochila a mis pies.

—¿Aún no ha encontrado al propietario?

—Yo, um, la estaba llevando a la policía.

—¿La policía? ¿Para qué diablos? ¿Por qué no dejarlo donde lo encontró si le preocupa tanto?

—Es muy difícil llegar a la cueva —dijo Paco, uniéndose a Claire, cuya mirada nunca abandonó mi rostro. Ella debió haber notado mi rostro de panda, pero no hizo ningún comentario. Su discreción me pareció entrañable.

—Lo vimos luchar mientras subía la marea —dijo ella. Su rostro se arrugó mientras sonreía—. Estuvo increíble. Yo me hubiera asustado.

Me sorprendió y no me gustó haber sido su entretenimiento del mediodía.

—Nunca lo dijeron.

—No queríamos avergonzarlo.

Bueno, ahora lo hicieron.

—¿Qué los trae por Tefía? —pregunté a la ligera, con ganas de cambiar de tema.

—Nos dirigíamos al centro de jardinería y luego lo vimos.

—Nos detuvimos por impulso —dijo Paco—. Idea de Claire.

Hubo una larga pausa. No estaba seguro de cómo llenarla, entonces la etiqueta social rompió mi ansiedad y me encontré invitándolos a entrar y dándoles un recorrido.

—¿No encuentra que el tráfico interfiere con su escritura? —dijo Claire al notar el camino a través de la ventana de la habitación delantera, a solo unos tres metros de distancia.

La casa de campo era antigua y pensé que la carretera se había construido mucho tiempo después. Cuatro escalones que bajaban desde la acera hasta la terraza delantera significaban que las vibraciones de los vehículos que pasaban se podían sentir en esa habitación delantera.

—Rara vez estoy en esta parte de la casa y nunca hay mucho tráfico. En cualquier caso, no estoy escribiendo mucho. Parece que no tengo inspiración.

Se volvió hacia la habitación y me miró con simpatía.

—No con su piel. Es una quemadura de sol bastante mala. ¿Qué se está poniendo?

—Savlon.

—El aloe vera es lo mejor.

Claire estaba empezando a recordarme a Angela, a Jackie, a todas las mujeres que conocía que parecían saberlo todo y se complacían en dar consejos.

Conduje a la pareja hasta el baño con su bañera con patas y de allí a la segunda sala de estar.

Paco, que hasta ahora no había hablado mucho, dijo:

—No es su quemadura de sol lo que lo está afectando, Claire. Es este lugar.

Claire le lanzó una mirada de desconcierto.

—No la casa de campo —dijo él rápidamente mientras continuamos con el recorrido—. La zona. Tefía tiene una energía extraña.

—¿Eso crees? —le dije con interés. Me incliné a estar de acuerdo con él.

—Yo lo sé. Ha habido mucha tragedia aquí.

Estaba a punto de preguntarle qué quería decir, pero él había ido directamente a mi habitación. No tuve más remedio que seguirlo. Primero, inspeccionó la cama con dosel. Escondí mi vergüenza sobre las sábanas arrugadas que sin darme cuenta me había olvidado de enderezar, mi mente volvía a mi sueño erótico y al resultado que me vi obligado a representar. Luego, para mi alivio, fue y se paró junto a la ventana. Claire, la más considerada de los dos, se quedó en la puerta.

—¿La prisión? —dije, pensando que debía de estar refiriéndose al albergue—. He oido sobre eso. He caminado hasta el molino de viento un par de veces.

—Ese lugar era un campo de trabajo. —Señaló por la ventana, aunque el campo no era visible—. Los hombres trabajaban en los campos de los alrededores, rompiendo rocas y construyendo muros. Los habrías visto desde aquí, como hormigas escuálidas y medio muertas de hambre.

Nadie habló. Empecé a maldecir contra la idea de todos

esos pobres hombres sufriendo justo al otro lado de mi puerta no hace mucho, ¿y por qué? ¿Su sexualidad? Parecía una injusticia inconcebible. Nací pocos años después de la muerte del general Franco, y solo había conocido España como democracia. Pero la dictadura era demasiado reciente y, por supuesto, había leído a Hemingway y Orwell y había visto fotografías del *Guernica* de Picasso. Que Franco también hubiera perseguido a hombres homosexuales parecía casi normal, pero no cambiaba la iniquidad, el horror de la misma. Todos sabíamos sobre Hitler y lo que los nazis le hicieron a los grupos minoritarios. Nadie que yo conociera jamás había pensado en lo que había sucedido bajo Franco.

—Claire —dijo Paco—. Esos prisioneros vieron las luces de Mafaso.

No tenía idea de lo que quería decir. Eligió no ponerme al corriente. Claire dijo, dirigiéndose a mí:

—Es un mito antiguo. Aunque quizás no sea un mito. Yo también las he visto.

—¿En serio?

—Pequeños dardos de luz —dijo Paco, fijando su mirada en mi rostro—. Son de las almas de tumbas perturbadas. —Se volvió hacia la ventana. Un tono conmovedor infundió sus siguientes palabras—. Creo que la otra tragedia se ha sumado a la energía oscura aquí.

—¿Qué otra tragedia? —Claire lo miró inquisitivamente.

Dejó que su mirada se deslizara y murmuró:

—No me gusta hablar de eso.

Entonces, ¿por qué mencionarlo?

—Cuéntanos —dijo Claire. Su tono era autoritario. En un instante, volvió a recordarme a Jackie. Era desconcertante. Aunque no se parecía en nada a Jackie, ni en apariencia ni en modales. Por un espantoso segundo, pensé que podría estar volviéndome un misógino, atacando a todas las mujeres con el mismo cepillo.

Paco no parecía preocupado por sus modales. Se quedó junto a la ventana y habló con voz sombría.

—En 1972, la zona fue testigo de un evento terrible. Trece paracaidistas murieron en esos campos y muchos más resultaron heridos.

—¿Qué pasó? —dijo Claire, con una expresión de preocupación que apareció en su rostro.

—Fue durante un ejercicio militar. Algún comandante idiota ordenó un salto masivo. Creo que saltaron noventa hombres. El viento era tan fuerte que arrastró a los hombres en sus paracaídas durante tres kilómetros a través de la llanura. Muchos hombres fueron aplastados contra muros de piedra. Otros fueron estrellados contra higueras. Dicen que había mucha sangre. Toda la isla quedó traumatizada.

—Nunca lo supe.

—No has vivido aquí tanto tiempo. Te llevaré al monumento si quieres. Lo pusieron en medio de un campo detrás del molino de viento. El acceso es a pie. Solo los lugareños saben que está allí.

Bien escondido, entonces, como la prisión.

—En ese momento, suprimieron la noticia —dijo Paco.

—Parece que todavía la están suprimiendo.

—No me sorprende —dije.

—¿Por qué? —Ambos se volvieron hacia mí.

—Los militares se habrían sentido avergonzados.

—¿Avergonzados? —dijo Paco, haciendo una pausa para reflexionar—. Sí, probablemente esa sea la palabra correcta. ¿Te imaginas la masacre? —Paco dio la espalda a la ventana y nos miró a los dos por turno—. No había ambulancias aquí en ese entonces. Los aldeanos utilizaron sus propios vehículos para llevar a los heridos al hospital. Otros fueron llevados en taxis. Un pequeño hospital con pocos médicos y enfermeras que atender. No tenían sangre, ni plasma, tenían que poner a los hombres en orden de seriedad. Algunos fueron evacuados a Las Palmas.

—¿Cómo sabes tanto sobre eso? —preguntó Claire.

—Perdí a un tío por parte de mi padre, y una tía por parte de mi madre era enfermera.

—Lo siento mucho. —Ella pasó junto a mí y se unió a él junto a la ventana, rodeándolo con un brazo.

Me quedé atónito. No podía hablar.

—Si estás buscando inspiración para una novela —dijo él con gravedad—, ahora la tienes.

—No podría escribir sobre algo tan horrible.

—¿Por qué no? La gente necesita saber sobre estas cosas.

—Esperaba escribir sobre algo más agradable.

—¿Cómo qué?

—Para ser honesto, no tengo ni idea. Parece que no puedo reunir mi creatividad.

—No es de extrañar. El trauma aquí en esta tierra te la sacaría. —Paco emitió un curioso gorgoteo con la boca.

—Deberías acortar las cosas aquí y venir y quedarte con nosotros —dijo Claire casi con urgencia.

Agradecí el ligero cambio de tema y lo usé para dejar la habitación. Me siguieron hasta la cocina, donde había dejado la mochila en la silla.

—No obtendrá un reembolso —dijo Paco, aparentemente no muy contento con su oferta.

—¡Entonces puede quedarse con nosotros gratis! —Fue un gesto magnánimo, y pude ver que lo decía en serio.

—Como quieras —dijo Paco. No parecía compartir su entusiasmo.

Me sentí más incómodo que nunca, pero Claire no estaba dispuesta a dejarlo pasar. Parecía que cuando se trataba de tales asuntos, ella usaba los pantalones.

—El pobre está atrapado aquí sin compañía, deambulando sin rumbo fijo por esta llanura abandonada de Dios. No se sabe dónde terminará. —Ella miró hacia la silla—. O cuántas mochilas más encontrará.

Todos nos reímos y la atmósfera se volvió menos tensa.

—Realmente no sé qué hacer con esa maldita cosa —dije, deseando incluso mientras hablaba no haber dicho nada.

—¿Qué hay en ella? —preguntó Claire.

Paco la recogió. Al instante me puse en guardia.

—Se siente pesada.

—¿Oro? ¿Joyería?

Intercambiaron miradas juguetonas.

—Definitivamente sospechoso.

—Si quieren saberlo —dije, agarrando la mochila de repente—, está llena de dinero en efectivo. —Instantáneamente lamenté mi lengua suelta.

—¡Wow! —dijo Paco, soltándola—. ¡Entonces, no puedes ir a la policía!

—¿Por qué no?

—Muchas razones.

—¿Tales como?

—Piénsalo. ¿Qué logrará?

—Es una prueba.

—¿De qué?

—No sé.

—Mira, difícilmente es una propiedad perdida. Nadie olvida esa cantidad de efectivo.

—Pero si me la quedo, de quienquiera que pertenezca estará detrás de mí.

—Solo si saben que la tienes.

—Paco —dijo Claire—. Sí preguntó a todos en Puertito ese día.

—Por eso quiero entregarla.

—Si la entregas, te volverás aún más vulnerable. Todavía estarán detrás de la mochila. Mejor que la tengas tú. Entonces, si te encuentran, al menos puedes dárselas.

—Paco tiene razón. Si dices que la entregaste, no te creerán.

—Él estaría tan asustado, probablemente le creerían.

No tenía idea de cómo responder. ¿Me veía tan cobarde?

—Lo único que digo es: ¿qué idiota le entrega tanto dinero a la policía?

Claire se volvió hacia mí con esa cálida sonrisa que le gustaba poner.

—Aún más razón para quedarte con nosotros.

—Lo pensaré —dije, repentinamente lleno de desconfianza.

Paco me miró con extrañeza.

—No lo pienses demasiado.

—Paco tiene razón. La oferta está abierta. Cuando éstes listo.

Paco miró su reloj.

—Será mejor que nos vayamos, Claire.

—No les he ofrecido una bebida —dije, aliviado de verlos irse.

—En otro momento.

Claire se volvió hacia mí con un guiño.

—Buena suerte.

Los vi salir y los vi alejarse. Luego volví a entrar y fui de habitación en habitación buscando el mejor escondite. Terminé metiendo la mochila en la parte de atrás de mi armario.

La paranoia se apoderó de mí con cada minuto que pasaba ese día. Me volví sensible al ruido. Un coche redujo la velocidad y yo estaba junto a la ventana delantera en un instante, de espaldas a la pared, mirando hacia afuera.

Esta no era forma de pasar unas vacaciones. Tenía que controlarme.

Solo conocía una forma de inyectar normalidad en mi situación. Escribí una lista de compras en el orden de los pasillos y, forzándome a dejar la mochila desatendida, me dirigí a

Antigua, esforzándome por sentirme, o al menos parecer, un tipo normal.

Empujando mi carrito, no podía entender por qué los otros compradores seguían robando miradas divertidas en mi dirección. Entonces me di cuenta de que no estaba usando mis gafas de sol.

CONTRACTURA MUSCULAR

Apenas dormí. La leche tibia y las pastillas para dormir a base de hierbas que había tomado la noche anterior no habían hecho ninguna diferencia. Toda la noche, mis pensamientos estuvieron en el armario con esa mochila.

Lo único bueno del comienzo del día fue que mi quemadura de sol se había aliviado y mi piel estaba notablemente menos sensible. Mi nariz estaba un poco manchada donde la piel vieja se había pelado y mis hombros comenzaban a hacer lo mismo, pero el calor y la agonía se habían desvanecido. Saliendo de la ducha y viendo el reflejo de mi cara con los ojos de panda en el espejo del baño, deseé tener un poco de la sombra de ojos marrón de Jackie y juré broncearme toda la cara en la primera oportunidad. Pensando en retrospectiva, me pareció extraño que Paco y Claire hubieran elegido no prestar atención a mi rostro. Quizás simplemente estaban siendo amables.

De regreso a mi habitación, me vestí y luego hice la cama, doblando y alisando la sábana superior, metiéndola en el colchón y asegurándome de que las almohadas y la colcha estuvieran alineadas perfectamente. No estaba a punto de arriesgarme a que otro visitante irrumpiera en mi habitación para enfrentarse a una cama deshecha. Además, siempre tendía mi cama. Fue solo esa ocasión en la que no lo había hecho, y fui castigado por ello con una invasión de Paco como si, en algún nivel sutil, hubiera tenido la intención de avergonzarme. ¿O estaba siendo demasiado neurótico? No parecía un accidente que él mencionara el tema de la prisión allí mismo donde yo había estado teniendo sueños eróticos, sueños eróticos que involucraban a hombres. ¿O yo había planteado el tema? ¿Claire? No podía recordar.

Caminé hasta la cocina. Mientras servía cereal y leche en un tazón, un viento insistente silbaba a través de los huecos de las ventanas y los marcos de las puertas. El sonido me atravesó. Me pregunté cómo aguantaban el sonido las generaciones de gente que habían residido en esta vieja casa de campo. Interfería con la poca concentración que tenía. Ya estaba bastante preocupado por el albergue, los paracaidistas que cayeron a sus horribles muertes y la mochila. Realmente no necesitaba ese silbido continuo que me irritaba también.

Llené la tetera, eché café en el desatascador y reflexioné sobre mis planes para el día. Realmente debería empezar a juntar ideas para una novela. Angela tenía razón. Tenía un material fantástico en el que basarme después de mi experiencia en la cueva. Sin embargo, Paco también tenía razón, Tefía no era un lugar propicio para la inspiración creativa, especialmente porque no se me daba explorar el tema del trauma o el tema de la brutalidad. En cuanto a la mochila, quería borrar de mi memoria la terrible experiencia que rodeaba su descubrimiento y me preocupaba que la maldita cosa estuviera lista para traerme más dificultades mientras lidiaba con su presencia en mi armario.

No había más remedio que dejar pasar el tema de la novela. Después del desayuno, pasé la mañana escribiendo contenido para el sitio web del gimnasio Iron Force. Un poco de almuerzo y llené la tarde componiendo una publicación de los Cincuenta mejores libros de no ficción del año para un destacado blog literario cuyo escritor habitual había enfermado de influenza.

A última hora de la tarde, estaba inquieto. Un día entero encerrado en casa y mi cuerpo ansiaba hacer ejercicio. El gimnasio era el lugar obvio y, si iba pronto, podría evitar a esos culturistas serios que parecían ocupar el gimnasio durante el día. En su ausencia, me sentiría menos cohibido. Estaba seguro de que nadie notaría mi quemadura de sol con la luz tenue. Ese era el razonamiento que me impulsó a salir por la puerta.

A las seis, estaba estacionándome fuera del gimnasio, disfrutando del bullicio de la calle del centro de la ciudad, inhalando los olores de la cocina, pescado y ajo emanaban de los restaurantes cercanos y, abriendo la puerta del interior fresco, absorbiendo la música alegre y fuerte, el negro y cromo y el leve olor a sudor masculino.

Había unos diez hombres en la habitación. Luis no estaba a la vista, así que me monté en una bicicleta estática e hice los diez kilómetros requeridos con la tensión requerida según mi plan de acondicionamiento físico.

Tenía tiradores de cremallera, dominadas asistidas, filas de mesa y la máquina deltoides trasera delante de mí. Las máquinas estaban alineadas en una sección del gimnasio que bien podría haber tenido un letrero encima que anunciara «día de espalda aquí». Afortunadamente para mí, el gigante que hacía su rutina de espalda ya estaba trabajando en sus deltoides. Nadie más parecía dispuesto a utilizar esas máquinas en particular. Los hombres se distribuyeron uniformemente alrededor de las otras áreas, centrándose en las piernas, los brazos, los hombros o el pecho. Mientras no mirara en su dirección o en los espejos, pensé que no me prestarían atención.

El gigante, un hombre de aspecto brusco con ojos hundidos y labios anchos, tenía la misma altura que yo, pero no teníamos una fuerza comparable. En la máquina de arrastre, enfrenté la misma dificultad para quitar los discos de metal, veinte kilos a cada lado, esta vez, y maldije a Hulk por no tener la presencia de ánimo para considerar quién vino después de él.

Una vez que tenía apenas treinta kilos en cada extremo de la barra, adopté la postura del peso muerto que Luis me había mostrado: pies debajo de las caderas, agarre a la altura de los hombros, espalda arqueada y caderas hacia atrás para enganchar los isquiotibiales, y adopté un agarre de gancho, una mano debajo y una mano sobre la barra. Con la cabeza hacia adelante, levanté la barra enderezando las caderas y las rodillas, y eché los hombros hacia atrás mientras completaba el movimiento.

Luis me dijo que comenzara con cinco repeticiones de sesenta kilos y que aumentara en incrementos de diez kilos, apuntando a cien. Sesenta era fácil, setenta mucho más difícil y ochenta era mi límite. Debería haber escuchado a mi cuerpo y detenerme allí. En cambio, como un autómata, seguí el plan de Luis y agregué otro disco en cada extremo de la barra.

Levanté y no pasó nada.

Levanté de nuevo y la barra no se movió.

Lo intenté de nuevo y sentí que algo cedía en mi espalda.

Sacudida, solté la barra, miré las pesas en cada extremo con disgusto y retrocedí. Juré que Luis me había puesto en ridículo, convencido de que detectaba la alegría fluyendo por la habitación. Miré alrededor. Ni rastro de Luis, y ninguno de esos hombres se acercó para ver si estaba bien. Fijé mi mirada en el suelo, di unos pasos y luego me volví tentativamente desde las caderas. Mi espalda parecía estar bien.

Fui y me senté en la máquina de tiro lateral, tomándome unos momentos para recuperarme de mi última humillación. Luis me había dicho que el ejercicio funcionaba en toda la espalda. Agarré la barra y tiré hacia abajo en un momento de frustración y autodesprecio. No pasó nada más que un golpe repentino en mi hombro derecho. Me había olvidado de ajustar el pasador de peso que sin duda estaba configurado para adaptarse a la fuerza del gigante.

Era un idiota. Podría haberlo hecho con mi entrenador personal a mi lado, pero Luis obviamente estaba ocupado en otra parte.

Me levanté del asiento y tiré del pasador, que encontré fijado en unos asombrosos ciento treinta kilogramos, y lo inserté en sesenta.

Diez repeticiones y fui a la máquina de mentón asistida, estableciendo el peso alto para facilitarme las cosas. Ocho repeticiones y estaba de vuelta.

Cuatro súper series más tarde y, de repente agradecido por la ausencia de Luis y esperando que ninguno de los demás estuviera mirando, reajusté los pasadores de cada máquina para aligerar la carga. Mi reacción a mi propio acto furtivo fue casi un reflejo, nacido de la vergüenza. Pero no quería ser más un hazmerreír de lo que ya era.

Los cuatro sets de doce filas de mesas resultaron factibles con un peso más ligero, a pesar de un dolor persistente en mi hombro. Todo lo que me quedaba era la máquina deltoidal trasera.

Con cuidado de colocar el pasador en el peso deseado, me incliné hacia adelante en el asiento, agarré las barras y tiré de mis brazos hacia atrás tanto como pudieron. En una última oleada de determinación de no parecer un debilucho, tiré de las barras y les di a las repeticiones todo lo que tenía. Fue solo cuando me bajé de la máquina después de la última repetición que supe que me había lesionado un músculo del hombro.

Ignorando el dolor, regresé a la bicicleta estática.

Solo entonces, cuando estaba pedaleando los kilómetros finales de mi entrenamiento, apareció Luis, entrando al gimnasio por la trastienda. Atrapó mi mirada en el espejo y emitió su sonrisa radiante. Cuando se acercó, hice una mueca en respuesta a un repentino dardo de dolor. Mi hombro amenazaba con apoderarse.

—Oye, ¿estás bien? —dijo con mucha preocupación en su voz.

—Creo que sólo me lastimé un músculo —dije entre respiraciones.

—¿Día de espalda?

—¿Como supiste?

—Deberías ponerte un poco de hielo de inmediato. Ven conmigo.

Abandoné el último kilómetro, me bajé de la bicicleta y lo seguí hasta el sofá junto al mostrador principal. Salió por la parte de atrás y regresó con una bolsa de hielo. Mientras colocaba el paquete en mi hombro, me miró a la cara. Instantáneamente recordé mi apariencia de ojos de panda y esperaba que se echara a reír en cualquier segundo.

No lo hizo. En cambio, dijo:

—Quédate allí. —Y fue a atender a otro cliente.

Hice lo que me dijo. El sofá daba a las puertas que daban a la calle y vi cómo el azul del cielo de la tarde daba paso a matices de rosa a medida que se acercaba la puesta de sol. No tenía idea de cuánto tiempo iba a estar sentado allí, pero necesitaba al menos analgésicos si quería regresar a Tefía.

El gimnasio se estaba llenando de hombres corpulentos que parecían conocerse entre sí. Se movían alrededor de la máquina de arrastre de rejillas. Habituales. El gigante, que supuse que me había estado observando discretamente durante todo mi entrenamiento, vino y se sentó a mi lado. Tuve que reprimir un fuerte impulso de levantarme y alejarme.

No esperaba que hablara inglés y casi salté cuando dijo:

—¿Puedo echar un vistazo?

Me tomó un breve momento darme cuenta de que se estaba refiriendo a mi hombro. En esa pequeña fracción de tiempo, una cabalgata de pensamientos paranoicos me atravesó.

Siempre del tipo cooperativo, quité la bolsa de hielo. Luego puso su mano del tamaño de un oso en mi hombro y comenzó a amasar mi carne. Sus dedos estaban calientes y duros y trabajaban en el músculo. A pesar del dolor adicional, experimenté un inmenso alivio. Casi gemí y un brillo inesperado se elevó a través de mis entrañas. Volví a la habitación de Vince en un instante. ¿Qué...?

El hombre apartó la mano y me dijo que no me molestara con la bolsa de hielo. Permaneció donde estaba, incómodamente cerca. Él dijo:

—¿Quieres tomar algo por esto?

—Creo necesito hacerlo.

Supuse que buscaría un poco de paracetamol, tal vez con codeína, pero en cambio me invitó a seguirlo al baño de los hombres.

«¡Al baño de los hombres!»

¿Seguramente no planeaba seducirme? Si lo fuera, yo no tendría ninguna posibilidad. No le ganaría. Me dominaría en un instante y yo, con mi ambivalencia y extraños deseos, sin duda sería dócil y no ofrecería resistencia. Me horroricé de mí mismo por siquiera pensar en ese sentido. Sin embargo, a pesar de todos mis recelos, cuando él se puso de pie, yo también lo hice, y mientras se alejaba, obedecí como un cachorro, caminando detrás de él, notando la tensión de su trasero, el andar rodante y los hombros dos veces más anchos que el resto de él.

Una vez que la puerta se cerró detrás de nosotros, dijo:

—Hay medicamentos que puedes tomar que ayudan a desarrollar músculo y a perder algo de eso. —Clavó su dedo en mi panza. Retrocedí cuando mi antiguo compañero, la vergüenza, me infundió. Al gigante no le agradaba entonces, eso estaba claro, no yo con mi estómago regordete.

—¿Esteroides? —pregunté.

Nunca había considerado tomar esteroides.

—Puedo darte un combo Tren / Test ahora y estos, para más tarde. —Me entregó un frasco de píldoras.

—¿Y estos son?

—Clenbuterol. Y no te preocupes. No son esteroides. Queman grasa. Toma uno solo por la mañana. Más tarde y no dormirás.

Abrí el frasco y conté unas catorce pastillas.

—¿Cuánto será esto?

Él frunció el ceño.

—Depende de lo duro que entrenes.

—No, lo siento, quise decir ¿cuál es el costo?

—¿El costo? Cincuenta euros.

—Eso es exorbitante —dije antes de que pudiera detenerme.

Se encogió de hombros y esperó, su rostro inexpresivo.

—¿Y qué hay de la otra cosa que dijiste?

—¿El Tren?

—El Tren. ¿Cómo me lo tomo?

—Puedo inyectarte ahora si quieres. —Me miró expectante.

Había algo en el hecho de que me inyectaran sustancias ilegales en los baños de un gimnasio que me hizo sentir sigiloso y emocionado incluso cuando me opuse a la idea. Se me ocurrió en un instante vertiginoso que esta podría resultar ser la inspiración que estaba buscando para escribir una novela. Me sometería a un tratamiento con esteroides ilegales con fines de investigación. Pensaría en ello como una experiencia esencial. Un autor necesitaba luchar por la autenticidad, después de todo.

—¿Cuánto durará el Tren?

—Una semana.

—¿El costo?

—Cincuenta euros.

Exhalé ruidosamente.

—Si compras el Clen, te doy dos semanas de Tren por cincuenta. ¿Está bien?

Dudé.

Se encogió de hombros y sonrió.

—Y también te doy Test.

Mi conciencia intervino con palabras de advertencia. Sabía que era ilegal tomar esteroides de esta forma. Podría haber ido a un farmacéutico y comprar las versiones legales. Pero dudaba de su eficacia, y solo quería ponerme en forma rápido y verme medio decente como hombre. Maximizar mi potencial, por así decirlo. ¿A qué precio? Saqué mi billetera y le entregué el dinero en efectivo. Me aparté mientras él preparaba las jeringas.

No tenía ni idea de qué esperar. Nunca antes había tomado esteroides y anticipé una especie de drogadicción recreativa. Esa euforia no sucedió y el dolor en mi hombro también fue el mismo. Al salir, el tipo me arrojó un par de pastillas. Vi que eran los analgésicos que había estado esperando y me los tragué.

Al momento siguiente sentí un cosquilleo en el pecho y comencé a toser. No, no tosiendo, cortándome las tripas. Me doblé, jadeando y luchando por inhalar.

«¡Qué carajo!»

El terror cargó por mis venas.

Iba a morir.

Definitivamente iba a morir.

No morí.

La tos fue tan rápido como llegó, y supe entonces que la causa era uno de esos esteroides que ese tipo me había pegado. ¿Qué otros efectos secundarios enfrentaría? No estaba dispuesto a esperar en los baños del gimnasio para averiguarlo.

Colgué mi bolsa de gimnasio sobre mi hombro sano y atravesé las instalaciones, esquivando el equipo y evitando las miradas de los hombres en forma y musculosos con los que pasaba. Afuera, en la calle, mi hombro se encendió de nuevo. Pensé que los analgésicos tardarían tal vez una hora en hacer efecto. Me dirigí directamente al café de la esquina.

Adentro, el lugar estaba vacío. A juzgar por el número de mesas sin despejar, todo el mundo acababa de marcharse. Un anciano cansado apareció detrás del mostrador y me miró inquisitivamente. Pedí un jugo de naranja y unas tapas y me senté en una mesa junto al mostrador que estaba menos llena de comida y vasos a medio comer que en cualquier otro lugar.

A mi lado, noté una pequeña mesa llena de una variedad de revistas y periódicos del día. No esperaba nada en inglés, pero mi mirada se posó en palabras que podía entender y extendí la mano.

No leí más allá de la portada. Debajo de una foto de una pequeña playa debajo de un acantilado estaba el titular: Cuerpo descubierto en una playa remota en el Parque Rural de Betancuria.

El cuerpo de un joven fue descubierto el día anterior por unos excursionistas en una playa remota a medio camino entre el Puertito de Los Molinos y Ajuy. El informe pasó a discutir las fuertes corrientes oceánicas y los peligros que pueden sobrevenir a los desprevenidos. Se decía que el hombre tenía veintitantos años y nació en la isla. Su nombre no había sido revelado, ya que la muerte estaba sujeta a investigaciones policiales. Debería haber una investigación sobre la causa de la tragedia, pero las autoridades asumían que era un accidente.

Me quedé atónito. Ese joven podría haber sido cualquiera, pero ¿y si hubiera sido el dueño de la mochila? Hice una pausa. Entonces el dinero ahora era mío. Quien lo encuentra se lo queda. Ese fue el pensamiento que me llevó a dejar el periódico y refugiarme en una fantasía privada, de un barco o una casa de vacaciones, una piscina, un coche elegante, lo que fuera que se comprara con cincuenta mil euros.

Mientras me sentaba, cautivado por mi nueva riqueza, la

codeína entró en acción, agregando su propio zumbido débil a mi euforia. El anciano trajo mi pedido. Sorbí el jugo y masticaba mi camino a través del pescado en escabeche, y después de pagar mi pasaje, salí por la puerta hacia una puesta de sol que se desvanecía.

SANDRA FLINT

Me desperté a la mañana siguiente con una incomodidad asombrosa. No había conocido un dolor semejante a un vicio desde que trasladé un armario de un dormitorio a otro a instancias de Jackie. Se veía mejor por la ventana de la habitación delantera, ella había dicho. No, no dijo, insistió.

Ahora me sentía lisiado. Mientras me levantaba de la cama, una vez más me recordé a mí mismo la necesidad de estirar todos los músculos que estaba empeñado en fortalecer. Si no lo hiciera, en poco tiempo sería más rígido que el acero extensible.

Finalmente, de pie, saqué del estante superior del armario una camisa limpia y unos pantalones cortos, ignorando estoicamente la mochila. No tenía idea de lo que iba a hacer con ese dinero, pero al menos la paranoia que solía surgir en mí periódicamente había comenzado a disminuir desde que me convencí de que la probabilidad de que el alijo perteneciente al nadador fallecido fuera alta, combinada con el hecho de que, si alguien a quien me hubiera acercado en la playa hubiera tenido algún indicio del contenido, ya habría golpeado mi puerta.

Nadie había llegado a mi puerta aparte de Paco y Claire, y

eso había sido pura casualidad. El único problema que tenía en el frente moral era si realmente tenía derecho a quedarme con el dinero, o si debía entregarlo, pero como seguí adhiriéndome a mi suposición de que el propietario ahora estaba muerto, decidí que podría hacerlo. Bien, elija la primera opción. Una vocecita en mi interior me advirtió que esperara antes de sacar un paquete y empezar a gastar, al menos hasta descubrir quién era esa pobre alma y si había habido algún juego sucio en su fallecimiento, y por una vez hice caso.

Además, tenía otros asuntos de los que ocuparme. Mi hombro me fastidiaba tanto física como mentalmente. Estaba decidido a aflojar la tensión y, después de tomar dos analgésicos antiinflamatorios, comencé con una ducha caliente. Ese experimento duró todo medio minuto antes de que mi piel comenzara a quejarse, la quemadura de sol aún no se había curado.

Ajusté los grifos a una temperatura un poco por encima de la tibia y, después de enjuagar el resto de mí, me sequé con palmaditas y seguí mi ritual de humectación.

Hambriento después del esfuerzo de ayer en el gimnasio, me obsequié con un desayuno inglés completo, sin escatimar en grasa, sin importarme si todas esas calorías depositaban aún más grasa alrededor de mi estómago. Después de tomarme un jugo de naranja y una taza grande de café preparado, me sentí lo suficientemente en forma para el día, mis extremidades mucho mejor después del movimiento, aparte de mi hombro, que resistía cada movimiento. Tal vez necesitaba llamar a un farmacéutico y comprar algún tipo de ungüento para ese músculo, pero lo que eligiera tenía que ser seguro para las quemaduras solares, lo que agregaba algo de complejidad a la situación.

Por supuesto, podía soportar el dolor, algo que elegí hacer después de explorar las otras opciones en línea. Solo entonces recordé las pastillas que ese tipo me había vendido la noche anterior. Revolví en mi bolsa de gimnasio y las encontré al fondo. Clenbuterol. Un quemagrasas, había dicho. Me tragué uno mientras abría mi laptop y antes de tener la oportunidad de buscar los efectos, vi que un correo electrónico había entrado en mi bandeja de entrada. Era de Angela, haciéndome saber en una sola frase puntual que tenía conocimiento de sí misma que Sandra Flint estaba destinada a ganar el premio literario.

«¡Ganar!»

La indignación me invadió por la injusticia. Estaba lista para ganar cincuenta mil libras. ¡Engreída trucha vieja! Era una suma enorme, y tuve ganas de enviarle un correo electrónico para expresar mi disgusto y sugerirle que al menos debería considerar dividir el dinero del premio conmigo si se demostraba que Angela tenía razón. Por otra parte, no valía la pena. Sabía que ella no se separaría de sus ganancias. Necesitaba olvidarme de eso y seguir con mi día. Sobre todo, necesitaba inspiración para mi propia novela y hasta ahora no tenía ninguna.

Hice un balance. Angela tenía razón, me habían pasado muchas cosas en el poco tiempo que había estado aquí. Tuve la suerte de encontrarme situado en un área atormentada por el terror y el horror, pero ya había decidido que era mejor dejar esas tragedias como recuerdos, al menos por mí. Es más, esos eran temas destinados a que los recogiera algún autor local. Si tipos literarios escaseaban en la isla, entonces un español. También había muchos autores españoles de gran calibre. Cualquiera de ellos haría un trabajo mucho mejor manejando la tragedia de los paracaidistas o la atroz crueldad del llamado albergue que yo con mi escasez de conocimiento local o regional.

En cuanto a la mochila, basar una novela en eso era una idea tonta. No menos importante, me estaría implicando, de una forma u otra. Además, todo lo que escribiera tendría que ser impresionante, y no podrías salir genial con una mochila llena de dinero en efectivo. En la tierra de la ficción criminal, era trivial. La frustración me carcomía. ¡Pude ser preseleccionado, por el amor de Dios! Lo tenía en mí para ganar el Booker. ¿Seguramente podría encontrar una buena historia? Si no pudiera, entonces no debería escribir nada. No sería un autor de la lista media. Necesitaba ser de cierto calibre, o seguiría siendo quien era, un fantasma.

Me levanté y deambulé. La casa de campo empezaba a afectarme con su laberinto de pequeñas habitaciones. Me sentí encerrado, a pesar del amplio espacio en general. Me volví más irritable a cada minuto. El deambular se convirtió en un paso y el paso pisando fuerte hasta que no pude soportar estar dentro un momento más. Tenía ganas de arrojar algo, cualquier cosa a una pared, solo por el placer de hacerlo, solo para escuchar el sonido de las cosas rompiéndose en pedazos.

Este nuevo yo reprimido era un shock. ¿Estaba teniendo algún tipo de colapso? No, estaba alterado. Eso era todo. Había pasado por demasiado y necesitaba relajarme, descansar, dar largos paseos, encontrar un lugar agradable para leer, meditar. O utilizar el coche de alquiler, salir a conducir, explorar. Cualquier otra cosa que no fuera quedarme en la casa en esta llanura traumatizada, un lugar que parecía magnificar mis frustraciones.

Abrí un mapa de la isla y elegí un lugar para visitar. Me apetecía conocer los pueblos antiguos del interior de la isla, y mis ojos se posaron en Casillas del Ángel, que era el más cercano a Tefía y parecía un lugar tan bueno como cualquier otro para empezar. Salí por la puerta y me dirigí con nuevo entusiasmo, sintiendo mientras me abrochaba el cinturón de seguridad, que la mejor manera de encontrar inspiración era ir a buscarla, y tal vez, solo tal vez, este día sería el día en que encontraría lo que estaba buscando.

Llegué a mi destino en cinco minutos, instantáneamente

decepcionado. Realmente no tenía idea de lo que esperaba, pero me perdí el encanto del lugar. Mientras miraba alrededor de la plaza principal, eran las montañas a lo lejos las que llamaron mi atención. Siempre las montañas áridas, dondequiera que miraras.

No había mucho en el pueblo en sí. Por lo que pude ver, la característica principal era la iglesia en su centro. Mirando alrededor, decidí que había poco más que hacer que examinar el edificio.

Pasé penosamente junto a un par de viejos curtidos por la intemperie con ropas raídas y sombreros que tenían un hilo a la sombra de un árbol, y luego me detuve en seco, atrapado en un pensamiento curioso. ¿Debería, podría escribir una novela de ficción de viajes basada en un personaje roto en una búsqueda espiritual de algún tipo? Dejé que la idea se filtrara en los confines de mi mente y dirigí mi mirada al objeto de interés.

La iglesia era notablemente pequeña en comparación con las iglesias que había conocido en casa y no parecía mucho desde fuera. Aparte del contraste entre las paredes laterales blancas y el basalto oscuro de la fachada, había poco para elogiarla.

Empecé a desconectarme de mi último impulso literario. Nunca he sido de los que visitan iglesias, habiendo crecido y rechazado la fe católica de mi familia. La tía Iris y mis hermanas, habiendo fracasado en mantener todas esas tonterías bíblicas apisonadas en mi garganta, decidieron repudiarme a partir de ese momento. Sin embargo, ahora tenía curiosidad. Los viejos se estaban alejando. No había nadie más. Al encontrar la puerta abierta, entré.

No se podía negar el esplendor que recibía mi mirada o la atmósfera etérea que infundía la nave. No pude evitar sentirme impresionado por el intrincado techo de madera en lo alto o el retablo ornamentado en rojo y dorado.

Fui y me senté al final del banco trasero, y cuando sentí la madera pulida debajo de mis dedos e inhalé el aire fresco que olía levemente a incienso, los recuerdos se filtraron en mi mente, recuerdos de otras veces que me había sentado en un banco, escuchando al sacerdote, esperando tomar la comunión. Al poco tiempo, me sentí consumido por una claustrofobia asfixiante. Mi corazón se aceleró y comencé a jadear cuando los recuerdos de la confesión cayeron en mi mente, soplados por una ráfaga cruel y viciosa, y me vi obligado a revivir la vergüenza que sentí mientras esperaba mi turno, la vergüenza por mis escapadas con Vince. La vergüenza la mantuve cerca y nunca la revelé a nadie, ni siquiera al sacerdote.

Esa falta de honestidad en la confesión la vi en retrospectiva como la verdadera causa de mi crisis moral, una crisis moral que había permanecido profundamente enterrada y sin examinar toda mi vida adulta. La vergüenza era la causa fundamental de mi rechazo a la fe y no, como siempre había supuesto, mi elección de una protestante como esposa. Después de todo, si yo hubiera tenido una fe inquebrantable, Jackie habría tenido que criar a los niños como católicos. En cambio, estaba perfectamente contento de permitir que nuestro matrimonio causara un cisma entre mí y mi extraña y disfuncional familia de origen.

Esa vergüenza ahora me tenía en sus garras. Luché por desacelerar mi respiración cuando el pánico comenzó a apoderarse, y no podía permanecer sentado en ese banco un momento más. Casi sin respirar, salí corriendo de la iglesia, chocando con una mosca perdida en su camino hacia adentro. El repentino golpe de un insecto envió una sacudida a través de mí. Molesto conmigo mismo por saltar ante la más mínima cosa, hice un gesto con la mano para que se alejara y mi mano se deslizó por mi cara. Miré en la dirección en la que había visto a los dos ancianos. Afortunadamente habían desaparecido. Me dirigí directamente a mi coche, prometiendo no volver a poner un pie en Casillas del Ángel.

Solo había una forma de llenar mis días en la isla. Conduje de regreso a la casa de campo, me dirigí directamente a la cocina y, a pesar de mi falta de hambre y pensando que necesitaría el impulso de energía, devoré algunas sobras de lasaña fría del refrigerador. Luego me puse mi equipo de gimnasio y partí hacia la ciudad.

MIRANDO PECTORALES

Dos kilómetros de pedaleo y el dolor en el músculo del hombro eclipsaron la agonía de mis cuádriceps. Pero no estaba a punto de cambiar la configuración de la bicicleta, que había aumentado una muesca desde ayer como se indica en mi plan de acondicionamiento físico, a pesar de que me quemaban las pantorrillas y la toalla alrededor de mi cuello, allí para atrapar las gotas de sudor, me estaba calentando e incomodando. El espejo frente a mí reflejaba a un miserable jadeante, ruborizado bajo su bronceado. Todo sobre mi cuerpo, mi pedaleo, mis esfuerzos en conjunto gritaban «débil».

Hasta aquí los esteroides.

En cuanto a mi peso, lo único más ligero de mi persona era mi billetera. Tomé un respiro, apreté la mandíbula y me concentré en pedalear.

No pude evitar notar que el chico a mi lado, que parecía estar haciendo el Tour de Francia, tenía una forma perfecta. No se bamboleaba como una hoja de lechuga flácida. Sus movimientos eran angulares, rítmicos. Intenté copiar su postura durante el último kilómetro, pero mis esfuerzos no se compararon bien. Cuando me deslicé del asiento, mis piernas se habían puesto en posición de pedal y fue un esfuerzo apartarme de la bicicleta.

Había notado a un chico el otro día haciendo un estiramiento cuádruple y, recordando lo que había hecho, doblé la rodilla, alcancé el tobillo y tiré. Pude sentir el estiramiento de inmediato y no pude tirar muy lejos. Aguanté todo lo que pude, pero comencé a perder el equilibrio. Cambié de pierna, doblé la otra rodilla y me agaché. Mientras me agarraba el tobillo y tiraba, mi hombro gritó de dolor y tuve que detenerme.

Mi transformación corporal había alcanzado un nuevo mínimo. Cada músculo de mí resistía más esfuerzo. La lasaña que me había llenado antes me pesaba en la barriga, sin mencionar el desayuno inglés completo que había desayunado. Tuve el comienzo de una puntada. Tuve que reprimir el impulso de emitir un eructo mientras el gas atrapado enviaba dardos de dolor a través de mi estómago, y había muchas posibilidades de que me doblara en medio de una indigestión aguda en cualquier momento.

Al menos era día de pierna y mi circuito no parecía interferir con el de nadie más en el gimnasio. La mayoría estaban en las máquinas de la parte superior del cuerpo. La mezcla de clientes también era diferente. Incluso había dos mujeres, una haciendo abdominales y la otra en una pelota de gimnasio, y el ambiente parecía un poco más amigable.

Después de leer el plan de ejercicios del día, comencé con la prensa de piernas. Luis me había dicho que intentara una carga de peso tan pesada como pudieran soportar mis piernas. Tenía que hacer tres series de ocho repeticiones, luego reducir a la mitad el peso y hacer tres series de veinte. Pensando en esas instrucciones, decidí que el factor crítico era ese peso inicial. Luis pensó que podía manejar el doble de mi peso corporal, así que puse la máquina en doscientos kilos.

Las primeras repeticiones fueron fáciles, pero como había estado descubriendo con cada uno de mis otros días designados, cada repetición se volvía un poco más difícil y cada serie aún más difícil. Reducir a la mitad el peso y hacer veinte repeticiones empezó bien, pero al final, apretaba los dientes y empujaba con todas mis fuerzas, no porque me faltara la fuerza para empujar ese peso, sino que mis cuádriceps estaban demasiado apretados. No dejarían de protestar porque ya habían tenido suficiente y era hora de hacer las maletas e irse a casa. Mis glúteos también lo estaban sintiendo.

Me senté por unos momentos, recuperándome. Luis estaba ayudando a una de las mujeres. La música retumbó. Los chicos entraron y otros se fueron a casa. Había poca conversación. Como de costumbre, yo parecía ser el único turista, ya que el ciclista atlético se había marchado después de su maratón, las dos mujeres, sin duda, españolas, y todos los demás tipos lugareños morenos. Algunos de los hombres que comencé a reconocer como clientes habituales. No pude evitar preguntarme qué hacían todos para ganarse la vida, ya que las mañanas de mitad de semana eran normalmente un momento en que la gente normal iba a sus trabajos habituales. Claramente, estos hombres no trabajaban en oficinas ni en el comercio minorista ni en ningún otro tipo de trabajo regular que se me ocurriera. Aparte del trabajo por turnos de fábrica y la hospitalidad, no podía pensar en lo que podrían hacer para obtener ingresos.

Observé al tipo en la prensa de banca. No me había encontrado con él antes. Iba vestido con una ajustada licra negra, y la definición de la parte superior de sus brazos y hombros capturó mi mirada, la forma en que cada músculo se tensó y flexionó, el abultamiento, la ondulación debajo de la brillante piel bronceada.

Al darme cuenta de que estaba mirando por un período de tiempo inapropiado, arranqué mi mirada y miré al suelo, sabiendo que cuando se trataba de definición muscular, nunca tuve ninguna. La naturaleza me había otorgado un cuerpo esbelto, estrecho y con un toque de pecho como un tonel. Sería larguirucho si no fuera por la barriga. Mis rodillas estaban nudosas. La grasa ocultaba un tono muscular deficiente. Cuando apreté mis pectorales, las bandas curvas de tendones no sobresalían debajo de mi piel.

El tipo terminó su serie y trabajaba en el otro brazo. Ahora el espejo capturaba el bulto de su virilidad, y mi mirada fue atraída por una asombrada fascinación. ¿Tenía un salami entero ahí abajo? Parpadeé y aparté la mirada, observando las otras áreas del gimnasio, en cualquier lugar menos en ese apéndice en particular que me empujó de regreso a la habitación de Vince.

¿Cuál fue la repentina preocupación por los cuerpos de los hombres, por sus penes? ¿Curiosidad ociosa? ¿Frustración sexual acumulada después de no haber tenido relaciones sexuales con nadie desde que me mudé del hogar conyugal? ¿O Angela tenía razón sobre mí? ¿Era gay? Pero eso no tenía sentido porque no sentía amor por otros hombres y no tenía ganas de llevar a ninguno de ellos a la cama. La verdad era que la idea de tener sexo con un hombre me repugnaba, el sexo real o incluso el tipo de sexo que había tenido con Vince. O tal vez me repugnaba porque aún no había conocido al hombre adecuado, un hombre al que pudiera desear, incluso enamorarme.

¿Otros hombres pensaban así? ¿O era solo yo? ¿Estaba yo solo en tomar más que un interés pasajero en mi propio género? ¿Otros hombres admiraban los cuerpos de los demás? Quizás era normal, después de todo. Robé miradas alrededor de la habitación, juzgué las direcciones de varios pares de ojos y decidí a fin de cuentas que sí, lo hacían. Pero no de formas abiertamente codiciosas. Más como envidia o competitividad. El tipo de rasgos masculinos tan antiguos como el tiempo. El gimnasio parecido a un foso de gladiadores, un lugar donde el poder masculino puro estaba a la orden del día, y no podías evitar observarlo, estar intrigado, obsesionado incluso. Sí, en general, era normal.

La asociación me hizo volver a reflexionar sobre los distintos matices de la sexualidad y que era tan perfectamente natural sentirme atraído por el mismo sexo como por el sexo opuesto. Querer ser del sexo opuesto. No querer sexo en absoluto. Ser de una forma u otra homosexual. No tenía ningún problema con nada de eso. Angela, una lesbiana absoluta, había decidido hace mucho tiempo que mi sexualidad era ambigua. Jackie había actuado en base a sus inclinaciones lesbianas. Se me ocurrió que le debía algo de respeto por su decisión, su coraje, aunque la traición todavía me retorcía las entrañas.

Sin embargo, cuando sopesé todo: los recuerdos de Vince, el sueño húmedo, mi mirada voluble, la culpa existencial inyectada en mis venas por la iglesia católica, incluso mi decisión de ir a un gimnasio para ponerme en forma y no participar en otro, actividad al aire libre menos sensual, todo equivalía a un signo de interrogación enorme, tan grande y duro como el Sr. Salami en la prensa de banca.

Luis pasó a mi lado con un breve saludo y me salí de mis especulaciones. Además, había descansado lo suficiente. Antes de que mis piernas se cerraran, me solté de la prensa de piernas. A continuación, abordé la máquina de extensión de piernas, aplicando la misma cantidad de series y repeticiones. Luis había escrito todo lo pesado que podía. Puse el peso en cincuenta kilos, la mitad de lo que había usado el tipo antes que yo. Incluso ese peso resultó demasiado después de la primera serie, pero estaba decidido a no fallar y exprimí las dos últimas repeticiones de cada una de las siguientes series.

A estas alturas, mis cuádriceps estaban en llamas y varios otros músculos de las piernas se me estaban dando a conocer como si fuera la primera vez. Fue un despertar y no del todo desagradable, pero sabía que pagaría por el entrenamiento más tarde. No esperaba otra tarde rígida y dolorida.

Las máquinas de flexión de piernas y empuje de cadera también eran gratuitas. Luis había demostrado los movimientos que tenía que hacer. Apoyando los hombros en el respaldo con los pies y el trasero sobre la colchoneta, sostuve una mancuerna de cinco kilos en la parte superior de cada muslo y procedí a hacer las repeticiones requeridas de empujes hacia arriba de mi pelvis, terriblemente consciente de que no era el Sr. Salami.

Entre cada serie, tuve que saltar a la otra máquina, acostarme de frente y hacer veinte flexiones de piernas boca abajo. Fue un ejercicio de castigo. Mientras me tambaleaba hacia el penúltimo ejercicio, estaba maldiciendo a Luis por dentro. Cuatro series de diez en la máquina de sentadillas y apenas podía estar de pie. Dos series de cuarenta repeticiones de elevaciones de pantorrillas de pie y, cuando saqué los hombros de las almohadillas de la máquina y traté de alejarme, necesité cada célula de mí para no tambalearme. No estaba seguro de que mis piernas fueran capaces de llevarme a casa en mi auto.

Todo eso, y Luis quiso rematarme con otros cinco kilómetros en la bicicleta estática. Tenía que estar bromeando. Sin embargo, un plan era un plan y tenía que ceñirme a él. Si no lo hiciera, estaría atormentado por la culpa toda la tarde. Me faltarían cinco kilómetros. Ese pensamiento daría vueltas en mi cerebro y tomaría una botella entera de vino rojo para erradicarlo. Sabía que lo haría. Incluso ahora, la idea me mareaba.

Me dirigía hacia la bicicleta donde había dejado mi bolso cuando ese monstruo del tráfico de drogas entró corriendo. Comencé a pedalear, gimiendo silenciosamente mientras observaba lo que pasaba detrás de mí en el espejo. El tipo se acercó al mostrador y le susurró algo a Luis, quien luego retrocedió en estado de shock.

Aparté la mirada y seguí pedaleando.

Luego se bajó la música y todos miraron para averiguar qué estaba pasando. El tipo, de ciento cincuenta kilos de musculatura maciza y cuello como el tronco de un árbol, anunció en voz alta al gimnasio:

—Juan está muerto.

Un grito ahogado resonó por la habitación. Dejé de pedalear. Nadie habló. Nadie se movió. Todos los ojos se posaron en un solo hombre.

Un peso tintineó.

—¿Muerto? —dijo alguien.

¿Muerto? Tenía que ser. Obviamente alguien que todos conocían. Luis salió de detrás del mostrador e hizo una breve declaración. Eso rompió la tensión, y de repente hubo lágrimas y llantos y muchos abrazos. La música volvió poco después y reanudé mi pedaleo hasta que llegué a los cinco clics designados.

Al bajar de la bicicleta, tuve la presencia de ánimo para intentar algunos estiramientos, imitando los que había visto hacer a los otros muchachos y sosteniéndolos durante un período de tiempo decente. No tenía idea de lo que estaba haciendo y me di por vencido después de unos minutos, prometiendo buscar algunos consejos en línea. ¿Por qué, ahora que lo pienso, nunca me habían pedido que escribiera los diez mejores consejos para los estiramientos? Se me había pedido que escribiera sobre una amplia gama de temas de los que no sabía nada, pero que nunca se extiende. Curioso.

Cuando por fin terminé mi sesión, fui a reunirme con Luis junto al refrigerador de bebidas.

—Ese tipo, Juan, ¿qué pasó? —le pregunté casualmente.

Se puso las manos en las caderas y exhaló.

—Juan era el hombre varado en la playa el otro día.

Las palabras me golpearon como puñetazos.

—¿Lo conocías?

—Todos lo conocíamos. Era un habitual aquí. Juan Pablo

Medina. Hijo de Miguel Medina. Su tío, Mario, está allí. —Hizo un gesto hacia atrás con una inclinación de cabeza.

—Qué horrible. —Mis rodillas se sentían débiles.

—Es un día muy malo.

La cruda emoción en la habitación se transformó en indignación e ira. De repente hubo muchos gritos cuando parecía que se había desatando una discusión.

—¿Qué pasa?

Luis vaciló. Parecía preocupado, evasivo.

—Mejor que no lo sepas.

Hubo una pausa en la música y capté algunas palabras. Sabía suficiente español para distinguir «accidente» y «asesinato» y había visto suficientes películas hispanas para reconocer la palabra «asesinato» en ese idioma. «¿Asesinato?» Los hombres estaban convencidos de que la muerte del joven no era un accidente y, a juzgar por sus modales, estaban deseando vengarse.

De camino a casa, el último comentario de Luis se alojó en mi cabeza. *Mejor que no lo sepas*. Ese comentario me puso inexplicablemente nervioso. ¿A qué se refería?

¿DEBERÍA QUEDARME O DEBERÍA IRME?

Me consumieron especulaciones e implicaciones siniestras todo el viaje de regreso a Tefía. ¿Por qué Juan Pablo Medina, el nadador varado en esa playa remota, había escondido el dinero en efectivo en esa cueva? Porque él debió haberlo hecho, ¿no? La logística sumaba.

Había asumido que el muerto era un turista, alguien que no estaba familiarizado con la traicionera corriente, un hombre con muy poco conocimiento de las mareas y definitivamente no un lugareño. La nacionalidad de Juan le daba un tono diferente al asunto. ¿Había estado pensando en volver por la mochila o la dejó en la cueva para que la recogiera otra persona? ¿De quién era el dinero y de dónde vino? Nada de eso importaría tanto si no fuera por el hecho de que sus parientes entrenaban en mi gimnasio. ¿Alguno de ellos sabía sobre el dinero? ¿Y si lo hicieran? ¿Y si el destinatario o el perdedor previsto de ese dinero fuera el tío de Juan o uno de esos otros hombres fornidos? Me estremecí. Si ese fuera el caso y se enteraran de que yo había encontrado la mochila, entonces estaría en serios problemas. Tal vez debería cambiar de gimnasio, pero eso parecería sospechoso ya que ya había comprado una membresía de tres meses.

Además, Luis sabía que me quedaba en Tefía. De hecho, tenía mi dirección exacta. Era un pensamiento repugnante.

¿En qué diablos me había metido?

Calma, tenía que mantener la calma. Pero estaba todo menos tranquilo. El sudor corría por mi frente a pesar del aire acondicionado que soplaba aire frío en mi cara. Mis manos se deslizaron sobre el volante. Mi corazón estaba acelerado y seguía necesitando inhalar ráfagas de aire.

Para cuando me detuve en el camino de la casa de campo, era una bola apretada de energía nerviosa. Me acerqué a la puerta principal convencido de que no debería quedarme una noche más en el lugar. No era seguro. Debería aceptar la oferta de Paco y Claire e ir a Tiscamanita. Estaría mejor allí, escondido.

En el momento en que entré, corrí a la cocina, encontré la tarjeta de negocios que Claire me había dado y marqué el número. Ella respondió al tercer timbre.

Después de un saludo superficial, le pregunté si su oferta aún estaba abierta.

—Sí, puedes quedarte. Pero, ¿puedes darnos unos días?

Parecía nerviosa.

—No pareces segura. Si hay algún problema...

—No hay problema. Solo que ha habido una tragedia.

—Lo siento. —No más malas noticias. ¿Qué pasaba con esta isla?

—Supongo que atrapado en Tefía no lo sabrías —dijo ella—. Un cuerpo ha sido arrastrado a la playa.

Mis entrañas se sacudieron.

—Escuché sobre eso —dije, inyectando en mi voz una medida de tranquila indiferencia.

—Es el primo de Paco —dijo ella—. La familia está angustiada.

Apenas podía creer lo que oían mis oídos. ¿Todos estaban relacionados con todos los demás en esta isla? ¿Eran mestizos?

No, eso era injusto. Solo una coincidencia, mala suerte o destino y, además, los católicos tenían familias numerosas, al igual que los agricultores.

Le ofrecí mis condolencias y le dije a Claire que me pondría en contacto. La conexión familiar puso en duda mi estancia en casa de Paco y Claire. ¿Qué pasaría si realmente estuvieran involucrados en el asunto de la mochila y la invitación a quedarse en su casa fuera solo una artimaña, una trampa, una forma práctica de atraerme y robarme el dinero en efectivo? ¿Qué me harían entonces? Sin embargo, si estaban involucrados, ¿por qué no me quitaron la mochila en el Puertito de Los Molinos? Quizás no se dieron cuenta de que era *la* mochila. No, eso era simplemente una tontería. ¿Cuáles eran las posibilidades de que dos mochilas estuvieran escondidas en esa cueva? Cerca de ninguna.

Pensándolo bien, no habían necesitado reclamar la mochila allí mismo. No después de haberles dicho dónde me estaba quedando. Además, alguien puede haber estado mirando. Por eso esperaron y luego aparecieron en la casa de campo como por casualidad cuando estaban seguros de que la costa estaba despejada. Su confianza era asombrosa, su seguridad de que, mientras tanto, no me habría largado con el dinero en efectivo. Por otra parte, no me veía como un tipo que haría eso, y estaban muy ansiosos por disuadirme de ir a la policía. Probablemente habían estado esperando todo el tiempo, y cuando me vieron a punto de entrar en mi auto ese día, hicieron su movimiento.

Cuanto más lo pensaba, más me convencía de que estaban involucrados, lo que comenzó a hacerme sentir muy reacio a quedarme en casa de ellos y mucho mejor acerca de regresar al gimnasio.

Era la hora del almuerzo. Sin sentir tanta hambre pero pensando que probablemente debería comer, me preparé una ensalada verde y luego revisé mis opciones. Tenía tres. Podría quedarme, arriesgarme a ir a casa de Paco y Claire o irme de la isla, con o sin efectivo. Si tomaba el dinero, efectivamente estaba robando. Había muchas posibilidades de que me detuvieran en la aduana para este fin, o de que me quedara y poco a poco comenzara a gastar el efectivo e incluso a depositar cantidades en mi cuenta bancaria inglesa, lo suficientemente pequeña como para no despertar sospechas. Pero me resistí a esa idea. El dinero no era mío para gastarlo.

Había llegado a un punto muerto interno. Jackie siempre decía que si tenía dudas no hiciera nada. Hasta ese momento nunca la había considerado sabia, pero dada la desconcertante situación en la que me encontraba, su mantra de vida se aplicó por completo.

Pero no estaba enamorado de la idea. Por un lado, había poco o nada que yo pudiera hacer para ocuparme en esta llanura abandonada de Dios donde el viento soplaba y soplaba. No es de extrañar que Tefía siguiera siendo un remanso donde pocos vivían y se producían pocas construcciones nuevas. El pueblo no invitaba a turistas. Ni siquiera había mucho café. El pequeño supermercado debe sobrevivir en un ala y una oración. Claire mencionó un centro de jardinería, pero no tenía idea de dónde estaba o incluso si existía e incluso si lo hiciera, qué querría con él.

Me recordé a mí mismo que fue Angela quien me había animado a reservar estas vacaciones. Dejado a mis propias ideas, nunca habría elegido este lugar. El aislamiento era atractivo pero no la historia. Aunque Angela no sabía que Tefía estaba situada en una llanura donde los hombres habían tenido muertes horribles. A los hombres se les ordenó saltar de un avión con un viento violento y caer en picado hacia una muerte segura. Hombres que fueron encerrados como animales de noche y obligados a trabajar como esclavos durante el día en esta inhóspita llanura.

Mis pensamientos vacilaron en la base de una montaña de

dudas. Aquí estaba yo, con mis propias agonías autoinfligidas de quemaduras solares y distensión muscular, quejándome interiormente de que me faltaba inspiración cuando, en realidad, lo único que buscaba era la gloria personal, una oportunidad de brillar. ¿Alguno de esos hombres tuvo alguna vez la oportunidad de brillar? ¿Debería, podría ofrecerles esa oportunidad a través de mis palabras e inmortalizarlos entre las portadas de una novela? ¿Era ese mi propósito? Nunca antes había considerado que podría tener un propósito distinto al de beneficiar a otros escritores y empresas a través de mis palabras. Nada más humillante que ser un escritor fantasma, perpetuamente en las sombras. Toda mi búsqueda de inspiración había sido sobre mí y mi propia luz y el deseo de demostrarme a mí mismo y al mundo que yo también podría publicar una novela y tal vez incluso ganar un premio literario. Todo era ego, ¿no? ¿Qué pasa si escribo una novela como un servicio a los demás, para ayudar a preservar su memoria? Era el tipo de cosas que les gustaban a los escritores de ficción histórica. No sentí que perteneciera a esa cohorte. Pero también había ficción contemporánea, y yo definitivamente pertenecía a ese grupo. Y todos esos escritores asumieron algún tema o evento social, político o moral. A menudo eran periodistas, gente de ese tipo. Se interesaban por lo que sucedía a su alrededor. Como hacía yo.

Angela tenía razón. Debería escribir una novela sobre esa prisión. Si fuera inteligente, también podría traer la historia de los paracaidistas. Aunque no quisiera sobrecargar la narrativa con demasiados temas. Mejor quedarme con la prisión.

Pero en el momento en que mi mente aterrizó allí y comencé a afirmar que la prisión era mi enfoque literario, la resistencia brotó en mí. Por un lado, estaría caminando por el barro de la apropiación cultural, y por el otro, tendría que investigar el tema en español y luego forzarme imaginativamente a entrar en esas chozas y romper rocas en la llanura. Era capaz de hacer todo eso, aunque las tareas eran onerosas, pero me sentía bloqueado. Algo en mí gritó en oposición, y no podía superar lo que fuera. Ni siquiera quería.

Mientras dejaba de lado la idea misma de abordar el tema de la prisión, me pregunté si servía como un cartel, un símbolo de algún tipo que pudiera generar nuevas ideas, que no tuvieran nada que ver con la isla. Quizás si pudiera darle algún significado personal, algún significado a mi estar aquí.

Solo pude pensar en uno. Tefía estaba atormentada por hechos y circunstancias que habían sido provocados por las autoridades, específicamente las militares. La prisión había sido dirigida por un sacerdote militar (y los guardias, a todos los efectos, eran soldados), y había sido un comandante militar quien había ordenado a esos pobres paracaidistas que saltaran. El tema militar se extendió a mis propias circunstancias en la forma de mi padre, que había sido sargento en el ejército.

Mi pensamiento se detuvo. Había cerrado el círculo. Quizás por eso me sentía tan ansioso por bloquear la verdad de lo que me rodeaba. Mi padre. Había tratado de decirme a mí mismo que esos oscuros recuerdos pertenecían a la gente de Fuerteventura y de las Islas Canarias. Y no a gente como yo. Pero lo hacían. Me pertenecían completamente a través del lente de mi padre que me había dañado, dañado a toda mi familia a través de su lujuria rebelde y me hizo buscar consuelo en Vince.

Mantuve ese pensamiento durante algún tiempo. Era una especie de revelación y vino con un tremendo poder explicativo. No es de extrañar que no me haya gustado estar aquí. Al fin y al cabo, Paco tenía razón, la energía del lugar era demasiado inquietante para la musa. No tenía inspiración y nunca la tendría. Siempre que miraba por la ventana a la llanura rocosa, veía miseria y muerte. Todavía tenía dudas con respecto a Paco y Claire, pero su casa bien podría ser la mejor opción.

Un calambre repentino en la pantorrilla me catapultó fuera de mi ensueño. Me levanté de mi silla y caminé para aflojar el músculo antes de que empeorara. Una vez que el músculo se calmó, encontré un sitio web con instrucciones sobre estiramientos y seguí las instrucciones. Treinta segundos era el tiempo ideal, así que configuré el cronómetro en mi teléfono. Mis músculos resistieron y luego cedieron poco a poco y pude sentir los beneficios. Había algo así como un buen dolor, decidí, y una pequeña cantidad de malestar durante los estiramientos era ese tipo de dolor. Aunque mi hombro demostró no cooperar y respondió a mis estiramientos tentativos con un espasmo muscular. Pasé el resto del día completando breves asignaciones de escritura fantasma y tomando analgésicos.

UN GIRO PREOCUPANTE

AL DÍA SIGUIENTE TENÍA QUE CONCENTRARME EN MIS BRAZOS EN
el gimnasio y Luis me hizo reservar una sesión de fisioterapia
para controlar mi forma. Pensé en cancelar, dado el estado de
mi hombro, pero había pagado un alto precio por los esteroides
y la tarifa del gimnasio, y no sería derrotado. Los brazos no son
hombros, me dije. La sesión estaba programada para las cuatro
de la tarde, el único hueco que tenía libre, y con todo el día
para llenar, sabía que tenía que salir de Tefía.

Se pronosticaba que el día sería un poco más fresco de lo
que había sido. Estudié el mapa. El Cotillo, en el extremo
noroeste de la isla, me llamó la atención. Pensé en ir allí para
almorzar y luego regresar y explorar algunos de los pueblos del
interior, girar hacia el este y conducir hasta Puerto del Rosario
a tiempo para el gimnasio.

Al encontrarme sin apetito, me salté el desayuno y, después
de zumbar por el laberinto de cuartos diminutos con escoba y
plumero, partí a las diez.

Era mi primera vez en el norte y, mientras la carretera se
abría paso entre las montañas bajas, traté de imaginarme el
paisaje de verde. No pude. ¿Alguna vez fue verde? Segura-

mente, después de la lluvia, habría verde. Tal como estaba, el terreno accidentado asaltó mis sentidos y, conduciendo hacia el infinito vacío marrón, comencé a anhelar mi nuevo hogar en Norfolk, con sus árboles altos y exuberantes campos verdes y pintorescas casas antiguas. Aquí era duro, brutal, intransigente. Puede que a algunos les gustara, pero el entorno desértico no era para mí.

Nunca me había preocupado por el marrón en ningún tono o color, no desde mis días de escuela y el uniforme de chaqueta marrón y pantalones a juego que tenía que usar. Por no hablar de esos suéteres marrones que la tía Iris insistía en tejerme año tras año. Suéteres de lana ajustados con cuello redondo que amenazaban con guillotinarme las orejas cada vez que me los sacaba por la cabeza. También hacía chalecos marrones, cuello en V con patrones complejos en la parte delantera. Iris era una cosecha de los años 40, atrapada en una distorsión del tiempo. Su rostro de arpía, todo arrugado y mezquino, se inclinaba sobre sus agujas que chasqueaban y chasqueaban todo el día y la noche. Mi hermana, Marnie, se quejaba de que sus suéteres eran demasiado pequeños y tiraba de las mangas. Mi madre le decía que era porque la tensión de su tía era demasiado firme. La tensión firme describía a la tía Iris a la perfección.

Una hora más tarde, el océano apareció a la vista como una bendición, y pronto estaba conduciendo por el laberinto de calles estrechas de El Cotillo en busca de un lugar para estacionar.

El pueblo era mucho más grande que el Puertito de los Molinos, las antiguas cabañas de pescadores que rodeaban el puerto estaban bordeadas por un conglomerado de apartamentos y pequeñas empresas. El Cotillo también era un pueblo más agradable y vibrante que Puertito, aunque tenía las mismas casas cuboides y calles tortuosas.

Me detuve frente a un camión pequeño en las afueras del norte y me acerqué a la playa. La brisa del mar era agradablemente fresca y la marea estaba alta, o eso parecía. La playa era un arco de arena dorada. Franjas de roca basáltica se extendían hacia el océano para formar un arrecife que protegía la bahía en su totalidad, creando lo que equivalía a una serie de lagunas. Había poca gente en la arena, los veraneantes ya estaban en el agua. Pensé en ir a nadar, las tranquilas aguas dentro del arrecife parecían muy atractivas, pero no quería piel salada en mi sesión de gimnasio más tarde, y no había garantía de que encontraría un lugar para enjuagar la sal. En cambio, después de pasear por la playa, sumergirme en la atmósfera, regresé por las calles del pueblo en busca del mejor lugar para comer.

Todos los restaurantes se veían y olían acogedores. Las calles estrechas y empedradas que rodeaban el pequeño puerto habían sido dedicadas a los peatones, y todo el escenario hablaba de antaño. Absorbiendo la atmósfera helada, comencé a sentirme mucho mejor por estar en la isla.

Después de leer detenidamente, elegí un pequeño restaurante con vista al agua, me senté en una de las mesas de la amplia terraza y pedí pescado a la parrilla con papas y ensalada, la comida tradicional de la isla que parecía estar muy bien cocinada y venía con salsas picantes.

Mientras esperaba mi comida, observé los pequeños barcos de pesca que se refugiaban del océano, la costa que se extendía hacia el sur en la distancia, las montañas y el acantilado y la vasta extensión de azul, la charla de turistas jóvenes y viejos, las ocasionales ráfagas de risa, todo tenía un efecto calmante en mi estado de ánimo. Y cuando llegó el camarero con un plato cargado, pensé que por fin había comenzado mi retiro de vacaciones.

Observé al camarero mientras se alejaba y saludaba a algunos comensales nuevos. Era joven y guapo con ojos de mal humor y una sonrisa descarada. También se veía en forma. Cuando se dio la vuelta, mi mirada se detuvo en su trasero, bien definido debajo de unos pantalones ajustados. Desvié mi mirada mientras él se alejaba, mirando a los demás sentados a mi alrededor, esperando no haber llamado la atención sobre mí por mirar demasiado tiempo.

De repente, incómodo, atendí la comida en mi plato, que resultó ser tan deliciosa como olía. No tenía exactamente hambre, pero era demasiado bueno para desperdiciarlo. Me quedé un rato, pero sin nada que hacer y sin nadie con quien hablar, cuando el camarero regresó le pedí la cuenta.

Mientras regresaba por el pueblo hacia mi automóvil, esquivando a los turistas decididos a caminar directamente hacia mí y notando los negocios que estaban hambrientos por su efectivo, experimenté un cambio repentino en mi opinión sobre El Cotillo y decidí que prefería Puertito por su inocencia del turismo.

Estaba fuera de El Cotillo y me dirigía hacia mi camino, reflexionando sobre qué otros placeres me aguardaban, cuando una serie de cuatro ruedas motrices se dirigió hacia mí, todos ellos se desviaron una fracción hacia mi lado de la carretera. Reduje la velocidad y me abracé al borde, las ruedas crujieron sobre la arena, ululé la bocina y agité el puño cuando el último de ellos pasó a mi lado.

¡Idiotas!

Reduje la velocidad en la aproximación a Lajares, que claramente se había vendido a la bestia, con boutiques y cafés a lo largo de la calle principal y casas de campo restauradas y elegantes nuevas construcciones esparcidas por el interior. No parecía haber sitios de interés, así que seguí conduciendo, en dirección este, cruzando una llanura plana llena de volcanes que sobresalían del suelo en todas direcciones. La tierra estaba cultivada, pero por lo que yo sabía, nada crecía en verano.

Cuando llegué a una intersección, tomé la carretera de La Oliva hacia el sur y crucé Villaverde y seguí por más tierras de cultivo. Estaba considerando mis opciones cuando llegué a La Oliva y estaba a punto de encontrar un lugar para estacionar, cuando de repente, necesité usar el baño con urgencia. Estaba furioso con el impulso. Quería explorar la ciudad, pero me negué a arriesgarme con las instalaciones públicas, si las había. Saboteado, apreté las nalgas y me dirigí de regreso a la granja.

Hacerle caso a mis entrañas para obligarme a regresar a Tefía. Debidamente aliviado, todavía tenía una hora o más para matar antes de tener que conducir hasta el gimnasio. Volví a mirar el mapa y decidí visitar el museo en el extremo sur del pueblo, situado justo después del desvío al molino de viento.

El museo era un sitio de interés que había estado pasando por alto e ignorando toda la semana. Descubrí que también estaba bien concebido. Ubicado en jardines cuidadosamente cuidados de grava, pavimento y pequeños parterres, un grupo de casas de campo restauradas y dependencias contenían todas las herramientas e implementos de la antigua vida de los campesinos y sus amos. Había manifestaciones en algunos de los graneros: una mujer horneaba pan, otra hacía vasijas de barro, otra en un telar y otra tejiendo cestas. En la gran casa, nadie estaba haciendo nada.

¿Los agricultores locales eran campesinos? ¿Era justo llamarlos así? ¿O era un insulto? Podría llamar a los lugareños resistentes, resistentes, tenaces o quizás tontos desesperados que no habían conocido nada diferente. ¿Cuándo habían detenido sus costumbres ancestrales?

Una pregunta más importante me perseguía. Me había estado molestando desde que llegué a la isla. ¿Dónde estaban los árboles? ¿Había habido árboles alguna vez o el paisaje siempre había sido tan árido? ¿Qué tipo de árboles crecían aquí, si los había, y qué les pasó a todos? Las plantas crecían aquí, se podía ver en los jardines de los propietarios, apuesto a que británicos o alemanes, y en los campos cuidadosamente cultivados esperando la próxima lluvia.

Una búsqueda rápida en Internet en mi teléfono usando palabras en español para árbol, cultura e historia y encontré un artículo académico, en español, sobre la historia de los árboles de la isla.

Pude deducir de las palabras y las fotos que toda la isla estuvo una vez cubierta de árboles y arbustos, más gruesos en los barrancos y hondonadas, variedades más duras y resistentes a la sequía que cubrían las montañas. En las laderas de las montañas orientadas al norte, había bosques espesos. Habían crecido pinos nativos, laureles y palmeras. El párrafo inicial del artículo decía que en el momento en que llegaron los humanos se produjo un largo y lento proceso de deforestación, hasta que toda la isla quedó despojada. Qué triste. Guardé el artículo para verlo más adelante con más profundidad.

Miré a mi alrededor, a la roca y el suelo con nueva conciencia e inmediatamente me acordé del libro preseleccionado de Sandra Flint, con su tema central de la deforestación de las tierras altas de Escocia. Me divertí mucho investigando el tema. Era la principal razón por la que asumí la misión. Los esfuerzos de Flint pueden haber carecido de destreza literaria, pero admiré su elección de tema. Me enfrentaba al mismo problema de deforestación aquí, pero no podía escribir otro libro sobre la historia de los árboles y la deforestación. Sería demasiado tedioso y deprimente.

Si estaba buscando inspiración para un nuevo trabajo, entonces tal vez necesitaba dejar de mirar a mi alrededor y profundizar en mí mismo después de todo. Ahuyenté esa idea tan rápido como se me ocurrió. Sobre todo, necesitaba aterrizar en la originalidad y no me sentía en lo más mínimo original. Toda la mejor ficción que había leído recientemente tenía una ventaja, la pasión del autor saltaba de la página. Lo que esos autores escribieron significaba algo para ellos y querían que el lector lo supiera, lo sintiera. Los autores querían compartir con el mundo nuevas perspectivas, que durante demasiado tiempo no se habían considerado o se habían pasado por alto. A veces era una alternativa a la pesadilla de la época: el privilegio del hombre blanco.

Yo era blanco, hombre y privilegiado pero no lo sentía. No estaba seguro de qué significaba realmente la masculinidad. Atribuí mi falta de conocimiento a haber crecido en una casa de mujeres después de que mi padre, un hombre al que apenas recordaba, se había ido. Me vi obligado a soportar una feminidad castigadora, toda esa rabia oscura impulsada por Lilith dirigida hacia mí, el único hombre de la casa. Todo lo que tenía en ese entonces por compañía masculina era Vince.

Mis amigos adultos también habían sido mujeres. Durante casi dos décadas, yo había sido el ama de casa que llevaba y recogía de la escuela. Jackie se había puesto los pantalones. Yo llevaba el delantal. Ella ganaba el dinero y yo cocinaba y limpiaba en la casa. Si escribiera sobre todo eso, escribiría desde esa perspectiva, parecería pretencioso, e incluso si me especializara en la desesperación que a veces había sentido, la comunidad en general lo consideraría una autocomplacencia. Después de todo, yo nunca lo había tenido tan bien y no tenía derecho a quejarme de mi suerte, absolutamente ningún derecho.

Desechando todo eso, cuando se trataba de cualquier cosa que pudiera ser de interés acechando en mi interior, me quedé sin nada. Estaba en un vacío creativo.

La hombría apestaba si un hombre no podía ser hombre.

Pronto pasó la hora y me dirigí a Puerto del Rosario, deteniéndome frente al gimnasio a las cuatro menos cuarto. Luis me saludó con un saludo cuando entré. Fui directamente a la bicicleta estática e hice los diez kilómetros necesarios. Mientras me levantaba del asiento, se acercó y me vio hacer pesas.

Después de la primera serie, comentó sobre mi técnica, me dijo que tirara de los hombros hacia atrás y bloqueara los codos, que no me inclinara hacia adelante ni me balanceara, y que no balanceara las pesas o realizara las repeticiones demasiado rápido.

—Eso es todo —dijo, moviendo mis hombros hacia atrás y empujando mis codos hacia mi cintura. Mientras estudiaba mi forma en el espejo, capté la mirada de un hombre que estaba al otro lado del gimnasio y que me miraba furtivamente. Rápidamente miró hacia otro lado, pero vi su sonrisa irónica mientras volvía su rostro hacia la pared. Estúpido.

Consumido por una rabia indignada, logré las otras tres series de diez repeticiones sin demasiada tensión.

Luis estaba de un humor serio y no comunicativo. Su único enfoque estaba en mi forma. A continuación, me puso en la máquina de bíceps, que no era demasiado onerosa, seguido de flexiones de tríceps en la mesa con superposición de ocho repeticiones de extensiones de tríceps por encima de la cabeza usando una mancuerna. Me hizo hacer todos esos ejercicios, corrigiendo mi postura en cada uno, y me observó con atención mientras me abría paso a través del número requerido de repeticiones. Por mucho que a mis brazos y especialmente a mi pobre hombro les hubiera gustado un respiro, ni Luis ni yo estábamos a punto de permitirles tener uno. Las punzadas, las quemaduras, los dolores, superaba toda la incomodidad sabiendo que, con Luis a mi lado, me había convertido en objeto de un intenso escrutinio y no toleraría el fracaso bajo su mirada. Todo lo contrario. Quería sobresalir, demostrarle lo bueno que era, o más bien, cuánto potencial tenía para ser bueno.

—Lo estás haciendo bien. —Fue todo el estímulo que ofreció.

Después de eso, todavía tenía cuatro juegos de diez trituradores de cráneo combinados con tantas inmersiones de tríceps como podía. No entendía la lógica de tanto énfasis en los tríceps, pero no estaba dispuesto a discutir. A pesar de la agonía abrasadora, encontré en general que el día del brazo resultó mucho menos oneroso que cualquiera de los otros días del área del cuerpo. Aunque no estaba seguro de poder juzgar. Quizás los esteroides estaban funcionando. O me estaba volviendo más fuerte. O simplemente me estaba acostumbrando al dolor.

Agradecí a Luis por su tiempo y salté de nuevo a la bicicleta para el enfriamiento.

Dos kilómetros adentro, y mis tripas sufrían un espasmo. Definitivamente algo andaba mal con mis intestinos. Aguanté hasta que terminé los cinco kilómetros, entonces, sabiendo que nunca llegaría a tiempo a Tefía, corrí al baño de los hombres antes de salir del gimnasio. Elegí el limpiador de los dos cubículos, el que tenía una buena cantidad de papel higiénico. Cuando me bajé los pantalones y liberé mi esfínter anal, emitiendo un repentino chorro de desechos malolientes, la puerta del baño se abrió con un chirrido y alguien entró. Estaba conversando con otra persona, presumiblemente en su teléfono. El intercambio sonaba acalorado, al menos desde mi punto de vista. Mientras esperaba, papel higiénico en mano, a que la peristalsis se asentara, escuché, curioso por ver cuánto español podía entender.

Las palabras «la merca» y «el químico» y «el laboratorio» junto con «¿Dónde está el dinero?» se destacaron y me hicieron unir los puntos. ¿Mercancía? ¿Un químico y un laboratorio? ¿El dinero? Ese hombre solo podría estar hablando de una cosa: un negocio de drogas que salió mal.

Mi mano se cernió sobre la cisterna. Tan pronto como presioné el botón, tendría que salir del compartimiento, pero no tenía ganas de salir para enfrentar a quienquiera que estuviera allí.

Todos se quedaron en silencio. Quienquiera que fuera, ¿sabía que estaba aquí? Debían hacerlo, ya que la puerta estaba cerrada, o tal vez no se habían dado cuenta de que la puerta del cubículo estaba cerrada. Por otra parte, nadie habla sobre el negocio de las drogas en un baño público antes de verificar que nadie más esté escuchando. Además, aquí dentro apestaba, un olor que debía haber invadido toda el área del baño.

Contuve la respiración.

Continuó el silencio.

No pasó nada.

Sabía que aún había alguien ahí afuera porque no había escuchado ningún chirrido de la puerta del baño. Se sintió como un punto muerto. Pero no podía esperar para siempre. El cubículo era pequeño y comenzaba a sentir claustrofobia. En un pequeño aumento de confianza, enrojecí y abrí la puerta del cubículo.

Salí para enfrentarme al tío de Juan, Mario, un hombre corpulento con barba de cerdas grises y tatuajes. Me miró con sospecha y rápidamente aparté la mirada. O tal vez su expresión era de disgusto desde que se alejó del fregadero para dejarme espacio para lavarme las manos.

No tuve elección. Bajo su mirada atenta, bombeé la botella de jabón, abrí el grifo de agua caliente y me froté las manos a fondo. No había toallas de papel. Metí mis manos goteando debajo del secador de aire para una breve ráfaga y luego abrí la puerta de un tirón solo para chocar con el socio de Mario, el gigante del tráfico de drogas, quien se quedó atrás, cambió de opinión y me empujó para entrar, reconociéndome con un gruñido desdeñoso.

Un escalofrío me atravesó. Empecé a sudar frío. Mi pulso comenzó a acelerarse y mi visión se volvió borrosa. Mi realidad se redujo a lo que estaba inmediatamente frente a mí. Estaba nervioso. Era todo lo que pude hacer para no caer en un ataque de pánico en toda regla. Corrí hacia las bicicletas para recuperar mi bolsa. Mis intestinos se contrajeron de nuevo, pero no me di cuenta. No podía salir del gimnasio lo suficientemente rápido.

EL SECRETO DEL DINERO

Todos los ojos estaban puestos en mi espalda cuando abrí la puerta de entrada. Podía sentir las miradas taladrándome. Yo era, como siempre, el único hombre de origen inglés en el edificio e invariablemente los demás me miraban fijamente, pero esta vez encontré la atención amenazadora. Afuera en la acera, respirando el aire salado del mar, absorbiendo la liberación del espacio a mi alrededor, podría haber soltado mi miedo, pero la puerta del gimnasio se abrió y salió el asociado narcotraficante sin nombre del tío de Juan. Mientras caminaba detrás de mí, pensé que en cualquier momento sentiría un empujón en mi espalda y me lanzarían de cara a la cuneta, pero en lugar de eso, siguió caminando por la calle y se detuvo junto a un pequeño coche rojo.

Corrí a mi coche. No esperé a que el calor saliera del interior antes de entrar, e ignoré el pinchazo del volante caliente mientras metía la llave en el encendido. Una maniobra rápida en reversa y me dirigía calle arriba en mi camino fuera de la ciudad, tragando aire y exhalando fuerte, tratando de disminuir mi ritmo cardíaco.

La vista del coche rojo alejándose de la acera hizo que mis

tripas se derrumbaran. Mis intestinos amenazaban con una liberación repentina. Quería poner el pie en el suelo, pero tenía un sedán verde frente a mí y además, las calles de Puerto del Rosario no estaban listas para escapadas de alta velocidad y solo llamaría la atención.

El gigante me siguió hasta la calle Juan de Bethencourt, pero eso no era raro. Todos los que salían de la ciudad iban por ese camino. Estaba seguro de perderlo en la rotonda de la carretera de circunvalación.

Fue cuando tomé el desvío de La Oliva, en dirección a Tefía por Tetir, y miré por el espejo retrovisor y descubrí que el coche rojo hacía lo mismo que yo, una nueva ola de pánico puro me invadió.

Me estaban siguiendo.

Me apresuré a racionalizar.

Puede que el tipo ni siquiera supiera que era yo en este pequeño coche blanco. Probablemente se estuviera yendo a casa. Probablemente viviera en La Asomada o Los Estancos o en el mismo Tetir. Hay casas esparcidas por todas partes, y podría vivir en cualquiera de ellas. No tenía sentido. Estaba detrás de mí.

Cuanto más avanzaba, más seguro estaba de que él estaba detrás de mí. ¿Por qué? Si quería saber dónde vivía, solo necesitaba preguntárselo a Luis. Por otra parte, esa era información confidencial, y Luis parecía ser un tipo decente y respetuoso de las reglas.

Conduje a través de Tetir, haciendo todo lo posible por mantener el límite de velocidad, mirando el coche en el espejo retrovisor, esperando, deseando que el gigante se apagara.

No lo hizo.

En el borde del pueblo, presioné el acelerador. Las montañas se alzaban más adelante. La única gracia en una situación por lo demás aterradora era que el gigante no se abría paso. Se quedó atrás, siguió adelante, una pesadilla. Pasamos por más pueblos pequeños y, cada vez, contenía la respiración con la esperanza de que él indicara, frenar, apagar o estacionar.

¿Tamariche?

No.

¿La Matilla?

No.

¿El desvío de Tindaya?

No.

Mis palmas se deslizaron sobre el volante. El pulso se me aceleró en la cabeza y me sentí débil y con náuseas.

Más adelante solo había un pueblo: Tefía.

Seguí adelante.

Él siguió adelante.

Mantuvo la misma distancia detrás de mí, casual como siempre.

A la entrada del pueblo, reduje la velocidad. Mantuve un ojo en el espejo retrovisor, esperando y no esperando que se apagara. Si él vivía en Tefía, yo no quería estar cerca del lugar y si él seguía, él vería dónde me quedaba. No tuve más remedio que entrar en mi camino, ya que la granja estaba situada en la carretera principal. No pude animarme a hacerlo. En lugar de eso, continué y conduje hasta el desvío del camino de tierra que conducía al molino de viento. Solté un suspiro cuando permaneció en la carretera principal y desapareció.

Lo había perdido.

El camino de tierra era estrecho y dejaba poco espacio para un giro de tres puntos. Seguí y llegué a la explanada de grava antes del molino de viento, donde di la vuelta, me detuve y apagué el motor. Sentado allí en ese lugar solitario en la llanura azotada por el viento, sintiendo el interior del auto calentarse bajo los rayos del sol violento, me volví muy consciente del albergue por el camino bordeado de árboles a mi izquierda, una conciencia que reforzó los sentimientos de terror. Había sucumbido desde que vacié mis intestinos en el baño del gimnasio.

¿Cómo terminé aquí, de todos los lugares? Podría haber conducido a cualquier parte, haberme salido de la carretera principal en cualquier intersección que hubiera pasado. En cambio, me había enfrentado cara a cara con los horrores de esta llanura. Por idiota que fui, no pensé en desviarme más tarde por el Puertito de Los Molinos. Si lo hubiera hecho, podría haberle dado al gigante la impresión de que me dirigía a la playa. Por lo que yo sabía, él podría haber tomado ese desvío y dirigirse hacia aquí usando la otra ruta hacia el molino de viento, podría aparecer en cualquier momento en una nube de polvo.

Alarmado, encendí el motor, puse la palanca de cambios en reversa y con una hábil maniobra, me dirigí hacia atrás por el camino del albergue, frenando antes de que el auto golpeara las puertas. El auto no estaba completamente oculto a la vista, pero me sentí menos expuesto porque ya no se me podía ver desde la carretera de Puertito. Me senté esperando. Pasaron diez minutos y no había señales de un coche rojo.

Estaba a salvo, al menos por ahora. No me sentía tan confiado conduciendo a casa, pero no podía quedarme donde estaba, ya sudado, cansado y hambriento y comenzando a cocinar en el coche. Salí, entré en el jardín elevado y trepé por la pared del camino de entrada, y luego me dirigí hacia el exterior del complejo, siguiendo el perímetro este donde tenía la garantía de no encontrarme con un alma viviente.

Al no ver ningún hueco en ninguna parte, trepé por el muro y bajé la colina hasta las tres chozas rectangulares. Las cabañas de los prisioneros. Se había hecho algún esfuerzo para proteger esas cabañas del complejo principal con una densa plantación de arbustos y árboles. Como para bloquear la historia.

El sol, bajo en el cielo del oeste, ardía en mi espalda. Ningún pensamiento entró en mi cabeza mientras me acercaba a las paredes encaladas de las celdas de techo plano: tres cajas de piedra, rectangulares, con una sola puerta de madera en un extremo y una cavidad más ancha en el otro que debió haber servido como otra puerta. Se me ocurrió que los edificios habían sido construidos como graneros para animales. Caminé por la parte de atrás para encontrar dos ventanas altas colocadas en lo alto de la pared trasera, las contraventanas cerradas.

Mi primera impresión fue la falta de luz en el interior. Eso, y las celdas se habrían quemado con el calor del verano. Mientras me imaginaba a doce hombres apretujados en cada habitación, mientras miraba hacia el complejo militar, mientras miraba a mi alrededor hacia la llanura rocosa y las montañas yermas, no podía pensar en un lugar peor para ser encarcelado. Por supuesto, había muchos ejemplos en todo el mundo de tales agujeros del infierno situados en lugares extremos; después de todo, a la humanidad le gustaba ser más cruel con los suyos, pero yo estaba parado aquí junto a este ejemplo en particular, un ejemplo que muy pocos conocían, y no pude evitar sentir su significado. Al tocar la pared de una celda con su pintura descascarada, casi podía sentir la energía de los hombres allí, oler sus cuerpos, sentir su desesperación.

Nunca me había considerado sensible y menos psíquico, pero de pie junto a esas celdas en el estrecho camino de cemento sembrado de polvo y guijarros y cubierto de malas hierbas medio muertas, me consumía una tristeza inquietante y un malestar repugnante al mismo tiempo. Desde el momento en que puse un pie en Tefía, me nublaron las dudas y especulaciones sobre mi propia sexualidad, y qué lujo era eso. Los hombres de esas celdas nunca tuvieron tal indulgencia. ¡Cuánto había cambiado en sesenta años! ¿O no? El espíritu de la época había cambiado lo suficiente como para permitir que gente como yo jugara con lo que para esos hombres habría sido una agonía, una maldición.

Mientras me alejaba y caminaba penosamente colina arriba

hacia el complejo, quería arrancar todos esos arbustos que ocultaban esta terrible verdad y erigir un letrero que indicara a todos los jóvenes que se quedaron en el albergue colina abajo para experimentar lo que acababa de tener.

Monté el muro perimetral y corrí a mi coche, ansioso por dejar el lugar. Sintiéndome así, solo podía imaginar cómo sería si intentara escribir una novela basada en esa prisión. Sin importar la apropiación cultural. Me hundiría en el purgatorio creativo.

Mis propias dificultades resurgieron de vuelta en la casa de campo. Sabía que no podía tener una idea clara de si ese gigante me había estado siguiendo, pero las posibilidades eran altas. Cualquiera que fuera el caso, necesitaba actuar y actuar rápido. Además, ahora el tío de Juan sabría que me estaba quedando en Tefía y no tardaría en averiguar dónde. Necesitaba salir de la casa de campo y no necesitaba perder el tiempo en hacerlo. A fin de cuentas, no se me ocurría nada más atractivo que salir de esa llanura.

Habiendo tomado la decisión, volé alrededor de la casa de campo empacando mis cosas, asegurándome de recordar la botella de Clenbuterol. Tomé algunos alimentos perecederos del refrigerador, dejando el resto pensando que podría volver por ellos mañana. Si me sintiera lo suficientemente valiente.

Tuve la presencia de ánimo para meter la mochila en mi maleta, usando una gran bolsa de plástico para mi ropa sobrante. No me detuve a pensar hasta que el coche estuvo cargado y me puse en camino de nuevo. Esta vez, me detuve en el ecomuseo para llamar a Claire.

—Trevor. ¿Cómo te va? —Parecía vacilante, sorprendida.

—¿Es un mal momento? —pregunté, recordando mis modales.

—No, no. Habla.

—Es solo que me vendría bien quedarme en tu casa esta noche.

—¿Tan pronto? Pensé que habíamos acordado esperar unos días.

—Ha surgido algo. —Mi mente seguía corriendo, buscando una excusa.

—¿Puedo preguntar qué?

—Ratas. —Me encogí. Había muchas posibilidades de que ninguna rata hubiera depositado sus diminutas patas en la isla.

—¡Ratas!

Sonaba genuinamente sorprendida. Contuve la respiración. No había nada que hacer, así que continué.

—El lugar está infestado. Sinceramente, no sé de dónde vienen.

—La isla ha tenido un pequeño problema con las ratas. —Hubo una larga pausa—. No puedes quedarte allí, así que es mejor que vengas. —Ella no parecía muy feliz por eso.

—¿Estás segura? ¿Estás ahí ahora? Puedo estar ahí en menos de una hora. ¿Estaría bien?

—Seguro.

—Muchas gracias. Me has salvado.

—No te molestes. El apartamento ya está preparado. —Colgó.

Abrí Mapas en mi teléfono y verifiqué la ruta. Era bastante simple. Dirígete hacia el sur por Antigua y continúa. Al entrar a Tiscamanita, gira a la izquierda, y el apartamento de Paco y Claire esta a mitad de camino a la derecha.

Más llanuras sembradas de rocas, más montañas desnudas, y me arrastré por la calle Manuel Velázquez Cabrera como media hora después. No era posible no ver la casa. Después del conjunto habitual de moradas cuboides antiguas y nuevas y un puñado de ruinas, allí estaba, grandiosa como una mansión ubicada en su propio bloque grande, repleta de enormes ventanas con postigos en estilo colonial español y un techo de tejas de terracota. La puerta de entrada pertenecía a un castillo.

Me detuve en la calle de enfrente, con la esperanza de que

más tarde me llevaran al garaje lateral o al menos al garaje contiguo, pero ya había coches estacionados allí. Por otra parte, ¿cuáles eran las posibilidades de que el gigante o el tío de Juan condujera por esta calle? Cerca de cero. Salí de mi coche, crucé la calle y abrí un portón centrado en un tramo bajo de muro de piedra revocada. El muro se elevó a dos metros donde se alineó con la esquina sur de la casa y se encontró con un muro perpendicular de similar altura, protegiendo el jardín lateral de la calle. Privacidad.

Diez pasos a través de una ordenada disposición de suculentas en grava negra y golpeé la puerta preguntándome si alguien me oiría y pensando que un timbre tocaría en orden. Creí escuchar a un perro ladrar en algún lugar del interior. Finalmente, escuché pasos y la puerta se abrió, revelando a una Claire que daba la bienvenida aunque algo distraída. No había ni rastro de Paco.

Pensé que me haría pasar al interior, pero sin una palabra salió y cerró la puerta detrás de ella como si quisiera ocultar el interior de mi vista; luego me llevó a la esquina sur de la casa, donde una puerta pintada de blanco en la pared alta y encalada, apenas visible a simple vista, conducía a un patio protegido. Cruzamos el patio hasta otra puerta en una pared colocada en ángulo recto con la casa principal: mis habitaciones.

—Agregamos una extensión a la esquina trasera original —dijo ella, abriendo la puerta y entrando—. Espero que te guste —agregó, mostrándome los alrededores.

A la izquierda de una sala de estar cuadrada, amueblada con muebles ultramodernos y ultraplanos, el color predominante gris pálido, había una cocina igualmente cuadrada. En el rincón más alejado se habían colocado encimeras de granito blanco y electrodomésticos de acero inoxidable. El centro de la habitación estaba ocupado por una mesa redonda y cuatro sillas a tono con el mobiliario de la sala. Una escalera de madera colocada contra la pared cercana conducía a un dormitorio grande y cuadrado. Debajo del techo abovedado con paneles de madera, los muebles del dormitorio parecían haber salido del mismo catálogo de Ikea. El contraste entre lo nuevo y lo antiguo parecía funcionar, aunque me pregunté por qué no habían optado por ir a lo clásico.

Me acerqué a la ventana que daba al jardín trasero y los campos más allá. La característica destacada era un volcán, firme y gastado con su cono decapitado. Noté el pequeño escritorio colocado debajo de la ventana, perfecto para un escritor.

—El baño está por aquí —dijo Claire, y la seguí por un pasillo corto. Una puerta a la izquierda conducía al baño. Al final del pasillo, otra puerta conducía a un patio privado en la azotea. Nos quedamos afuera por un breve momento. Comenté sobre la vista—. Tenemos la misma perspectiva en nuestro dormitorio —dijo ella—. Y en la cocina.

Impresionante.

Bajamos las escaleras. Claire estaba claramente preocupada y la sonrisa que mostraba era débil. Quizás Paco se sentía golpeado por el dolor o consolando a los que estaban así. O ambos. Y Claire tenía que asumir el papel de cuidadora. O estaban a cargo con los arreglos del funeral. Una muerte repentina como la de un joven no puede ser fácil. Me sentí mal por imponerme.

—Te mostraré los alrededores más tarde —dijo ella—. ¿Tienes todo lo que necesitas?

—Lo tengo.

—Entonces siéntete como en casa.

Levantó una llave y la dejó en el banco de la cocina. Le di las gracias y la seguí por el patio. Ella estaba a punto de entrar a la casa principal a través de una puerta de vidrio cuando se volvió y dijo:

—Asegúrate de cerrar y echar el cerrojo a la puerta cuando hayas terminado.

—Claro —dije, y también la habría bloqueado si ella hubiera querido.

Llevé mis cosas, subí la maleta por las escaleras y la dejé en la cama. Fui y me encerré antes de desempacar, no queriendo ser atrapado con la mochila.

En el lugar espacioso, aunque reducido, del apartamento de una habitación, me sentí un poco menos vulnerable y considerablemente más reservado que en Tefía. Regresé a mi infancia, haciendo cosas furtivas en mi habitación mientras mi hermana, mi madre y mi tía recorrían el resto de la casa, llamándose y gritándose entre sí. Abrí la maleta, saqué la mochila y la dejé sobre la cama mientras me ocupaba de la ropa. Cuando la maleta y mis otras bolsas estuvieron vacías, devolví la mochila a la maleta cuando la curiosidad se apoderó de mí, y me senté en la cama y abrí la mochila, la vacié y revisé todos los bolsillos nuevamente por si acaso no había visto algo. Al no encontrar nada, encendí el teléfono. Había dos llamadas perdidas que debieron haber llegado poco después de que apagué el teléfono. Ninguna llamada era de uno de los dos números almacenados, y también era un número retenido. Apagué el teléfono de nuevo para ahorrar batería.

A continuación, saqué el dinero y desenvolví la tela para examinar los billetes. Era un lujo incluso contemplar una suma tan grande. La tentación revoloteó en mi vientre, pero me resistí a sacar siquiera una nota.

Estaba a punto de doblarlo todo cuando un papel me llamó la atención. Lo habían colocado en medio de los fajos de dinero. Extraje el papel y descubrí que eran diez hojas de papel doble dobladas por la mitad y otra vez por la mitad. A cada lado de las diez hojas había la escritura más pequeña y compacta con la que me había encontrado. Mi ojo editorial calculó mil palabras a cada lado de una página, lo que equivale a veinte mil palabras en total.

¿Una novela? No tenía idea de si la escritura era realidad o ficción. Podría ser cualquier cosa; la escritura estaba en español. Lo que sí sabía era que quienquiera que hubiera ocultado esas páginas lo había hecho por una razón. Esas palabras eran importantes, tan importantes como ese dinero. Más aún, quizás. Quizás lo que estaba escrito tenía algún tipo de valor, o las palabras eran privadas o difamatorias o escandalosas de alguna manera.

Dejando las páginas en mi almohada, volví a empacar la mochila, la metí en la maleta y metí el botín debajo de la cama.

Mi corazón se aceleró, esta vez no por miedo.

UNA TRADUCCIÓN

Mi primer pensamiento fue pedirle a Claire que tradujera las páginas, o al menos las primeras oraciones. No me tomó mucho tiempo descartar la idea. Esas palabras pertenecían al familiar de Paco. Por otra parte, puede que no fueran suyas. Como yo, él podría no haber sabido que esas páginas se habían metido entre el dinero en efectivo. Ahora que lo pienso, no había pruebas de que la mochila le perteneciera siquiera. Paco y Claire no parecían pensarlo, o seguramente ya habrían dicho algo. Independientemente de todas mis suposiciones, no podría decirles a mis anfitriones sobre este último hallazgo. No hasta que supiera lo que decían las palabras. No podría decírselo a nadie. Ni siquiera, o especialmente a Angela. Me arriesgaría a perder el control. Y quería el control, al menos temporalmente, al menos hasta que averiguara qué revelaciones contenían esas páginas.

Si se trataba de las palabras de un hombre muerto arrojado a la playa, palabras que habían estado encerradas en un alijo de dinero en efectivo escondido en una cueva marina, entonces había muchas posibilidades de que nadie más supiera de su existencia. Si alguien lo hiciera, las palabras no me servirían de nada, el nuevo propietario, excepto como recuerdo. O, si las páginas resultaran valiosas, dicho nuevo propietario, yo, estaría obligado a declarar la fuente.

La escritura probablemente era basura, las divagaciones de un joven angustiado, atormentado por la culpa y el miedo, mentalmente inestable, imprudente, tonto, a punto de romper el corazón de su madre. El tipo de escritura que pertenecía a un diario privado y no se desataba en el mundo, como muchos solían hacer en estos días.

Por otra parte, podría estar equivocado. Podría estar mirando un tesoro literario. Era posible que estuviera mirando un papel mucho más valioso que el dinero en efectivo en el que estaba enterrado.

De la plétora de herramientas de traducción en línea, busqué lo mejor que venía gratis. Elegí uno que parecía elegante y hacía muchas afirmaciones importantes sobre sí mismo. No es que me creyera la publicidad. Era el tipo de propaganda que yo presentaba a las empresas todas las semanas.

Consciente de las posibles deficiencias y de la tendencia a ofrecer una traducción literal palabra por palabra, escribí la primera oración de la pequeña prosa de araña, que era corta, y luego agregué la siguiente. La traducción salió de una manera razonablemente coherente. Pegué la versión en inglés en un nuevo documento. Palabra por palabra, frase por frase, oración por oración, pronto tuve unas trescientas palabras de texto.

Como anticipé, la traducción era en su mayor parte literal, pero aún así, me di cuenta de que la escritura era sincera y quizás incluso inspirada. Necesitaría hacer una referencia cruzada de algunas de las palabras usando un diccionario español-inglés en línea, pero en general, encontré que el texto funcionaba. Si tuviera que elaborar esa prosa, pulirla, si imitara el estilo emergente pero lo elevara con mi propio estilo literario, incluso podría haber descubierto una verdadera joya.

Una pregunta obvia comenzó a jugar en mi mente. ¿De qué trataba esta historia? Eso, no podría decirlo. Todo lo que sabía era que la prosa tenía un estilo narrativo y tenía el sabor de una autobiografía.

Un golpe en la puerta de abajo rompió mi concentración. Escondí las páginas debajo de mi almohada y cerré mi laptop antes de bajar en la penumbra de la luz del atardecer para abrir. No me había dado cuenta de que era tan tarde.

Al abrir la puerta, encontré a Claire arrancando una maleza entre los adoquines del patio. Detrás de ella, la casa derramaba una luz brillante a través de las puertas con paneles de vidrio. Hacia el suroeste, los restos de la puesta de sol, tonos de un rojo cada vez más profundo, se estaban desvaneciendo rápidamente a negro. Consciente de mi presencia, Claire se enderezó, arrojando las malas hierbas al jardín.

—Pensamos que te gustaría cenar.

No tenía ni un poco de hambre. Para ser educado, la seguí a través de las puertas del patio hacia una sala de estar grande y formal. La decoración era elegante, los muebles de estilo clásico y cómodos. Claire cruzó la habitación donde otra puerta conducía a un patio interior.

Me detuve y miré a mi alrededor, impresionado. Un balcón corría a lo largo de tres de las paredes, dando sombra a las habitaciones de abajo. Un toldo sobre el balcón daba sombra a las habitaciones de arriba. En el centro del patio, había una cama elevada llena de plantas frondosas. Un rico olor a carne impregnaba el aire.

Paco apareció en una puerta lejana y me saludó con la apariencia de una sonrisa y una inclinación de cabeza. Por una razón inexplicable, yo no parecía caerle bien. Al menos, esa era la impresión que daba. Claire se unió a él y yo me acerqué, empapándome de la gran atmósfera histórica.

Debajo de su grandiosidad, la casa tenía una vibra definida que no podía ubicar del todo. Lo atribuí a la edad del edificio y a mi mente sobreexcitada, sin embargo, mientras rodeaba el grupo de plantas, no pude evitar mirar por encima del hombro, como para ver a alguien que venía detrás de mí.

Cuando miré hacia atrás, Paco me estaba mirando fijamente.

—Mira, Claire. Te lo dije —dijo él.

¿Le dijo qué?

Ella no respondió. Una serie de pensamientos paranoicos atravesó mi mente. Paco seguía mirándome.

—Sigo diciéndole a Claire que todavía tenemos un fantasma, pero ella se niega a creerme. Lo sentiste, ¿no es así?

—No hagas caso —me dijo Claire, y se volvió y entró en la cocina. Paco la siguió y yo hice lo mismo.

La cocina, en contraste con el resto de la casa que había visto, era ultramoderna con electrodomésticos relucientes. Paco me sirvió una copa de vino blanco y Claire me invitó a sentarme a la mesa, con platos atractivos, cubiertos y servilletas finas. Me pregunté si se habían tomado todas estas molestias solo por mí. O quizás era solo una comida normal para ellos.

—¿Cómo te estás adaptando? —preguntó Claire, sentada en un taburete en la barra del desayuno—. ¿Más acogedor que la casa de campo?

—Lo prefiero.

—Un mejor ambiente aquí —dijo Paco, y me acordé de su comentario anterior sobre el fantasma y luego sus comentarios sobre Tefía.

No pude estar exactamente de acuerdo después de cruzar el patio, pero para ser educado, levanté mi copa.

—Seguro que lo es.

Ambos sonrieron y bebieron un sorbo de vino. Una corriente subterránea de tensión resurgió por un momento. El tenso silencio fue roto por la luz y el apresurado golpeteo de las garras sobre el cemento y el mármol, y un perro, un gran sabueso con enormes orejas, entró brincando y se dirigió directamente hacia mí. No siendo un amante de los perros, me preparé y extendí los brazos para mantenerlo a raya.

—Ven aquí —dijo Claire bruscamente. El perro obedeció. Le dio unas palmaditas a la cosa con mucho cariño y le dijo que se sentara. Fue entonces cuando noté una gran alfombra mullida que cubría una cama acolchada en la esquina trasera de la habitación. La cama del perro.

—No eres un amante de los perros, entonces.

—Jackie, mi esposa, siempre quiso un perro. Pero yo soy alérgico. —Era la mentira más simple.

—Es una pena. —Dirigió la siguiente frase a su mascota—. Zeus, ve a tu cama.

El perro, Zeus, obedeció. ¿Zeus? Ciertamente, Claire era una amante seria de los perros.

—Es un hermoso, um, animal. —Casi dije «bestia».

—Un perro rescatado —dijo Paco—. Le hemos dado un hogar.

—Hay muchos perros callejeros en la isla. Mascotas abandonadas.

Claire miró a su progenie canina. Gracias a Dios que nunca dejé que Jackie, o Ian y Felicity para el caso, me molestaran para conseguir uno. El hámster ya era bastante malo.

—Que bueno que lo rescataron —ofrecí, manteniendo la conversación en el camino. Parecía más fácil que otro silencio incómodo. No recibí respuesta. Bebí un sorbo de vino. Claire hizo lo mismo.

—Nos preguntábamos qué hiciste con la mochila —dijo ella, apartándose distraídamente un mechón de cabello de la cara.

Me preguntaba cuándo surgiría ese tema. Me preparé mientras tomaba un sorbo de vino, forzando una expresión blanda en mi rostro cuando dije:

—La entregué. —Ofrecí una mueca para reforzar la verdad

de mi declaración, pero no anticipé la reacción que se produjo enseguida.

—¡Hiciste qué! —gritó Paco. Zeus saltó alarmado. Claire le dio a la mascota algunas palabras de consuelo y le dijo que se acostara.

Paco movía la cabeza con disgusto. Bajó la voz y dijo:

—Estás loco.

Claire le lanzó a Paco una mirada de censura antes de volverse hacia mí con una sonrisa agradable y decididamente falsa en su rostro.

—¿Y les dijiste dónde la encontraste?

Pensé rápido.

—No —dije—. Casillas del Ángel. Debajo de un banco de la iglesia.

—¿Por qué mentir?

—Instinto.

—Lo mejor probablemente.

Había un elefante en la habitación. Podía sentirlo. Y decidí que mi conclusión anterior estaba equivocada. Como yo, Paco y Claire también asumían que la mochila había pertenecido a Juan. Deben pensar eso. Todo se reducía a la logística básica.

—¿Qué dijo la policía? —dijo Claire, manteniendo su tono ligero.

—No mucho.

¿Qué otra opción tenía además de ser evasivo? Nunca en mi vida había estado en una comisaría de Canarias. No tenía ni idea de si los oficiales siquiera hablaban inglés. La vi tomar un sorbo de su vino mientras mis palmas comenzaban a sudar. Seguí mirando. Tuve que evitar que mis ojos recorrieran la habitación. Esperaba que no siguiera adelante con el asunto.

Paco me miró, frunció el ceño y se volvió para juguetear con las cosas que estaban junto a la estufa.

—Fue mejor que lo entregara —le dijo Claire a Paco—. Será mejor para Juan.

—¿Disculpa? —dije con toda inocencia, aprovechando la oportunidad para llevar la conversación en otra dirección—. No entiendo.

—Creemos que esa mochila que encontraste era de Juan.

—¡De verdad!

—Debe haberse metido en un gran problema.

—Típico —murmuró Paco.

Jadeé y me tapé la boca. Cuando tenía dos pares de ojos fijos en mi rostro, aparté la mano y dije:

—Entonces, ese dinero realmente pertenece a la familia. Me refiero a ti. Lo siento mucho. No tenía ni idea.

—Esta bien. Nosotros hubiéramos hecho lo mismo.

—¿Lo haríamos? —dijo Paco con gravedad.

—Ya déjalo.

Un silencio incómodo descendió, enmascarado por Paco, quien trajo la comida a la mesa para que nos sirviéramos. Esperaba que Zeus saltara de su cama, pero permaneció donde estaba, moviendo la nariz, atento.

—Huele increíble —dije con entusiasmo, sin el menor hambre.

—Paco es un cocinero increíble.

La comida alivió el ambiente en la habitación, ayudado por mis reacciones demostrativas a los sabores: un estofado de cabra robusto servido con una ensalada elaborada y papas picantes. Me ocupé de comer, a pesar de no tener apetito. Tenía la impresión de que querían que yo dirigiera la conversación, pero estaba demasiado preocupado por los secretos ocultos en mi apartamento como para pensar en un tema.

—Has atrapado el sol de nuevo —dijo Claire finalmente, juntando su cuchillo y tenedor en su plato. Apenas había comido nada.

—Hago lo mejor que puedo. —Me reí y extendí un brazo.

Paco no mostró ninguna reacción. Ni siquiera miró en mi dirección.

—No somos una compañía brillante esta noche —dijo Claire con una sonrisa de disculpa—. El primo de Paco...

El recordatorio me provocó una sacudida, y esperaba sinceramente que no estuvieran a punto de volver al tema de la mochila. En cambio, Paco sacó el tema de las ratas, pero Claire se apresuró a demostrar su desaprobación con una repentina inhalación de aire, como si dijera que las ratas no eran un tema para la mesa. Mi mente recorrió los escenarios y supe que era mejor que se me ocurriera una invención plausible que involucrara un correo electrónico al propietario y la consiguiente erradicación. Y necesitaría contactar al control de plagas de la isla para ver cómo ocurriría tal erradicación. ¿Veneno? Trampas? Lamenté el momento en que se me ocurrió esa mentira y deseé haber tenido la presencia de ánimo para inventar otra causa para mi repentina evacuación de la casa de campo de Tefía.

Paco se bebió su vaso y luego limpió la salsa en su plato con un trozo de pan blanco. Claire se sentó y miró. Detrás de ella, Zeus se sentó y comenzó a lucir expectante. Me acabé lo último de mi estofado y bebí mi vino y cuando empezaron a recoger los platos, aproveché la oportunidad para despedirme.

Solo en mi habitación, tomé el manuscrito, abrí mi laptop y me acomodé cómodamente en la cama. Deseoso de olvidarme de la enorme mentira que acababa de decir, traduje otras doscientas palabras, sin prestar mucha atención a la traducción que ofrecía el sitio web mientras copiaba y pegaba, terminando en la palabra «marica».

El traductor había interpretado la palabra como «afeminado», pero el narrador difícilmente se referiría a sí mismo como eso. Busqué en un diccionario español-inglés y descubrí el significado más habitual: gay.

Me recosté contra las almohadas. ¿El narrador era gay? Eché un vistazo más de cerca a las frases traducidas. ¿Era esta una autobiografía? ¿De qué tiempo era? La escritura hasta ahora no daba indicios de tiempo o lugar, pero a juzgar por la forma en que estaba escrito el último párrafo, sabía que la historia tenía que involucrar a un protagonista gay.

La revelación me lanzó a dar vueltas. Desde que llegué a la isla me torturaba mi propia sexualidad. ¿Y ahora esto? Como si la vida, el destino, el universo me estuvieran frotando la nariz en algo de lo que quería huir.

¿Qué podría hacer yo con este documento? Yo era heterosexual, a pesar de mi devaneo adolescente. No estaba reprimido ni negado, a pesar de mi mirada descarriada. Angela estaba equivocada conmigo. Solo que, dada la historia que se desarrollaba ante mí, sería mejor para mí que ella no estuviera equivocada. Si yo fuera gay, entonces podría escribir un libro con un protagonista gay sin temor a una reacción violenta. ¿Pero como hombre heterosexual, hombre *blanco heterosexual*? Podía escuchar el coro de la burla. Sería crucificado por los críticos. Claro, había leído a James Baldwin. Podría escribir una protagonista femenina, no era un problema. ¿Pero fingir ser gay, en primera persona? Me sentiría un fraude. Por otra parte, ¿qué derecho tenía la policía del pensamiento a aplastar mi creatividad? ¿No escribían los hombres homosexuales sobre hombres heterosexuales? Por supuesto que debían hacerlo. El mundo entero no era gay. No había nada que hacer. Decidí trascender las políticas de identidad y seguir adelante, atraído como estaba por este misterioso texto. La oportunidad que presentaba era demasiado buena para dejarla pasar.

Se me cansaron los ojos y me empezó a doler la cabeza, pero me negué a detenerme hasta que llegué al final de la primera página. Luego leí las palabras una y otra vez, arreglé la gramática, verifiqué el significado de ciertas frases que habían salido en la traducción de una manera peculiar, agregué algunas florituras propias aquí y allá, y luego lo pulí. Eran las tres de la mañana cuando presioné el botón de guardar, cerré mi laptop y me preparé para acostarme.

LA CULPA NO ES MÍA

¿Nos sentamos? Sí, querido amigo, sentémonos. Sentémonos donde suben las térmicas y miremos donde se pondrá el sol. Descansemos un rato, tú y yo, entrelazados en una curiosa intimidad de pájaro y hombre.

Mira donde el océano se encuentra con el cielo. Allí, en el horizonte de todo lo que se puede conocer a simple vista, se ve la pálida bruma. Donde en otros días, días claros, el ojo observará una línea que separa los dos tonos de azul, uno como reflejo acuoso del otro.

Azul, resultado del sol que ilumina el mundo y le da vida.

Mis ojos contemplan la belleza azul, pero ese orbe solar de fuego ardiente no puede penetrar el negro que existe en esta cáscara que soy yo. Ha crecido un vacío en el lugar de la vida. Estoy vaciado de lo que una vez me había llenado, y ahora solo tengo un recuerdo para verter en esa cámara oscura, el recuerdo de lo que solía existir antes de que fuera arrebatado.

¿Puedes ver eso? ¿O qué contemplas? ¿Ves dentro de mí, mi compañero cuervo? ¿Quieres ver dentro de mí? ¿Debo dejar que tu cuerpo de plumas negras penetre en mi alma negra? ¿O debería resistir esa tentación final?

No tengo respuesta para satisfacer tu mirada expectante. Quizás deba fijarme una tarea para que realmente puedas ver dentro de mí. Reconstruirme con todo lo que fui. Había mucho de mí, te lo puedo asegurar. Haría una gran historia, tan grandiosa como otra, tal vez más grandiosa, una historia vertiginosa de aventuras y aspiraciones. ¿Debo darme permiso para dramatizar, agregar color donde se necesita color, inventarme un título, dejarte, cuervo querido, en un columpio, dejarte queriendo más, de mí, de mi historia?

Debería haber más, una secuela, tal vez tres, porque soy joven, de veintisiete años, listo para volver a entrar en la vida que una vez conocí.

¡El hijo pródigo regresa! Ajá, si tan solo fuera así. Temo que la puerta permanecerá cerrada para siempre, como lo estaría con un leproso. Si abre aunque sea una rendija en un momento de intensa curiosidad, en la siguiente fracción de segundo, me golpeará en la cara.

Mi nombre es José Ramos. Mi nombre es José Ramos y una vez tuve el deseo de ser periodista. Mi nombre es José Ramos, hijo de un abogado. Soy José Ramos del antiguo pueblo de La Laguna, el mediano de tres hijos. Soy José responsable, obediente, tímido, entusiasta, optimista, cobarde y respetuoso de Dios. Al menos, una vez fui todas esas cosas. Yo también estaba en el lado elegante de las miradas. Sí, soy José Ramos, el pecador. José Ramos, portador de una enfermedad para la que no existe cura. Soy José Ramos y soy gay.

¿Grité todo eso? No, solo lo pensé. El cuervo me escucha sin mi discurso. Mi oscuro compañero, todo puntiagudo, curioso, atento.

Te lo diré entonces, pájaro, ya que claramente quieres saberlo. Haré de mis efusiones una historia para las generaciones futuras. Una autobiografía de un joven. Un retrato. Quizás un joven con un toque como el que creó Joyce. Un joven que escribe un libro tan honesto y contundente como cualquier Hemingway. *¿Por quién doblan las campanas?* Doblan por mí.

Puedes mirarme con ese ojo cínico, querido cuervo, pero por favor quédate. Tú eres mi unico amigo.

Quizás te preguntes qué me impulsará hacia adelante o hacia atrás hacia mi destino. Tus pies están en la tierra, pero tus alas te dejarán volar. Mis pies están colgando de un acantilado, una caída de unos cuatrocientos cincuenta metros, y aquí por fin he llegado, mirando hacia el oeste, y en algún lugar más allá del horizonte lechoso está la isla de mi nacimiento, Tenerife.

Debo regresar si quiero, pero ¿para qué? No hay vida para mí en La Laguna. No hay carrera que hacer, ningún interés que seguir.

¡Oh, cuervo, una historia tan deprimente como ésta no vale la pena contarla! Sin embargo, existo, y mientras tenga una voz, debería, debo contar esta historia. ¿Estás escuchando ahora cuervo? ¿Puedes dedicar tiempo a embellecer mi historia?

Quizás debería reinventarme, convertirme en el protagonista José. ¿Quién sabría si lo hiciera? Sólo yo. Tengo absoluta libertad. Puedo perderme en mi imaginación y hacer lo que me plazca, pero ¿qué clase de engaño sería ese? Además, no estoy seguro de ser capaz de fabricar o fantasear. No le haría ningún bien al mundo. Soy un periodista de corazón, no un poeta, y mientras ambos tratan de presentaciones de la verdad, uno busca hechos, el otro imágenes. Aquí está mi historia, entonces, para agregar al tejido de la verdad una sola borla cansada y deshilachada.

UN VELORIO

Me desperté caliente y sudando. El sol entraba por la ventana del este. Me levanté, abrí la ventana y cerré las contraventanas exteriores, convenientemente fijadas a la pared mediante pestillos de resorte. Después de cerrar las ventanas, bajé la persiana, arrojando la habitación a una oscuridad casi total. El cambio repentino fue demasiado. Desorientado, busqué a tientas mis calzoncillos.

Mis ojos se adaptaron y me senté en la cama, preguntándome qué hora era. Escuché voces afuera y salí al patio de mi azotea para encontrar a Paco y Claire en el jardín trasero. No me vieron. Parecían ocupados, cada uno atendiendo algo u otro, y decidí no molestarlos llamándolos. Zeus estaba husmeando. No se había fijado en mí. Ladeó la pierna para regar la pared perimetral y yo aparté la mirada. En el extremo norte del jardín, vi un granero restaurado, no más grande que un solo garaje, junto con dos dependencias más pequeñas, todavía en ruinas, sus interiores plantados con lo que parecían ser tomates. Se había invertido mucho trabajo en este lugar, mucho amor y cuidado, y era obvio que la pareja disfrutaba mucho de su residencia.

Apartado de la calle por el alto muro de piedra y la casa y el garaje, todo el jardín daba a campos abiertos y colinas y ese gran volcán, todo de color marrón rojizo y con la boca abierta. La vista era fascinante y más atractiva que la llanura de Tefía, más protegida con las montañas alrededor. Hubiera preferido una vista al mar, pero supongo que no puedes tenerlo todo. Además, el ambiente aquí era más íntimo por la falta del océano azul. Me senté en el cemento frío, oculto a la vista, y absorbí el nuevo entorno. Los destellos de inspiración enviaron ondas desde los bordes de mi conciencia y sentí ese tirón hacia adentro, ese dibujo familiar dentro que era la musa.

Recordé las palabras que traduje y que luego volví a escribir la noche anterior. Me imaginé al joven sentado con los pies colgando del borde de un acantilado. Un joven hablando con un cuervo. Me pregunté dónde estaría ese acantilado. ¿Un hábitat para los cuervos? ¿O había tomado prestado el pájaro para usarlo como motivo? ¿Estaba situado en algún lugar real o imaginario? Definitivamente, la historia estaba ambientada en una isla canaria, porque José había mencionado Tenerife.

Obviamente, era un joven muy problemático y también literario, con referencias a Joyce y Hemingway. Tuve que ayudarlo con la referencia a *Por quién doblan las campanas*, pero me sentí justificado. A veces, una idea necesita una pequeña expansión. Y él era gay. Eso en sí mismo hacía que la historia fuera más convincente, más intrigante. En la cálida luz de la mañana, me sentí en paz con el tema del protagonista gay. Se me ocurrió que si el autor de esas palabras también era gay y ese autor resultaba ser el primo de Paco, ¿entonces Paco sabía que Juan era gay? Había algunos saltos en mi razonamiento, pero valdría la pena averiguarlo. Me preguntaba cómo lo haría.

Zeus ladeó una oreja y miró en mi dirección. Anticipé un ladrido fuerte en cualquier momento. Sintiendo que mi piel comenzaba a arder, entré y me di una ducha.

Sin intención de salir del apartamento en todo el día, me

puse una camiseta y pantalones cortos, bajé las escaleras y revisé la comida que había traído de la casa de campo. Había suficiente para hacer un omelette y el pan duro serviría para tostar.

Un jugo, un café y una tableta Clen después, escribí una lista de compras para el supermercado de Antigua; probablemente no fuera el más cercano, pero sabía dónde estaba todo. Y yo quería autoabastecerme. Las cenas sombrías en la casa principal no eran ideales. Viviría la vida de ermitaño en Tiscamanita. Con el aire del escritor en el trabajo, me excusaría de cualquier invitación que Claire pudiera lanzarme.

Sintiéndome cohibido con la ropa más adecuada para el dormitorio o la playa y no para el supermercado, corrí escaleras arriba y me puse pantalones largos y una camisa abotonada. Salí y volví en menos de una hora, guardando los comestibles, cuando alguien tocó rápidamente a la puerta del apartamento.

Esta vez, era Paco, vestido con un traje gris marengo. Tenía un brazo levantado, apoyado contra el marco de la puerta. Di un paso atrás, un poco confrontado por su inminente presencia.

—Pensamos que deberías saber que el funeral es hoy.

Al principio, estaba confundido. Luego, dándome cuenta de a quién se refería, la inquietud me invadió.

—Lo siento muchísimo —dije. No era mi intención, pero no había nada más que decir.

—Claire se olvidó de decírtelo anoche —prosiguió—. Pensé que lo había hecho, así que no lo mencioné.

—Está bien.

Relajó el brazo y lo dejó caer a un lado.

—Tendremos la recepción aquí después. Eres bienvenido a asistir.

Escondí mi reacción.

—No quiero entrometerme —dije a la ligera.

—No lo harías.

Se apartó del marco de la puerta, cruzó el patio y desapareció.

¿Una recepción? Eso significaba que la familia y los amigos, incluido el tío del gimnasio, descenderían sobre Paco y Claire. Esto arruinaba mis planes para un día tranquilo. Mejor para mí si no estuviera cerca. Lástima que me olvidé de preguntar cuándo sería todo.

Los funerales, por lo que yo sabía, ocurrían durante el día, y Paco ciertamente estaba vestido para la ceremonia. Con razón, estaban a punto de partir. La isla era pequeña. Calculé un viaje de una hora a cualquier lugar, como mucho. ¿Cuánto tiempo duraría el evento en sí? ¿Una hora? Luego otra hora para volver. Revisé la hora en mi teléfono. Eran las once. Mi estimación aproximada de tres horas si Paco y Claire se fueran ahora, significaba que la recepción comenzaría a las dos. Si volvía a las cinco, todo habría terminado.

Eso eran seis horas completas que necesitaría estar fuera. ¿A dónde iría? No al gimnasio, eso lo sabía. No estaba listo para enfrentarme a Luis y los demás. Mi cuerpo pensaba de otra manera, los músculos querían el castigo que antes les molestaba. Pero el día del hombro podía esperar.

Estaba a punto de tomar mis llaves del banco de la cocina cuando la idea de dejar todo ese dinero escondido en la maleta debajo de la cama me provocó una oleada de paranoia. No podía dejarlo ahí, no mientras las docenas del crimen organizado se arremolinaran en la casa y sin duda en el patio. Sin embargo, difícilmente podría llevarlo conmigo. No iba a dar la vuelta a la isla con cincuenta mil euros en el maletero.

El dilema me hizo sudar. Mi ritmo cardíaco comenzó a galopar como un caballo asustado. Me recordé a mí mismo que nadie sabía que la mochila estaba aquí. Paco y Claire pensaban que se la había entregado a la policía y, además, mi sexto sentido me decía que no se lo mencionarían a nadie, al menos no en el funeral. Era razonable suponer que no querrían que el nombre de Juan se mancillara con la muerte. Tampoco querrían que se supiera que sabían algo sobre la mochila.

Me quedé en el interior, escuchando los sonidos de movimiento en la casa principal, pero no pude escuchar nada. Salí al patio y miré por las ventanas. No había nadie alrededor. Luego deambulé por la parte de atrás para encontrar el jardín vacío. Con el pretexto de preguntarle a Claire si necesitaba que comprara algo en las tiendas, entré a la casa y asomé la cabeza a la cocina. Bandejas de cristalería y pilas de platos llenaban la barra del desayuno. Los platos estaban listos para recibir cualquier bocadillo que estuviera almacenado en el refrigerador. Uno estaba lleno de pasteles y cubierto con film transparente. No había señales de nadie y cuando llamé, no obtuve respuesta.

Se habían ido. A una parte de mí le apetecía hurgar un poco en todas esas habitaciones, pero reprimí el impulso y regresé a mis habitaciones y me preparé para la tarde.

Armado solo con mi laptop y la autobiografía de Juan, si eso era lo que era, me dirigí sin tener idea de hacia dónde me dirigía.

En la intersección en el centro de Tiscamanita, tenía dudas sobre si girar a la izquierda o a la derecha. La izquierda significaba Tuineje y los pueblos del sur, y la derecha significaba Antigua y más allá. Podría conducir hasta Puerto del Rosario, pero ¿para qué? No quería un día fuera en ningún lado. Quería estar solo, y se me ocurrió que el funeral hacía que fuera seguro regresar a la casa de campo. En mi camino, fui al supermercado de Antigua para comprar algunos suministros para el almuerzo. El asistente de caja me reconoció ese mismo día, dijo algo en español y sonrió. Le devolví la sonrisa y no dije nada. ¿Qué sentido tenía? No podíamos comunicarnos.

Conduciendo por el llano de la Tefía, ese sentimiento de desolación se apoderó de mí y recordé la descripción de Paco del espantoso accidente militar. Cuando el molino de viento apareció a la vista, me acordé del albergue al lado, imaginando esos edificios bajos de estilo militar, el cuadrilátero y las dos placas, discretamente ubicadas fuera del camino, que había visto en una foto, placas erigidas en recuerdo de los hombres, los hombres homosexuales que habían cumplido condena en esas tres celdas quemadas por el sol.

Auschwitz, Alcatraz, Guantánamo, Evin, conjuré todas las prisiones y campamentos espantosos de los que había oído hablar, y ahora Tefía; sin embargo, me resultó desagradable comparar y, además, la escala de la inhumanidad variaba en cada caso. El albergue era pequeño y solo albergaba a unos treinta y seis prisioneros a la vez. Pero el mal era malvado dondequiera que se encontrara, y los números no pesaban en la balanza de la justicia. Paco tenía razón. No se podía negar que la llanura de Tefía era uno de esos lugares oscuros donde los recuerdos vivían, imbuyendo el paisaje con su tipo único inquietante.

Casi me sentí aliviado de detenerme en el camino de la casa de campo para poder bloquear lo peor.

Se sintió extraño entrar en la familiaridad de todas esas habitaciones pequeñas de techos bajos, habitaciones ahora desprovistas de mis pertenencias. Con ganas de ponerme a trabajar, deposité las provisiones en el banco y en el refrigerador, y me escabullí hasta el patio con mi laptop, moviendo una de las sillas a la sombra.

El traductor en línea escupió las siguientes oraciones de escritura minúscula y yo me ocupé de darle forma al idioma. Parecía ser un pasaje sobre un hombre que extraía agua de un pozo antiguo. ¿Dónde estaba ambientada esta historia? ¿África? ¿India? En algún lugar que todavía practicara tradiciones primitivas, en algún lugar empobrecido. ¿Quizás ficción histórica? La escritura estaba desconectada de los pasajes que vinieron antes, aunque la prosa se mantenía en primera persona y llevaba un tono similar. No podía estar seguro, ya que se trataba de una traducción y había una marcada ruptura en la continuidad, pero tenía la sensación de que el protagonista seguía siendo el mismo. El joven sentado en el acantilado narraba la historia de su vida. Inserté su nombre en una oración para concretar ese hecho.

Continué, frase por frase, oración por oración, corrigiendo y arreglando a medida que avanzaba, hasta que me retumbó el estómago y me paré para un almuerzo muy tardío, dejando el texto en la pantalla.

* * *

EL SOL QUEMÓ MI ESPALDA, escaldando las heridas abiertas dejadas por el látigo del guardia. Las moscas zumbaban alrededor de mi cabeza. Un poco. Me apoyé en la viga y empujé, empujé como un burro, o como un camello, empujé la viga que movía la rueda que hacía girar los engranajes que arrastraban las cubetas de agua. Yo era un animal. Eso era lo que pensaban de mí. El engranaje hizo clic, clic, clic, y el guardia se sentó en la única sombra que había, una palma solitaria en un campo de roca. Me apoyé en la viga, empujé con fuerza, empujé constantemente. La rueda giró y el sol me miró a la cara. El viento estaba caliente, mi sudor se fue tan rápido como lo produje. Un resentimiento amargo llenó mi corazón. Yo, José, animal.

Todos éramos animales aquí. Animales maltratados. Si no soy yo, entonces Jorge o Rubén o Manuel o Rafael, mis amigos, o cualquiera de los otros hombres que tendrían que empujar esta viga, empujar y empujar, cada pisada pesada sobre el suelo arenoso.

El guardia se rascó la entrepierna con la mano libre, con la otra agarraba el cañón de su rifle. En su regazo, el látigo.

Detrás del guardia, a cierta distancia, una aldeana esperaba su turno junto a su camello, mirando. ¿Quién era ella? ¿Qué casa era de ella? ¿Podría olerme? ¿Ella, al igual que los demás, no me creía mejor que el animal que sujetaba? ¿Peor, inmundo?

Los hombres desfilaban y depositaban cubetas vacías y recogían las llenas para llevarlas al complejo. Evité sus miradas y ellos evitaron la mía. Ninguno de nosotros estaba dispuesto a provocar la ira de la guardia.

Sed acumulada, mi boca tan reseca como la tierra que pisaba. Era una sed que no apagaba el agua que bombeaba, agua fuertemente contaminada por la sal.

¿Para qué usaba el agua la chica? Si la bebía debía filtrarla.

Mantuve el ritmo, lamentándome, los músculos de mis brazos y piernas apretados por un dolor sordo, cada pisada era un esfuerzo. Y mientras la fatiga me invadía, me armé de valor, en caso de que resbalara y cayera sobre la tierra de grava. No me gustó darle a ese guardia otra excusa para azotarme la espalda.

La chica parecía conforme con esperar. Tal vez, como yo, ella no tenía otra opción. ¿Qué edad tenía ella? ¿La había enviado su madre? ¿Tenía hermanas? ¿Un hermano? ¿Un hermano como yo? Pero no como yo, no, no, no un marginado vergonzoso, un joven incapaz de controlar a la bestia desviada que hay dentro.

* * *

RETOMÉ mi asiento en mi estación de trabajo del patio y leí los párrafos. Mi pensamiento inmediato fue, pobrecito. ¿Un prisionero? Esclavo, más bien. Ser azotado de esa manera y obligado a caminar penosamente de un lado a otro como un camello o una mula, mientras una chica del pueblo lo miraba boquiabierta. Todo era terriblemente deprimente y no estaba seguro de querer continuar con la traducción. La escritura podía ser oro, pero también podía ser oro de tontos. Por otra parte, tal vez no, pensé mientras mi mente comenzaba a unir los puntos.

Si el narrador era el mismo hombre, el mismo hombre *gay*, y en esta última escena, se refiere a sacar agua de un pozo en un campo de roca, entonces no cabía duda de que la historia era sobre el albergue. O mejor dicho, el campo de concentración. No podía estar absolutamente seguro, y bien podría estar sacando conclusiones precipitadas. Me sentí raro solo de pensar en ello, y no estaba seguro de querer continuar. No estaba seguro de querer encargarme de la traducción si estaba a punto de llevarme a esas profundidades.

La casa de campo, Tefía, todo el retiro de vacaciones comenzaba a sentirse como una maldición, como si me estuvieran castigando por algo que no tenía nada que ver conmigo. Como si me hubieran marcado de alguna manera, requerido por Dios o el destino para emprender un proyecto que era mi idea del infierno de un escritor. La casa de campo y su proximidad al albergue, mi descubrimiento fortuito de la mochila y esas páginas escondidas: qué enrevesado conjunto de circunstancias. Y, noté con mordaz ironía, que Luis me indicó el albergue y esa cueva. Si no hubiera sido por mi radiante entrenador personal, que actúa como el destino o el instrumento de Dios, no estaría en este dilema.

El único error que cometí fue decidir ponerme en forma.

Tal vez esa era la historia que debería contar, o algo parecido, y no la historia contenida en esas páginas. Debería guardarlas donde las encontré e ir a entregar la mochila como fingí haber hecho, y terminar con todo el asunto. El destino puede ir a buscar otro tonto.

Aún así, no estaba listo para borrar mis esfuerzos. Presioné guardar, cerré el documento e hice una pequeña marca en la página en español para indicar mi lugar en caso de que decidiera volver a ella. Luego, doblé el borrador.

Daban las cuatro en punto. Ordené la cocina, dejando los restos de los macarrones con queso que había hecho para el almuerzo en el refrigerador junto con lo que quedaba de la coliflor que había cocido al vapor para acompañarlos. Comida sencilla, pero sabrosa. Leche de larga duración, queso, huevos, media barra de pan duro. Volvería aquí si me sintiera lo suficientemente seguro o si las cosas en la casa de Paco y Claire se volvieran más raras.

Antes de irme, regué las plantas del patio. Luego entré en mi antiguo dormitorio con su cama con dosel y me paré junto a la ventana y miré hacia la llanura, el molino de viento en la distancia, las montañas bajas esparcidas alrededor.

En minutos, estaba estacionándome frente al molino de viento, mirando el camino de entrada al albergue con fría hostilidad, sintiendo que tenía mucho tiempo en mis manos, curioso por descubrir el monumento paracaidista que Paco había mencionado.

Había una pista de tierra, poco más que un rasguño en el suelo, que rodeaba el frente de la antigua base aérea militar, pasaba por una casa y de allí a un campo llano y abierto. Menos un campo, más una franja de arena y piedra. Cuando vi lo que parecía un monumento a poca distancia, dejé el coche en la pista y me dirigí al centro del campo.

Había tres monumentos alineados en una fila dentro de un rectángulo amurallado de grava, uno una roca con una inscripción de los nombres de aquellos que habían perdido la vida montada en una placa, otro era una escultura de un ángel, Dios Victoria, cubierto con un velo. Más rocas y un gran crucifijo completaban el monumento. Situado como estaba sin siquiera una señal de tráfico para señalar el camino, el monumento indicaba una tragedia privada. El efecto era poderoso y profundamente privado, y sentí que yo no tenía derecho a estar en el rectángulo de grava, un turista boquiabierto.

En el viaje de regreso a Tiscamanita, tomé un segundo desvío por el pueblo de Llanos de la Concepción y luego subí al Valle de Santa Inés, donde me detuve para mirar hacia atrás a la vista de las montañas que había vislumbrado en el espejo trasero. Con mucho tiempo para matar, me quedé junto a la carretera, sintiendo el viento en la cara, contemplando la tierra desnuda que era Fuerteventura. La vista era una escultura, como la de un cuerpo desnudo. Me pregunté si la isla volvería a estar cubierta de árboles. Realmente estaba asombrosamente seco. Quizás se necesitaba otro monumento, uno en memoria de todas esas especies perdidas.

Pronto me cansé de ser azotado por el viento y me refugié en mi coche.

Desde allí seguí conduciendo por la misma carretera hasta que llegué a una intersección. Estuve tentado de girar a la derecha y dirigirme hacia Betancuria, pero se estaba haciendo tarde para hacer turismo. En cambio, conduje por las ondulaciones rocosas hasta Antigua. Aquí y allá, el dueño de una propiedad rompió la monotonía del paisaje, una plantación de árboles que abrigaba una vivienda o alineaba un camino. Estos propietarios eran pocos. En su mayor parte, la tierra parecía abandonada. Lo que sí noté de interés fue la forma en que los agricultores acumulaban crestas de tierra alrededor de sus pequeños campos, creando cuencas de lecho plano para atrapar el agua cuando llovía. Leí en alguna parte que cuando llegaba la lluvia aquí, era torrencial. Las necesidades debían hacerlo, pero qué esfuerzo.

Otros diez minutos y reduje la velocidad para acercarme a Tiscamanita.

Mientras me arrastraba por la Calle Cabrera y vi todos los autos estacionados frente a la casa de Paco y Claire, quise dar una vuelta de tres puntos y dirigirme a algún lugar, a cualquier otro lugar, pero la gente me había visto, y Claire estaba parada en el pavimento mirando en mi dirección. Me saludó y me encogí. No había nada que pudiera hacer más que encontrar un lugar para estacionar.

Cuanto más me acercaba, más interés mostraba Claire en mi presencia, haciéndome señas y señalando hacia donde un coche se alejaba de la acera. Parecía que los invitados se iban. ¡Gracias a Dios!

Tuve la suerte de que el espacio de estacionamiento estaba casi junto a la puerta lateral, que con suerte no estaba cerrada por dentro. Parecía que podía hacer una carrera fácil después de una rápida ola de reconocimiento. Antes de salir del auto, metí a tientas mi laptop en una bolsa de mano, guardé los garabatos en español en mi bolsillo y pegué una expresión apropiada de buen humor y simpatía en mi rostro.

Mi plan de escapar a mis habitaciones se arruinó en el momento en que mis pies tocaron el pavimento cuando Claire se apresuró a llegar.

—¿A dónde fuiste? —preguntó ella.

—Fui a dar una vuelta para aclarar mi mente.

—¿Algún lugar especial?

—Solo alrededor.

No me interrogó, por lo que estaba agradecido. Pero no tuve más remedio que seguirla hasta la entrada principal, donde se reunían algunos de los miembros del funeral. De repente, me encontré haciendo las rondas de presentaciones, Claire me llevó primero aquí, luego allí, en la acera, en el jardín delantero, a través de un vestíbulo y en varios lugares alrededor del patio interior. Ajusté la bolsa en mi hombro mientras estrechaba la mano y ofrecía sonrisas comprensivas a todos y cada uno. Nadie parecía dispuesto a entablar conversación conmigo, lo que era un alivio. La atmósfera era tenue, el color predominante de la ropa era el negro, pero la gente charlaba entre ellos y ocasionalmente se reían. No había rastro del perro.

No tenía idea de por qué Claire estaba empeñada en que yo conociera a todos, pero finalmente, me dejó y me encontré parado solo cerca de la sala de estar. Pensé en desaparecer, ese deseo se encendió cuando vi al tío de Juan saliendo de la cocina con Paco a su lado, pero ya era demasiado tarde.

—Trevor —dijo Paco haciéndome señas—. Ven a conocer a Mario.

No tuve elección. Caminé hacia los dos hombres mientras mis instintos se dirigían gritando en la otra dirección. Los dos hombres intercambiaron algunas palabras mientras me acercaba. Mario estaba sonriendo.

—Mario me dice que te reconoce del gimnasio. No tenía ni idea de que te mantienes en forma.

—Lo intento —dije riendo y volviéndome para estrechar la mano extendida de Mario con la mía húmeda—. Lamento tu pérdida —le dije, casi mecánicamente, sosteniendo la mirada de Mario, esperando que Paco tradujera. Lo hizo.

Hubo un largo momento de silencio. No tenía idea de cómo llenarlo. Mi expectativa de que Mario me estrangulara o hiciera locas acusaciones, o quizás no tan locas, se desvaneció en su presencia. No había ninguna señal de que abrigara sospechas o animosidad hacia mí en absoluto. Mi mente voló de nuevo a ese momento en los baños cuando escuché su conversación y luego la mirada de disgusto en su rostro cuando salí del cubículo. Esa mirada realmente se debió a que pensó que estaba a punto de dejar el baño de hombres sin lavarme las manos. Él no podría haber tenido idea de que me había dado cuenta de algo que él había dicho.

Él tampoco tenía idea de la mochila, o realmente me habría estrangulado ahora. Parecía como si estuviera a salvo. Sin embargo, no pude reducir el ritmo de mi corazón en su presencia. Hasta donde yo sabía, era un hombre peligroso, un traficante de drogas de algún tipo, probablemente mafioso. No quería estar cerca de él, pero me faltaba una señal para alejarme.

—¿Cómo va la escritura? —preguntó Paco, tenía que ser la peor pregunta posible en el peor momento posible.

—Bien —dije, sabiendo que tenía que decir más. La situación lo exigía, aunque sólo fuera porque no había otro tema de conversación que encontrar—. Estoy descubriendo que la isla está llena de inspiración. Fuerteventura es muy hermoso.

—¿Eso crees? La mayoría de los turistas se quejan de que está demasiado seco.

Paco le ofreció a Mario una traducción rápida.

—Sí, seco —dije, sintiéndome como un autómata.

—Cuando llueve, la tierra se pone verde.

—¿Lloverá pronto? —dije, aliviado de estar hablando del clima.

Paco rió.

—No hasta el invierno. ¿Estarás aquí entonces?

—No. Estaré en Inglaterra.

Fuimos interrumpidos por un repentino aumento de charlas en la puerta principal. Una llegada tardía, al parecer, y pude vislumbrar la espalda del gigante. Un nuevo miedo invadió mi ser y una vez más reprimí el impulso de salir corriendo.

—Mateo —dijo Mario.

Mario también había visto a su amigo. Se dirigió al vestíbulo y yo aproveché la oportunidad para alejarme, cruzando el patio y fuera de su línea de visión.

Una vez que estuve seguro de que estaba fuera de la vista, me lancé a través de la sala de estar, ignorando a la pareja sentada en el sofá, y me abrí camino a través de la puerta del patio hacia mi apartamento, hurgando en mi bolsillo en busca de mi llave mientras Zeus acorralaba la pared lateral y estaba delimitado en mi dirección.

Me las arreglé para abrir la puerta y entrar antes de que el mestizo me alcanzara.

Con la puerta bien cerrada y bloqueada detrás de mí, exhalé. Deseoso de llegar lo más lejos posible de la recepción, corrí escaleras arriba.

Incluso allí arriba, protegido por gruesos muros de piedra, podía oír voces flotando en el viento, alguna que otra carcajada.

Fui y me paré junto a la ventana, abriéndola un poco. Abajo, Claire estaba charlando con un lugareño rechoncho y de aspecto moreno con pantalones azul oscuro y una camisa blanca que pensé haber visto en el gimnasio. Señaló esto y aquello en el jardín, y pensé que debía estar explicando el diseño o los planes futuros.

Entonces escuché:

—Se estaba quedando en Tefía, pero el lugar tenía una plaga de ratas.

—¿Ratas?

—Aparentemente.

—Ten cuidado, Claire —dijo el hombre en un español con mucho acento—. No sabes nada de él.

Contuve la respiración, convencido de que estaba a punto de contarle cómo nos conocimos. Me imaginé la escena, yo frenético en la playa, acercándome a todos, tratando de deshacerme de la mochila.

Afortunadamente, todo lo que ella dijo fue:

—Estoy segura de que es inofensivo. Es un escritor.

Fue una salida rápida, y el hecho era que no tenía idea de lo que Claire, o Paco para el caso, les habían dicho a los otros invitados. Peor aún, difícilmente podría preguntar. No había más remedio que confiar en que ninguno de los dos había mencionado la mochila y si lo habían hecho, también le habían dicho al interesado que había entregado todo a la policía.

Mis tripas se agitaron y mis intestinos se apretaron y corrí al baño.

No tenía ninguna razón para temer a Mateo más que él me había seguido a casa desde el gimnasio. Ni siquiera sabía si me había estado siguiendo. Sabía que no podía deshacerme del terror que sentía y me estaba provocando la bilis.

La habitación se oscureció y la puesta de sol que se filtraba por la ventana del patio bañaba de rosa el pequeño pasillo. Era la hora de la cena, pero no tenía apetito. Necesitaba una distracción, algo en lo que ocupar mi mente angustiada. Con la esperanza de encontrar una nueva tarea de escritura fantasma, abrí mi laptop y revisé mis correos electrónicos. No había ninguno. Con mucha desgana, recurrí al único proyecto que tenía en mi escritorio, la traducción al español.

Mientras escribía la siguiente sección del diminuto guión en español, anticipé que me volvería a meter en la escena del pozo, pero en cambio, la historia cambió y me encontré inmerso en la historia de un niño que crecía en Tenerife. ¿Era el mismo chico? Tenía que ser. Tan pronto como estuve seguro, me tomé la libertad de insertar el cuervo al principio. Si el autor estaba empleando un motivo, entonces tenía que aparecer en todas partes y no escaparse de la vista del lector.

CRECIENDO EN TENERIFE

Tengo una hermana, querido pájaro. Una mujer de cabello tan negro como tu plumaje, aunque sólo la he conocido de niña y debo evocar a la mujer que es, la mujer en la que se ha convertido.

María es dos años mayor que yo y era una pequeña matriarca, incluso a los siete.

Cuando yo era joven, se esperaba que las mujeres de mi sociedad se mezclaran en el fondo. Debían ser mansas y apacibles, obedientes a toda autoridad masculina. Debían cuidar la casa y tener bebés y más bebés y cuidarlos a todos.

Mi madre era el ejemplo de la mujer perfecta, una copia al carbón de la misma Madre inmaculada, y al nombrar a su primogénita «María», supongo que esperaba transmitir su bondad y obediencia como un bonito sombrero rosa. Ay de mi madre, María no resultó así.

José se retorció en su asiento.

—¡Estás hiriéndome!

—Siéntate quieto mientras arreglo tu cabello. —María

golpeó la cabeza de José con el dorso de su cepillo, dejando un agudo pinchazo para acompañar todos los tirones y ataduras que había sometido a su cabello en esta última hora. Su propio cabello estaba recogido, limpio y ordenado y con raya en el medio, dos largas trenzas que comenzaban detrás de sus orejas y terminaban en algún lugar debajo de sus hombros en bonitos lazos blancos. Tenía un rostro redondo, casi angelical, la determinación de su mandíbula delataba la fuerza de su naturaleza interior.

María pasó su cepillo por el cabello de José, ahora enmarañado con un vigoroso peinado hacia atrás. Él dejó escapar un grito desgarrador y recibió una palmada en el muslo por su problema.

—Silencio. Mamá te escuchará.

Ella arregló su cabello un poco más, hasta que estuvo casi erguido sobre su cabeza. Al ver su rostro asombroso en el espejo, él se rió y ella rió junto con él.

—Eso es una tontería —dijo ella, obligándolo a ponerse el gran vestido azul que su madre le dio a María para jugar.

—No quiero usar este vestido.

—Tonterías. Debes hacerlo, porque eres la novia y me voy a casar contigo.

—No puedo ser una novia. Soy un chico.

—Tienes que ser la novia porque no tengo una hermana y Dolores está ocupada.

Dolores era la mejor amiga de María. Los sábados, Dolores visitaba y las niñas jugaban a disfrazarse y José se quedaba solo. A veces, Dolores no podía visitar y María se enfrentaba a la elección del aburrimiento o jugar con su hermano menor. Tenía que elegir a José porque Jesús era aún más joven, tenía solo tres años y era perfectamente inútil para jugar.

Normalmente, a José no le importaban los juegos de su hermana mayor. A veces, jugaban con sus muñecas en el patio, o se le pedía que se sentara en un pequeño escritorio y recibiera instrucciones de la maestra María. Ella podía ser desagradable con su regla, pero por lo demás, era cómica y lo hacía reír. Había ocasiones en que ella insistía en que fuera un bebé, y lo arropaba en la cama y trataba de darle comida descuidada con una cuchara. Él era pasivo. Abría la boca cuando se le indicaba, feliz de aceptar más.

Unos meses antes, un día su madre le había regalado a María un vestido suave del azul más pálido, un vestido demasiado grande para todos, y María pronto desarrolló una fijación con bodas imaginarias en las que dominaba los procedimientos como sacerdote.

José esperaba que ella se cansara de su juego e inventara otro, y así ya no tener que arreglarse el cabello ni ponerse un vestido de volantes que no le gustaba en absoluto. Después de todo, él era un niño, y los niños no usaban vestidos, e incluso a la tierna edad de cinco años, era consciente del ridículo si otro niño de su vecindario lo encontraba con un vestido azul elegante.

Otro cambio se produjo más tarde ese año cuando María se preparaba para su primera comunión. Cuando se dio cuenta de que se convertiría en la esposa de Cristo, el vestido azul fue depositado en el fondo de un viejo baúl y olvidado.

Oh, cuervo, tú que usarás el mismo traje negro toda tu vida. Sin embargo, si tuvieras que teñirte las plumas, digamos de rosa, ¿cambiarías por dentro? ¿O te teñirías las plumas de rosa porque te has cambiado por dentro? Además, yo no elegí usar el vestido azul. Me lo pasaron por la cabeza. Pero llegó a simbolizar todo lo que soy.

Tú eres tú, querido cuervo, y yo soy yo. Nacimos de la forma en que nos convertimos. La semilla está destinada a crecer a su manera única. El vestido azul no me hizo gay y no elegí serlo. Llegué a saber que deseaba a los hombres cuando la semilla en mí brotó de mis entrañas. Y no había nada que pudiera hacer para cambiar eso. No podía teñir mis plumas para transformar mis propios deseos. Sabemos, ¿no es así, amigo cuervo? Sabemos lo que el mundo no se preocupa por saber. Somos quienes somos. Final.

El cuervo se voltea, su interés distraído por un suave susurro detrás de nosotros. Mis ojos se ven atraídos por la cara del acantilado que se eleva a cada lado de mí, columnas dentadas de roca oscura cayendo en picada hacia lo imposible.

UNA REVELACIÓN CONFRONTADA

José era gay y era tan obvio para él como para mí que su sexualidad no tenía nada que ver con bonitos vestidos azules.

La historia tenía un escenario histórico. Un joven que sufría el rechazo social por ser gay no encajaba en el espíritu contemporáneo, al menos no en el mundo occidental. Incluso en Canarias, tras el final de la represión del general Franco, las actitudes debieron haber cambiado, modernizado, y definitivamente lo habían hecho en el milenio cuando presumiblemente el autor de este protagonista habría sido un niño. Por lo tanto, era lógico pensar que si el guión era una autobiografía y estaba ambientado en una época más tradicional que esta, la década de 1950, digamos, entonces el autor no podía ser el joven varado en la playa. A menos que Juan haya escrito el manuscrito al estilo de autobiografía. Eché un vistazo más de cerca a las páginas, tratando de determinar la edad del papel y la tinta, pero necesitaría un experto, no yo, para hacer una evaluación.

Lo más probable es que la historia pretendiera ser una autobiografía. Las memorias de un joven gay infeliz sentado al borde de un acantilado, reflexionando sobre su infancia. Luego estaban esos pasajes establecidos en otro lugar, donde un hombre se veía obligado a sacar agua de un pozo viejo. Ese también debía ser José. A menos que el guión fuera solo una colección de divagaciones inconexas. Esperaba que no. Aunque, seguí rechazando la idea de que la historia tuviera algo que ver con el albergue. Tendría que, o habría doblado ese guión en español y lo habría devuelto a su escondite, porque cada átomo de mi ser no quería tener nada que ver con ese trauma. Era demasiado desafiante. En total, tenía curiosidad por ver cómo terminaría la historia de José y el cuervo.

Cerré la laptop y traté de dormir un poco. Demasiado pronto, la luz de la madrugada brillaba a través de las contraventanas y el calor radiante del sol penetraba el vidrio y me calentaba mientras yacía en mi cama.

El área alrededor de mi escritorio sería aún más cálida, pero la historia encerrada en un idioma extranjero era convincente y, después de una ducha rápida, preparé café, me tragué un Clen y reanudé mi trabajo en el guión.

Tuve que entrecerrar los ojos ante las siguientes palabras de escritura agrupada e ingresé lo que pude entender en el traductor en línea. La extrañeza del idioma, las letras diminutas y apretadas, la calidad a menudo ilegible de la prosa pasaron factura, y me sentí cada vez más frustrado e impaciente. Al escanear las páginas, parecía que la calidad de la escritura se deterioraba aún más a medida que avanzaba la historia, y la única gracia salvadora que me mantuvo perseverante fueron los números de página. Al menos, tenía la certeza de saber cómo debía fluir el original. Tenía una imagen de mí mismo como un monje o un escriba en una cámara oscura y húmeda, enfrentado a traducir a la luz de las velas un antiguo pergamino en hebreo o arameo, un pergamino todo destrozado y desgarrado.

Una y otra vez, tuve que consultar diccionarios en línea y verificar las posibilidades para descubrir qué había querido decir el autor. Seguí adelante, decidido a llegar al final de la segunda página, donde una sangría en el texto indicaba un salto de párrafo.

Seguí adelante, a pesar de darme cuenta muy temprano en el trabajo de la mañana, que la narración había regresado a esa tortuosa escena en el viejo pozo.

* * *

¡Tanta agua! Dos hombres retrocedieron penosamente por el campo rocoso, con un balde lleno en cada mano. Aproximadamente a la mitad de su destino, pasaron junto a otros dos hombres, cada uno con dos cubetas vacías. El intercambio de baldes se prolongó durante horas, y cuando el guardia dijo: «Alto», el sol ya estaba en camino hacia su cenit.

Regresé al complejo bajo la mirada de la chica solitaria que esperaba su turno para usar el pozo. Cuando hubimos recorrido cincuenta metros, miré hacia atrás. Ella estaba atando su camello a la viga donde yo había estado, un hombre haciendo el trabajo de un camello, ahora un camello haciendo el trabajo de un hombre. Casi me reí, pero mi diversión pronto se desvaneció.

Había arena en mi bota. Arena rosa, porque ese era el color del suelo bajo mis pies. Suelo tan seco que mis pasos formaron bocanadas de polvo. Me había familiarizado con la llanura, las montañas, el calor abrasador y el viento infernal. Me había familiarizado con el doloroso cansancio de mis huesos. El hambre me debilitó y mi visión se volvió borrosa. Mantuve mi vista en el molino de viento, el hito que me guiaba de regreso. El guardia deambuló detrás. No había necesidad de que se quedara cerca. No había ningún lugar a donde correr incluso si yo tuviera la energía.

Regresé al complejo y encontré a los prisioneros alineados en el cuadrilátero. Cuando mis pies tocaron el cemento, cuatro hombres pasaron por la parte trasera. Escuché el chapoteo del agua, las voces de los guardias llenas de veneno, las burlas.

Por una vez, se nos permitió limpiarnos. Hubiera preferido quedarme sucio, pero ocupé mi lugar en la fila. Yo era el último. El guardia en el cuadrilátero observó a cierta distancia como uno por uno los hombres eran convocados hasta que solo quedé yo en pie.

Hubo un grito, un grito de dolor y luego una risa.

—Vete —ordenó el guardia.

—¡Perra sucia apestosa!

Podía escuchar los insultos antes de doblar la esquina. Los guardias estaban en muy buen estado; lanzaron sus abusos, golpeándonos con ellos. Pero sus puños eran peores.

El agua del antiguo abrevadero estaba sucia. Una capa gruesa de espuma de jabón flotaba en la superficie. Bajo la mirada llena de ira de los guardias, me quité la ropa, tomé el jabón y me mojé el cuerpo con el agua del abrevadero. Otro prisionero me arrojó un balde de agua limpia. Hubo un suave murmullo de diversión entre los prisioneros. Un guardia gruñó. Me enjaboné todo el cuerpo tan rápido como pude. Entonces, justo cuando estaba a punto de alcanzar el último balde para enjuagar mi piel cubierta de jabón, el guardia dio un paso adelante con una patada y vi que el balde se volcaba y su contenido se acumulaba y desaparecía en el sediento suelo.

El estruendo de la risa que siguió vino solo de los guardias.

El sol hizo una costra del jabón en mi piel mientras recogía mi ropa sucia y me escondía de regreso a la celda, uno de los tres edificios con forma de granero alineados en una fila debajo del complejo.

* * *

ME RECOSTÉ CON RECELO. No cabía duda de que esta era la historia del albergue cuando se utilizaba para encarcelar a hombres homosexuales. Tenía que ser. La arena rosada. El cuadrilátero. El molino de viento. Los guardias con sus agudos insultos de «perra». Y luego las propias celdas, que fueron descritas exactamente como yo las había encontrado.

La historia empezó a tener más sentido. No se trataba de una autobiografía. Era una historia escrita recientemente, podría decirlo por el hecho de que hasta que ese único preso, Octavio García, habló, la historia de la prisión era desconocida y no contada, pero quedaba una pregunta. ¿Qué había estado haciendo Juan escribiendo todo esto? Podría haber sido pariente de Paco y los chicos del gimnasio, pero ¿quién había sido realmente? ¿Un escritor en secreto? ¿Gay? ¿Alguien con conexiones cercanas a uno de los prisioneros? ¿O este escrito venía de otra persona y Juan lo había robado junto con el efectivo? Puede que ni siquiera supiera que estaba allí.

No parecía importar. Lo que importaba era cómo aprovechar al máximo el borrador.

Mis pensamientos se detuvieron en seco cuando mis anteriores recelos se alzaron para dominar. La escena del jabón tenía los ingredientes de una buena prosa y eso me había seducido, tentado a contar una historia con la que no quería tener nada que ver. Cuando consideré mis circunstancias, encerrado en este pequeño pero encantador departamento, decidido a evitar a los dueños del establecimiento, incapaz de regresar a Tefía debido a mi ridícula mentira sobre las ratas y obligado a mantener otra mentira sobre el paradero de la mochila, no era de extrañar que estuviera feliz de haberme desviado. Estaba de guardia, encerrado con poco que hacer. Pero una breve escena de las condiciones en la prisión era una cosa, un libro completo otra, y me recordé que tendría que sumergirme por completo en esa prisión, encerrarme en una de esas celdas como si yo también fuera gay y para hacer eso, necesitaría mucho más que esas páginas escritas a mano. Necesitaría participar en una investigación exhaustiva de antecedentes sobre la época de Franco y la cultura, la política y la sociedad de las Islas Canarias, todo ello en un idioma que entendía poco. Yo, a todos los efectos, necesitaría *ser* este protagonista, José.

Quedaba la posibilidad de que sentadas en mi cama estuvieran las páginas de un borrador que pudiera llevarme a mi grial, un libro premiado que haría que Sandra Flint se arrodillara ante mí, pidiendo perdón.

Estaba en un precipicio. No podía decidir si saltar o resistir. No había nada que hacer. Abrí Skype y llamé a Angela. En el tiempo que tardó en responder a mi llamada, pude planear bien mi historia.

—Hola, tú —dijo ella.

Me quedé mirando su rostro radiante y sonreí.

—Tengo algunas noticias.

Se movió, buscó detrás de ella algo que estaba más allá de mi vista, luego se pasó una mano por su espeso mechón de cabello y dijo:

—Deben ser buenas. Dispara.

—He decidido seguir el libro de la prisión gay.

Su boca se abrió.

—¡Por fin tienes sentido común! ¿Qué te hizo cambiar de opinión?

—Pensé mucho en lo que dijiste. Y no se me ocurrió una idea mejor, así que...

Para entonces, mentir se había convertido en una segunda naturaleza, un reflejo que me inquietaba mientras mi conciencia luchaba por encontrar justificaciones y la ambición se sentaba con indiferencia.

—¿Cómo lo abordarás? —dijo ella con los ojos ansiosos.

—También he pensado eso. Tenía la idea de que el protagonista, llamémosle José, está sentado al borde de un acantilado hablando con un pájaro.

—¿Un pájaro?

Hice clic en el documento, lo abrí en los primeros párrafos.

—Un cuervo.

—Sigue.

—Narra segmentos de su infancia, intercalados con escenas de la prisión.

—Es un comienzo.

—¿Te gusta?

—Sí —dijo ella lentamente—. Pero, ¿por qué el cuervo? ¿Por qué tu protagonista está sentado al borde de un acantilado hablando con un pájaro?

Busqué a tientas una respuesta.

—Tú sabes como es. Ese primer momento de inspiración. Tenía que meterme en la historia de alguna manera y eso es lo que se me ocurrió.

—Tiene sentido. Supongo que estabas visitando un acantilado y de repente se te ocurrió. Hay algunos acantilados fabulosos en la isla. Más al sur de donde estás.

—Son magníficos —le dije, esperando que siguiera adelante.

—¿Cuáles son tus recursos? —preguntó—. No puedes leer español.

Mi falso yo se apresuró a decir:

—Le estoy pagando a un amigo para que traduzca esa novela que te envié.

—Buen plan. Sin embargo, espero que no te cobre demasiado. Otra amiga autora que es bilingüe se sumergió en ese libro y dijo que había mucha palabrería religiosa en él.

—¡Le enseñaste la novela a otra autora!

—Cálmate. Ella no está interesada. Dice que tiene suficiente para lidiar con escribir una novela concisa ambientada en Dresde y Dachau.

Gruñí.

—No otra novela nazi.

—Me temo que sí. El apetito del mercado es insaciable. —Hizo una pausa—. Pero es una lástima que no le interese la española. Habría hecho un buen trabajo.

—¿Y yo no lo haré? —dije, instantáneamente a la defensiva.

—Yo no dije eso. No querías hacerlo. Fuiste categórico al respecto, si lo recuerdas.

—Bueno, he cambiado de opinión.

—Claramente que sí. Y estoy encantado por ti, Trevor. Te dije todo el tiempo que era la historia que necesitabas escribir. Podría ser tu creación. Y no le mostraré esa novela a otra alma. Lo prometo.

—Por favor, no lo hagas.

—Antes de que te vayas, uno de los jueces dijo que tu Sandra Flint seguramente va a ganar.

—Ella no es *mi* Sandra Flint.

—Sabes a lo que me refiero. No estés amargado, Trevor. Empiezas a sonar como mi padre. Debo irme.

Me lanzó un beso y terminó la llamada, dejándome para recuperarme de su disparo de despedida. ¿Su padre? ¡Ese grandilocuente misógino! La última vez que lo vi fue en la boda de Angela. Se había sentado cerca de la banda y derramado champán, mirando a la nueva esposa de su hija con diversos grados de veneno y desprecio. ¡No me parecía en nada a la vieja trucha!

Bajé las escaleras y me tragué un Clen, recordando mientras bajaba la pastilla que había tomado una solo unas horas antes. Seguí el quemagrasas con un vaso de jugo, luego seguí con la traducción.

Había planeado afrontar el día del hombro en el gimnasio, pero ya no me sentía inclinado a salir del apartamento hasta que la traducción estuviera hecha y todo el borrador de forma segura en mi laptop en inglés.

La narrativa fragmentada continuó y me encontré de regreso en la infancia de José.

MIS AÑOS ESCOLARES

Mi querido cuervo, nunca ha sido fácil ser yo. Nací en el momento equivocado, en el lugar equivocado, en una fe punitiva, quizás adelantada a mi tiempo, y no hay tiempo para que la sociedad se ponga al día, incluso si quisiera, lo cual no es así. Mis dificultades crecieron a medida que yo lo hice, haciéndose más grandes cada año. Te contaré cómo fue ser un cuco en un nido de lindos pájaros amarillos y con la vista de cuervo, sabrás lo que le pasó a mi alma.

Pasó una década. María no había requerido la participación de su hermano en sus juegos durante mucho tiempo. Ella tenía diecisiete años y su mente flotaba, y cada vez que sus ojos se posaban en José, se llenaban de lo que solo podía describirse como odio.

Era el mismo despecho que José veía en su hermano Jesús, un robusto chico de trece años con pasión por el deporte y una ambición, apenas formada y fundada en la adoración, de estudiar derecho. Jesús era el niño de los ojos de su padre. María parecía complacer a su madre a pesar de su temperamento feroz. Dos padres, dos hijos. Más uno. Sentado en el comedor comiendo albóndigas cocinadas en un espeso estofado de frijoles, una sensación familiar volvió a llenar su estómago. A José le pareció que él era el repuesto, superfluo e innecesario, el neumático guardado en el maletero del coche. Tenía que luchar por la atención de cualquiera de sus padres. Estaba aplastado en el medio entre sus hermanos dominantes, donde no había lugar y no había más remedio que marchitarse o rebelarse.

¿No es eso simplemente una cosa estructural, la mayor parte del intermedio? Puede que sea una maldición, pero no es necesario. No tiene por qué aplastar la moral. Los diversos agentes que desempeñan su papel en los confines de la estructura familiar, tienen influencia. Tienen libre albedrío. Mi estado intermedio es una cosa, el rechazo de mi familia hacia mí como un miembro digno del redil es otra.

Ya sabes, cuervo, Regina y Juan Ramos no tenían por qué pasarme por alto, su hijo, su hijo del medio, con ojos que se negaban a conformarse por miedo a lo que pudieran encontrar. Tal vez un reflejo de ellos mismos, uno que revolvió sus piadosos estómagos, porque lo que vi en sus ojos y escuché en sus palabras fue más que una aprensión nerviosa de que no todo estaba del todo bien con su una vez precioso José.

«Nunca debería haberles dado ese vestido azul para jugar», le gustaba decir a mi madre. Porque Regina me había visto usando ese vestido a la impresionable edad de cinco años, y había observado de cerca que su querido niño no había logrado convertirse en un hombre sano. Hizo una suma matemática simple y se le ocurrió una respuesta falsa. Mi preferencia de género no tenía nada que ver con ese maldito vestido azul.

José no está bien. Ese sería mi padre.

Detén ese manierismo; no te conviene. Madre, de nuevo.

Es demasiado bonito.

Gracias, pero prefiero «guapo».

Su voz no tiene el tono correcto.

Es el mismo tono que el tuyo, querido padre.

No camina bien. Estoy seguro de que lo vi trotar.

Esa fue una obra de la escuela.

Mantén tus manos quietas en tu regazo y deja de agitarlas.

Nunca hice eso. Estoy seguro de eso.

Es un mariquita.

Soy un hombre.

No es de extrañar que se burlen de él en la escuela.

Los niños son crueles. Actúan según los prejuicios de sus padres.

La forma en que se ríe y prefiere jugar con las niñas.

Siempre el escrutinio. Siempre los juicios. Soy un hombre que desea a otros hombres y eso es todo.

Me río de lo absurdo, una risa fuerte y gutural, y el cuervo se sobresalta y abre las alas para emprender el vuelo.

Relájate, pájaro. No tengo nada que temer.

Hubo muchos momentos encantadores mientras crecía en La Laguna. Puedo recordar uno de esos, fue un muy buen momento. Mi décimo cumpleaños y mis padres accedieron a una fiesta. Se nos permitió un amigo cada uno, y vinieron todos nuestros primos. Eran de Santa Cruz y de La Orotava. Los dos pares de abuelos estaban allí, al igual que mis tías y tíos.

Invité a mi mejor amigo Enrico, que vive en una casa en la esquina de nuestra calle, o debería decir que vivía porque no tengo ni idea de si todavía está allí. Su padre es o fue químico, un hombre peculiar, viudo y severo, y siempre jugábamos en mi casa.

Era un día cálido y soleado en marzo de 1945. La

Segunda Guerra Mundial estaba llegando a su fin. Por supuesto, no sabía mucho sobre eso. No sabía de los horrores de esa guerra, de la brutalidad y la muerte y los campos de concentración. No tenía ni idea del sufrimiento humano, ni el mío ni el de nadie. Lo más cerca que estuve del dolor real fue cuando María me peinó o cuando cerré mi pulgar en una puerta. Tampoco sabía de las privaciones de mi pueblo, de lo mucho que trabajaban los campesinos para subsistir, del hambre y las migraciones masivas a Venezuela. Tenía diez años y existía en una feliz ignorancia de la vida real, cercana y lejana. Por lo tanto, no podría haber tenido idea de la irracionalidad de todo ese sufrimiento. Vivía en una bonita casa burguesa en La Laguna, y eso es todo lo que sabía.

La casa de mis padres, que entonces era mi casa, tiene un patio interior lleno de plantas y ventanas altas con balcones tipo Julieta que miran hacia una calle adoquinada. Era el paraíso

José casi choca con Jesús y, evitándolo, choca contra una maceta. Acababa de pasar la última hora corriendo con Enrico. Estaba mareado por el exceso de azúcar y la alegría. Antes, cuando rompió la piñata que insistió que debía tener en este día tan especial (una piñata que María ayudó a hacer con su madre) y el patio estalló en un alboroto de vítores y una cascada de dulces cayó por todas partes, su corazón había estado en forma para estallar en su pecho.

El pastel aún estaba por llegar.

En caso de que fuera el momento, corrió al comedor donde sus tías, tíos y abuelos se sentaban y se quedaban bebiendo pequeñas tazas de esto y aquello. Entonces, el hermano mayor de su madre, el pomposo José Díaz, se llevó a José a un lado y le dijo:

—¿Qué quieres ser de mayor, joven? —Como si la pregunta hubiera estado ardiendo en su mente todo el tiempo.

—Es demasiado joven para responder —dijo su madre.

Sí, lo era.

—Tonterías. Ha alcanzado los dos dígitos. —El tío José era alto, regordete y autoritario. El joven José estaba debajo de él, desconcertado con su pulcro traje y haciendo todo lo posible por mantenerse quieto. Enrico estaba en la puerta, esperando y jadeando.

—Tiene una letra muy bonita —dijo alguien.

—Él nunca será un granjero, con esas manos.

—¡Un granjero! ¿Desde cuándo alguien de nuestra familia se convirtió en granjero?

Debe ser abogado, como tú, José.

Es demasiado tímido para ser abogado. Míralo.

Todos miraron.

¿Él cumpleañero habla?

—Me gustaría ser mesero —dijo, recordando una cara amistosa en un café el otro día.

Todos rieron. Su madre farfulló sobre su bebida.

—Será un profesor o un científico —dijo ella, disimulando su vergüenza—. Algo como eso. Ahora dime, María, ¿cómo está tu salud?

José tomó un dulce de la mesa y corrió hacia Enrico. Se acercaba el pastel, y era todo en lo que podía pensar. ¡Todos comeríamos pastel! Cuando María bajó las escaleras con Dolores y el resto de sus primos, comerían pastel y él habría tenido el mejor día de su vida.

EN ESE ENTONCES, yo **no tenía la sensación de que era diferente a cualquier otro chico. Eso era porque yo no era de ninguna manera diferente a cualquier otro chico. A mi madre le desagradaba mi sensibilidad, la facilidad con la que** lloraba. Mi padre pensaba que yo era demasiado frágil para el mundo de los hombres. Pensaron, sabían, que necesitaba ser más fuerte, más duro, más ruidoso, más robusto. Me compararon con otros chicos de mi edad. Con Enrico. No me comparaba bien con Enrico.

Me salvé de languidecer en el fondo de la pila de rechazos gracias a Antonio, el hijo menor de la hermana mayor de mi madre, que era más escuálido que yo, usaba lentes y era propenso a las dolencias. También le saldrían erupciones de color rojo brillante, que eran antiestéticas. Siempre salí favorablemente comparado con él. Mis padres se aseguraban mutuamente que al final yo saldría bien. Eso es más o menos lo que entendí en ese momento.

Es extraño que no me ignoraran. Que los molesté tanto. Pero eran el tipo de padres, tías y tíos de clase media que se inquietan, y eso podría deberse a que tenían que encajar en nuestra sociedad desequilibrada, desequilibrada porque había muy pocos en la cima que poseían la tierra y demasiados en la base que intentaban sobrevivir con eso. Esto dejaba un espacio en el medio, conformado por pequeños comercios, tenderos, gerentes, docentes, todas las profesiones habituales, personas que carecían de poder pero que no sufrían las vicisitudes de esa carencia. Mis padres entendieron que el mundo estaba en confusión y nadie sabía qué iba a ser de nadie. Y por lo tanto, se inquietaban. Se preocupaban porque temían lo que me pasaría. Que me diera cuenta de sus sospechas y sufriera las consecuencias. Toda la situación de las Islas Canarias en ese momento pesaba mucho en sus mentes. Eso, y por supuesto que nunca me hablaron del tío Alfredo de mi padre, que nunca se casó antes de morir.

Mi familia poseía, y sin duda sigue siendo propietaria, de una de las casas antiguas en una terraza de viviendas similares cerca del centro de La Laguna. Si bien no estaba en la escala de las grandes casas rurales y urbanas de la nobleza (los terratenientes, incluidos los descendientes de los conquistadores originales quinientos años antes), la casa familiar denotaba una riqueza y un prestigio moderados con sus dos pisos y sus balcones de Julieta. Las familias más pobres viven en casas de una sola planta, y mi familia no tiene nada que ver con ellas, salvo mi padre, de forma profesional y no necesariamente a su favor. Los más pobres, la clase baja, se amontonan en casas más pequeñas todavía, y viven mucho más lejos del centro de la ciudad y nunca vi a ninguno de cerca.

Aprendí sobre estas divisiones de riqueza y pobreza más tarde, mucho más tarde. Al crecer, todo lo que sabía era mi propia calle estrecha y adoquinada, las otras calles estrechas y adoquinadas alrededor de la catedral, y hacia y desde mi escuela; y yo solo sabía lo que mi familia sabía y lo que querían que yo supiera. Solo conocí el bien y la bondad y una moralidad estrecha.

Estaba protegido y mimado, y mi barriga siempre estaba llena. Fui a la escuela sin saber que mi padre pagaba para yo ir allí. Yo era inocente. Solo existí en el momento. No tenía motivos para pensar en el pasado porque no tenía vergüenza, a pesar de las ansiedades de mis padres. El futuro era un misterio que no me preocupaba. Existí en el feliz presente. Aunque destellos de esa otra realidad insidiosa, represiva y punitiva irrumpieron en mi feliz existencia en la escuela.

José estaba sentado con la espalda recta, su atención, plena y completa, en su maestro, cuyo gran escritorio rozaba a su propio pequeño. Se sentaba en el centro de la primera fila, en el lado izquierdo del salón de clases. La maestra, Doña Vasco, vestida de negro, de pies a cabeza, con el cabello recogido con fuerza y revelando un rostro serio y severo, era su habitual actitud intransigente.

Estaban aprendiendo sumas. Estaban aprendiendo a restar, y José se concentró mucho, ansioso por no cometer un solo error, luchando por no dejar que se le escapara la pluma o que su mente vacilara.

No sirvio. Su atención se desvió hacia el mapa clavado en la pared, y se preguntó cómo sería en las tierras lejanas a la suya.

Podía entender que quitar cinco botones de un frasco de diez dejaba cinco restantes porque los había contado y había visto el número tomado y el número de botones restantes. Eso era fácil de comprender. Lo que era más difícil era cuando no había botones y toda la operación se llevaba a cabo en el ámbito abstracto del número solo. Seguía preguntándose, ¿cinco qué?

Se toleraban los errores, pero no la holgazanería, y la incomprensión se confundía con demasiada facilidad con la holgazanería y las consecuencias picaban. Desde cinco botones hasta cinco latigazos del perverso bastón de Doña Vasco, y la mano de José dolía durante el resto del día. Nueve menos siete. Se le ocurrió anotar cualquier número, pero estiró las manos por debajo del escritorio y dobló cada dedo por turno, y luego anotó dos.

Las sumas se hicieron más difíciles.

Pronto el número de abajo era más grande que el de arriba.

¿Qué le dijo su padre que hiciera?

Miró hacia arriba, no a su maestra, que estaba al fondo de la clase, sino a la estatuilla de la inmaculada María y al retrato de la plaza del general Franco en el centro de la pared.

Era el mismo retrato, dondequiera que fuera.

No era un hombre de mal aspecto con su coronilla rala y su bigote de pincel marcial. Sus ojos te seguían por la habitación.

José deseaba poder preguntarle a su amigo Enrico, que tenía talento para las matemáticas, pero se sentaba en una fila diferente. Los niños caminaban juntos a casa a la hora del almuerzo y en el recreo jugaban en la sombra, pero era ahora que José necesitaba a su inteligente amigo.

Doña Vasco se acercó a José por detrás y lo tomó por sorpresa cuando utilizó sus dedos para contestar la siguiente suma. Sintió el peso de su presencia cayendo sobre él y anticipó otra palma azotada.

Su maestra tenía un castigo diferente en mente.

No podía haber tenido idea de que ella lo había estado observando durante semanas. Había escuchado rumores. Ella notó la preferencia de él por el rosa y amarillo cuando los niños estaban pintando cuadros. Y cuando la clase pintaba cuadros, él pintaba lindas princesas con vestidos largos y sueltos. No tenía idea de que había algo malo en eso.

—José Ramos, de pie —dijo Doña Vasco.

Aterrorizado, hizo lo que le decían.

—Ahora, párate en tu escritorio.

—¿Mi escritorio?

—No me cuestiones, niño.

José trepó a su escritorio y miró a sus compañeros de clase, sus rostros sorprendidos. De alguna manera, toda la clase estaba aterrorizada. Nadie sabía por qué lo estaban señalando, y todos pensaron que podría ser su turno el próximo.

—Clase —gritó la maestra—. Este niño se comporta como una niña. ¿Qué piensas de eso? —Señaló a Carmen con la mirada.

—No lo sé, Doña Vasco —dijo Carmen tímidamente.

—No lo sabes. Bueno, los demás lo saben. ¿Qué le decimos a un niño que se comporta como una niña?

—¡Marica! ¡Marica! —gritaron los otros niños como si fuera una señal.

—¡Mariposa! ¡Mariposa!

Y llegó una serie de insultos.

Doña Vasco miraba con una sonrisa maliciosa en su rostro endurecido.

José se sonrojó carmesí. Casi se mojó los pantalones.

Balanceo mis piernas hacia adelante y hacia atrás y desalojo una pequeña piedra. Me inclino hacia adelante y lo veo rebotar en la pared rocosa y desaparecer. El sol se enfrenta a mí, quemando mi piel con sus rayos. Abajo, el océano golpea contra los afloramientos rocosos. Me recuesto, pongo las manos detrás de mí y utilizo los brazos como apoyo. Estoy solo. El cuervo se ha ido a favor de llenar su barriga. Mi propio estómago necesita llenarse, pero no tengo comida.

Hay una granja más al sur, en un valle elevado. Es de donde me expulsaron por última vez. Si espero hasta la puesta del sol y vuelvo al atardecer, puedo robar algunos tomates. Hay tuna en la fruta que crece junto a la carretera. Y si tengo suerte, podría asaltar un gallinero.

Mi problema son los perros. Siempre son los perros de la granja. Sus dueños los dejan vagar por la noche. He aprendido a llenarme los bolsillos de piedras. Sostengo mi cuchillo, afilado en una piedra, listo para matar si una amenaza se vuelve desagradable. Soy un delincuente de poca monta, un ladrón, un vagabundo, un nómada, una mala vida. No soy nadie que mi familia quisiera conocer. Ahora no. No más. El día en que me sentenciaron acabó con cualquier esperanza de redención que pudiera haber tenido.

DÍA DE HOMBRO

Aparté mis ojos de la traducción en mi pantalla, marqué mi lugar en el guión y cerré la laptop. Hasta aquí el oro literario. El escritor parecía obsesionado con la infancia de José. Me sentí estafado, estafado para traducir toda esa palabrería cuando lo que quería era el meollo de la historia del albergue. Cuanto más proporcionara este guión en español, menos necesitaría investigar. Tal como estaba, me enfrentaba a la onerosa tarea de hacer la mayor parte del trabajo yo mismo.

Nunca me ha gustado la historia de fondo. Ralentiza el ritmo de la narración como una bola y una cadena. Los lectores de estos días quieren seguir adelante, atrapados por los eventos que se desarrollan aquí y ahora. Aunque puedo apreciar la construcción del personaje. La importancia de representar la realidad de ser gay en ese entonces, incluso cuando era niño. La estigmatización. Y ahí estaba yo, jugando con mi propia masculinidad, dándome la vuelta como un guijarro en la palma de mi mano.

¿Es la infancia realmente una definición de carácter e identidad? ¿Soy el resultado del niño creado por un padre descuidado, una madre afligida y una tía autoritaria? ¿Fui creado por ellos, o soy quien siempre fui, desde que nací? Dejé de pensar en Vince.

Era tarde y todavía no había almorzado. El Clen había reducido mi apetito a casi cero, y ya podía ver los signos de una barriga encogida. Pero necesitaba recargar combustible aunque solo fuera para tener suficiente energía para el gimnasio. El guión podía esperar. Sobre todo porque había muchas posibilidades de que me ofreciera poco más que una historia de fondo. Estaba rígido y nervioso después de estar encerrado todo el día. Necesitaba tener algo de aire alrededor de mi cabeza y algo de calor en mis músculos.

Después de enderezar la cama, puse el guión y la laptop debajo en el cajón superior de la cómoda. Luego bajé a la cocina, freí un par de huevos y los metí en una baguette rancia. No era propio de mí mostrar una actitud tan irrespetuosa hacia la comida, pero mi falta de apetito me había vuelto indiferente. Lamenté mi actitud en el momento en que mordí la baguette y descubrí que tenía que desgarrar el pan mientras el omelette se deslizaba por el otro extremo.

Partí a última hora de la tarde. Cruzando el patio, eché un vistazo a la sala de estar pero, como parecía ser el caso a menudo, no había nadie alrededor. Paco y Claire parecían preferir las otras habitaciones de la casa. Como hacía el perro. O todavía estaban limpiando después del velorio.

El único inconveniente del apartamento era tener que pasar por las ventanas de la sala. Es posible que hayan pensado en eso al diseñar la extensión. No todo el mundo quiere sentirse expuesto, sus idas y venidas allí para que todos las vieran. Una puerta orientada al sur hacia el jardín, con un camino que se alejara de la casa hubiera sido ideal, algo que permitiera la privacidad al entrar y salir. Cualquiera de los dos podría estar mirándome desde una ventana del piso de arriba, ahora que lo pienso. Miré hacia arriba, pero mi mirada se encontró solo con las contraventanas cerradas para protegerse del sol. Aún así, me sentí desnudo y rígido en la piel, sensaciones que solo comenzaron a desaparecer una vez que salí a la acera. Mi sensación de ser observado se desvaneció por completo una vez que salí de la casa.

Conduje con determinación férrea. El día de hombro no era uno de mis favoritos. ¿Alguno de los días era un favorito? Todos eran duros en varias partes de mi cuerpo. Castigando en todos los aspectos. Mi determinación de ponerme en forma estaba siendo eclipsada por mi musa ahora que me había comprometido a escribir sobre la prisión gay, pero necesitaba incorporar el equilibrio en mi vida en el futuro, crear buenos hábitos. Me recordé a mí mismo que era un hombre soltero y necesitaba darle a mi cuerpo la oportunidad de transformarse y volverse atractivo una vez más para el sexo opuesto. Sin dolor no hay ganancia. Además, había comprado una membresía, tenía esteroides bombeando a través de mí y estaba quemando grasa; la mayor parte de mí no toleraría todo ese desperdicio si volviera a mis viejos hábitos. Y era obvio que el ejercicio me estaba haciendo bien. Ya me sentía tonificado.

Mi intercambio con Mario me había tranquilizado hasta el punto de ser objeto de sospechas sobre la mochila. Sin embargo, mientras estacionaba en la calle fuera del gimnasio, todavía esperaba evitar al tío de Juan y a sus compañeros, quienes parecían tener preferencia por el ejercicio más temprano en el día. Aunque podrían aparecer en cualquier momento. ¿Quién podría decirlo?

Abrí la puerta e inhalé el aire acondicionado, el olor no tan sutil del sudor masculino, el aire perfumado que el gimnasio usaba para disfrazarlo y mientras inhalaba, reforcé mi determinación para los ardores que se avecinaban. Fui y tiré mi bolsa de gimnasia al suelo, monté la bicicleta estática más cercana a la puerta y comencé a pedalear durante diez kilómetros.

Luis apareció detrás del mostrador y me sonrió en el espejo. Parecía genuinamente complacido de verme. Se acercó cuando estaba llegando a mi primer kilómetro y se acercó al manillar. No parecía querer dejarme solo. No tenía ni idea de por qué. Pedaleé y jadeé y pedaleé y jadeé, sin querer ralentizar mi paso.

—Me preocupaba que no volvieras —dijo él.

—¿Por qué pensabas eso? —le dije entre respiraciones. Podía sentir la ira aumentando. Esta rutina que me había impuesto era lo suficientemente difícil sin que él robara mi energía con la conversación.

—Pensé que tal vez hice demasiado difícil tu plan de acondicionamiento físico. Eso fue lo que pensé cuando no apareciste.

—Tuve un par de días de descanso —le dije, enfriándome mientras hablaba—. Eso es todo.

Él todavía no se marchaba y yo no dejaba de pedalear mientras él miraba, aunque sabía que pronto estaría jadeando por aire. ¿Qué le pasaba a este chico? ¿Estaba loco por mí o qué? Fue un pensamiento que provocó un repentino disgusto. Afortunadamente, un cliente se acercó al mostrador y Luis fue a servirle.

Pedaleé furiosamente y desmonté de la bicicleta con diez clics tan hinchados y tambaleantes como el primer día, pero el tiempo que me había llevado completar la tarea se había reducido en veinte segundos.

La rutina de pesas no fue más fácil que la primera vez. No podía levantar pesos más pesados en la prensa militar, y con mi hombro aún en alto, luché a través de las series. En el último tirón, me molesté gastar preciosos euros en los esteroides. La prensa militar, las elevaciones laterales, las elevaciones frontales con mancuernas y la prensa de hombros con mancuernas solo equivalen a cuatro tipos de ejercicio, pero se enfocan en ciertos grupos musculares que no tenían interés en participar. Con cada serie, las repeticiones se hicieron más difíciles y luché por cumplir con el objetivo. Sin embargo, cada vez que sentía el impulso de detenerme, lo contrarrestaba recordando el comentario humillante de Luis acerca de que su plan de acondicionamiento físico era demasiado difícil para mí, y mi fuerza aumentaría con un aumento de ira. ¡Demasiado difícil, en verdad!

Estaba a la mitad de la última serie de levantamientos frontales con mancuernas cuando un hombre entró al gimnasio, un hombre al que no había visto antes. Con su bolsa y su toalla, parecía simplemente otro fanático del gimnasio, pero cuando se acercó, salió a la luz, capté la curva de sus músculos de la pantorrilla, los muslos sólidos y esculpidos, el paquete de seis debajo de su camiseta ajustada, la piel pulida de sus brazos, los bíceps, los pectorales, la curva de su cuello, y luego su rostro, su rostro perfectamente proporcionado y asombrosamente hermoso. Tuve que evitar que mi mandíbula se abriera, mis ojos se abrieran como platos. De manera subrepticia, usando los espejos como mi medio mientras levantaba las mancuernas a la horizontal, comencé a beberlo. Lo bebí como ambrosía, y mientras lo hacía, me inundó el más extraño de los deseos, una lujuria animal que me debilitó incluso cuando me hizo querer cargar contra él y sofocarlo en besos. Podría haberlo devorado, devorado esa perfección allí mismo a la vista de todo el gimnasio. Al menos en teoría. Al menos en mi cabeza. Y en el momento siguiente, cuando levanté las mancuernas por última vez, la puerta de entrada se abrió y entró una mujer, y la mujer se acercó a mi Adonis, y él le sonrió, una sonrisa que solo podía ser la sonrisa de un amante, y yo estaba enojado, enojado con él, enojado conmigo mismo y, sobre todo, estaba enojado con ella, fuera quien fuera, por robarme mi fantasía en un momento crítico. Y además, a diferencia de él, ella era sencilla. A su lado, ella era asombrosamente, increíblemente, injustificadamente sencilla.

—Javier —dijo alguien en voz alta, y mi Adonis miró hacia arriba, y mi hechizo se rompió.

Fue en ese momento de incredulidad que me di cuenta de

que mis brazos permanecían extendidos y, mirando a mi alrededor, sentí que todos me miraban. Cohibido y nervioso, bajé rápidamente las mancuernas y las devolví al estante.

Luego me di cuenta de que necesitaba las mismas mancuernas para la prensa de hombros y fui a buscarlas. Como de costumbre, el primer set fue relativamente fácil. El segundo set mucho más duro. Cuando llegué al tercero, tuve que usar toda mi determinación para continuar.

Traté de concentrarme en las repeticiones, en la cuenta constante hasta veinte, pero llegué a diez, y mi mente se nubló y no podía concentrarme. Levanté las mancuernas, sentí el dolor agonizante en mis hombros, pero estaba momentáneamente en otra parte, mi cuerpo movía mecánicamente los movimientos. Cuando me di cuenta de que me había apartado y no tenía idea de la cantidad de repeticiones que había completado y, por lo tanto, de cuántas tenía que realizar antes de terminar la serie, me quedé horrorizado. Hice lo que pensé que podrían haber sido tres repeticiones adicionales solo para estar seguro, apretando los dientes, esforzándome, levantando los brazos con todas mis fuerzas.

Después de una breve recuperación, me dirigí a la bicicleta para enfriarme. Mientras pedaleaba, me preguntaba si apartarme de la zona había facilitado las repeticiones. ¿Centrarse en el conteo de alguna manera hacía que el ejercicio fuera más difícil? En algún momento del camino, tuve que encontrarme con mi resistencia, ese punto en el que el cuerpo y la mente ya no querían continuar y gritaban a la entidad consciente dentro que estaba decidida a seguir adelante.

Mis pensamientos se dirigieron a Tefía. ¿Contaban los prisioneros del albergue que habían sido condenados a romper rocas y luego cargar piedras durante todo el día en el calor y el viento abrasadores? ¿Contaban las rocas que se veían obligados a llevar? ¿Hacían un recuento diario, competían con ellos mismos o entre ellos por la cantidad de rocas que tenían o no habían roto y llevado? No. No podía imaginar que hubieran hecho eso. Hubiera sido ridículo. Se habrían alejado de la zona. Habrían caído en una especie de trance para bloquear la realidad de su situación.

Después de una ronda rápida de estiramientos, llevé ese pensamiento conmigo todo el camino de regreso a Tiscamanita. Era más fácil pensar en contar repeticiones y rocas que contemplar mi sorprendente reacción cuando el Sr. Adonis entraba al gimnasio.

De regreso al apartamento, subí las escaleras y revisé debajo de la cama para asegurarme de que la mochila todavía estuviera en la maleta. Lo estaba. Empecé a creer que el calor finalmente había pasado. Si Paco y Claire hubieran tenido la menor idea de que me había quedado con la mochila, ya me habrían enfrentado, especialmente cuando tenían fácil acceso a mi apartamento y podían realizar una búsqueda exhaustiva mientras yo estaba fuera. Y me pareció claro que el tío de Juan no era una amenaza.

Abajo, en la cocina bien iluminada, recordé los macarrones con queso que había dejado en el refrigerador de Tefía. Todavía serían comestibles, y realmente debería regresar allí y terminarlos. Más es el punto, realmente debería regresar allí, punto final, y poner fin a este interludio. Había alquilado esa casa de campo durante tres meses enteros, y sin una amenaza aparente a la vista, no había ninguna razón justificable para no estar allí. Consideraba que el alquiler que había pagado por adelantado era un desperdicio si me quedaba en casa de Paco y Claire.

Aquí, en Tiscamanita, estaba solo y no solo. Siempre existía la amenaza de que Paco o Claire llamaran a mi puerta y perturbaran mi paz. Quería tranquilidad, no cenas incómodas y multitudes de visitantes con los que debía interactuar.

Hice una ensalada sencilla y la comí mientras continuaba reflexionando sobre mi dilema. Estaba en dos mentes donde quería estar; había beneficios para ambos. Tefía se sentía sola y sombría, pero el aislamiento me sentaba bien y estaba cerca de la acción en mi nueva obra literaria. Podría seguir adelante sin interrupciones. Por otra parte, la instalación en casa de Paco y Claire era acogedora. Me sentí más en el centro de las cosas. Dudé. El ambiente aquí podría haber sido agradable si mis anfitriones no fueran tan severos. Claire era bastante agradable, pero Paco era extraño, aunque se había relajado un poco cuando intercambié unas palabras con él durante el velorio. Pero tuve la fuerte impresión de que no era tan bienvenido aquí. Se me ocurrió que si elegía quedarme aquí, tendría que ofrecerles alquiler. No me aprovecharía de ellos, no importaba cuánto protestara Claire. Que prácticamente lo selló; no estaba dispuesto a pagar el doble de alquiler. Volvería a Tefía.

Eso dejó el problema de las ratas. No quise despertar sospechas. Salir demasiado pronto después de reclamar una infestación de ratas haría precisamente eso. Necesitaba dejar pasar una cantidad de tiempo razonable, suficiente para dar una respuesta a mi queja y para que el control de plagas entrara y tomara medidas. Dos días no era una cantidad de tiempo razonable bajo ninguna medida, ni siquiera en este mundo de servicio rápido y solución instantánea en el que vivimos. Me imagino que dos semanas sería más probable, especialmente en este remanso de la isla. Por otra parte, la casa de campo era un alquiler vacacional y al propietario le preocuparía que yo dejara una crítica negativa y actuara rápidamente para evitarlo. Seguramente había un servicio instantáneo de control de plagas en la isla. Hice una búsqueda rápida y descubrí que la primera visita era una evaluación, y luego volverían para tomar el tratamiento necesario. En el caso de las ratas, eso significaba bloquear el acceso y colocar trampas. Posiblemente también poniendo veneno.

Mientras tanto, apenas podía fingir que despegaba hacia otro lugar, ya que no tenía más remedio que estacionar el coche en el camino de la granja, visible para todos los transeúntes.

Maldije mi propia naturaleza impulsiva ese día que el gigante me siguió. Debería haber esperado. Ordenar mi tiempo. Debería encontrar una mejor razón para tener que irme de la granja de inmediato. ¡Ratas! ¡De todas las mentiras que pude haber inventado! Me había atrapado en esta situación y solo podía culparme a mí mismo. Para empeorar las cosas, gracias a hablar conmigo, Paco y Claire sabían demasiado. Pero al menos también creían que le había entregado la mochila a la policía.

Se me ocurrió otro pensamiento. Paco y Claire podían ser distantes y poco comunicativos, pero me protegerían si fuera necesario. Estando solo era vulnerable. Todavía tenía la mochila y el dinero en efectivo, y alguien sabía sobre el teléfono de Juan y había marcado su número. Dos veces. Por lo tanto, es posible que no esté completamente fuera de peligro.

Era demasiado para considerar. Bebí una cerveza fría y luego bebí la mayor parte de una botella de un tinto local mientras pasaba la noche viendo Netflix en mi laptop, tratando de evitar que mis pensamientos se desviaran hacia todos los temas incómodos que llenaban mi cerebro.

La habitación estaba cálida y mal ventilada. La música sonaba suavemente de fondo. Descubrí que estaba caminando. Apareció una cama. Era grande y circular y estaba cubierto de astracán falso. Había gente poblando la habitación. Escuché murmullos y gemidos, cuerpos en rincones oscuros. Mi atención volvió a la cama. Un hombre yacía de espaldas con su virilidad, dura y reluciente, inclinada hacia un lado de su abdomen. Había otros cuerpos en la cama, miembros y traseros anudados, moviéndose rítmicamente. Vi rostros, rostros llenos de deseo. Mientras miraba, el calor en mis propios riñones ardió, y me sentí hinchado, necesitado, urgente y luego, después de unos gloriosos segundos de euforia, estaba agotado.

. . .

Abrí los ojos a la espesa oscuridad de la habitación en un estado de completa confusión. Desorientado, alargué la mano hacia la lámpara de la mesilla de noche y no agarré nada más que aire. Poco a poco me di cuenta de que no estaba en Tefía como había pensado, sino en la cama del apartamento de Paco y Claire, con la sábana de arriba envuelta alrededor de mi muslo, absorbiendo los jugos descargados de mi virilidad. Un horror me envolvió. Había tenido otro sueño húmedo. Un sueño que recordaba vagamente y solo en fragmentos. Fue doloroso darme cuenta de que no había habido una sola mujer en esa cama o en ninguno de los rincones oscuros de mi sueño. La ausencia de mujeres y mi creciente deseo erótico solo podían significar una cosa. Mi subconsciente me estaba diciendo un mensaje simple. Era gay, o al menos bisexual. Angela había tenido razón sobre mí todo el tiempo. Me sentí conspirado en contra, como si yo, el yo con el que vivo todos los días, hubiera sido engañado por la complicidad de mi subconsciente y una perceptiva Angela para enfrentar mi realidad, una realidad que había sido incapaz de enfrentar durante toda mi vida adulta.

Por mis pecados, los pecados de mi sexualidad reprimida, había manchado las sábanas. Pero no mis propias sábanas, oh no, nada tan simple como caminar por mi propio pasillo hasta mi propia lavadora, sino las sábanas de mis anfitriones, que tenían su propia lavadora y no sabía dónde. Y por mi vida, no pude imaginar cómo podría conjurar una razón para usar su lavadora el tercer día de mi estadía y, bajo la atenta mirada de una Claire intensamente observadora, de alguna manera arrojar subrepticiamente a la tina la sábana de algodón toda mojada y crujiente con mi semen, y luego volver a sacarla sin que ella lo supiera y secarla aquí, en el patio, fuera de la vista. No tenía idea de cómo manejaría nada de eso, pero tenía que hacerlo. De lo contrario, la vergüenza sería inadmisible, y no iba a dormir en sábanas sucias.

¿Era realmente bisexual? ¿O simplemente estaba sufriendo de frustración sexual crónica? Salté en línea e investigué el tema de los sueños húmedos en hombres mayores. Un sitio web me aseguró que no había ninguna condición médica subyacente asociada con los sueños húmedos. Era simplemente una respuesta natural en los hombres que alcanzaban el orgasmo mientras dormían. Masturbarse más, decían los sitios web, y ver si hacía una diferencia.

Al menos, yo no era anormal.

Aunque, la conclusión esta vez no era que había tenido otro sueño húmedo, sino que había tenido un orgasmo mientras dormía mientras tenía un interludio erótico con hombres. Y los heterosexuales no hacían eso. Nunca. Un hombre no puede ser heterosexual y tener un subconsciente gay. Seamos sinceros.

No podía. Todo era demasiado. Antes de que el sol hiciera su aparición, empaqué todas mis cosas y metí las sábanas en una bolsa de plástico para llevarme. Luego tiré la maleta y mis bolsas por las escaleras y, haciendo el menor ruido posible, crucé de puntillas el patio, deslicé el cerrojo de la puerta y cargué el auto.

El perro no apareció. Deben guardarlo dentro con ellos. Conociendo a Claire, el perro callejero probablemente dormía en el borde de la cama de la pareja. Aún así, en mi camino de regreso a través del patio, estuve atento.

En el apartamento, recogí mis utensilios de cocina y dejé una nota en el banco, agradeciendo a Paco y Claire por su hospitalidad. Que se jodan las ratas. Se me ocurriría una historia plausible si fuera necesario.

De regreso en la comodidad y el amplio espacio del cortijo Tefía, comencé a relajarme. Puse las sábanas en la lavadora y luego desempaqué mis cosas, dejando la mochila en la maleta, que deslicé debajo de mi cama. En el baño, mientras volvía a colocar el cepillo de dientes y la pasta de dientes en la taza de cerámica que me habían proporcionado, pensé que tal vez la atmósfera en Tiscamanita había tenido un efecto adverso en mi psique. Quizás ahora, mi confusión interior se calmaría y podría continuar con mi nuevo proyecto de libro con vitalidad y aplomo.

Después de romper mi ayuno con pan tostado y mermelada, no perdí el tiempo en traducir los siguientes pasajes de texto. Al ver las frases surgiendo en inglés, me sentí aliviado al encontrar al autor al fin impactando en el corazón de la historia con escenas de su arresto y luego escenas, escenas lúgubres ambientadas en una celda de la prisión de Tenerife. La lavadora emitió un pitido al final de su ciclo y corrí a la lavandería para ocuparme de las sábanas. Después de eso, no me detuve hasta que tuve otras mil palabras con las que jugar. Al leerlas, supe que había llegado a ese punto en el que necesitaba profundizar en la historia real de la prisión. No podía confiar solo en el manuscrito escrito a mano. Además, quería saber más. Sentí una sensación de urgencia al respecto. Tomé un Clen, planeando trabajar durante todo el día sin descanso.

Me olvidé del dinero en la mochila del armario. Olvidé a Juan y su tío. Estaba ajeno a Paco y Claire en Tiscamanita, quienes posiblemente ya habían encontrado mi nota y se preguntaban qué habían hecho para molestarme. Me perdí por completo en el guión español. Cuando hube traducido otra página, no pude hacer más. En cambio, comencé a investigar las Islas Canarias en el período comprendido entre las décadas de 1930 y 1950. La versión en inglés no solo necesitaba mi toque, ya que el original era escaso en detalles, pesado en reflejos y demasiado angustiado para mi gusto, sino que para escribir con autenticidad, necesitaba conocer mi tema.

El único descanso que tomé de mi trabajo fue recuperar las sábanas de la línea de lavado y tomar un vaso de agua de vez en cuando. Leí sobre cómo era ser gay en España bajo Franco. Volví a visitar las publicaciones del blog que había encontrado sobre la prisión. Tomé notas y comencé a embellecer el borrador.

Al atardecer, yo era un desastre. Me dolía la cabeza y necesitaba relajarme, pero sería una noche perdida. En cambio, me concentré en la sección de escritura previa a cuando José se encontró en la prisión de Fuerteventura.

CULPABLE DE TODOS LOS CARGOS

Era una explosión de dolor. Tantos pensamientos y sentimientos rivalizaban entre sí, llegando a la vanguardia de su mente como imágenes fijas fotográficas de un noticiero. El momento fue incomprensible. Todo lo que pudo hacer era inclinar la cabeza y caminar en línea recta desde el café hasta la camioneta que lo esperaba. A cada lado de él, empujándolo, estaba un oficial de la Guardia Civil.

Sus pies pisaban el pavimento. No estaba viendo el cielo oscuro, los edificios, los espectadores, sin embargo, sintió a otros allí observando el horror del momento, su destino.

¿Era uno de ellos su padre? ¿Era uno de ellos Juan Ramos, preciado abogado, que vino a ver a su hijo mientras se lo llevaban, que vino a escupirle en la cara? No, su padre estaba metido en la cama con su esposa.

Siguió caminando con dificultad, con la cabeza gacha y los ojos fijos en el pavimento. No tenía una idea clara de lo que le iba a pasar. Lo habían señalado, eso era todo lo que sabía, señalado por un chico delgado y comadreja que se había encargado de identificar a los culpables.

Empujaron a José en la camioneta para sentarse con los

demás. Estaba preso de la incredulidad y el miedo asfixiante. La camioneta rebotó por las calles adoquinadas. No pasó mucho tiempo y José fue maltratado por los policías corpulentos y encerrado en una celda. Una celda con rejas de metal de piso a techo frente a un pasillo. Una celda con una ventana muy alta. Una celda de ladrillo frío con bancos bajos de madera. Otros dos jóvenes se sentaban en esos bancos. José no quería estar cerca de ninguno de ellos.

Reconoció a uno de los hombres con los que se vio obligado a pasar la noche. Una prostituta que se hacía llamar Violeta, pero cuyo verdadero nombre era Manuel. José nunca había hablado con Manuel. Cuando el joven trató de llamar su atención, José bajó la mirada a sus pies.

—No he hecho nada. Nada —dijo él.

—Te pueden arrestar por mirar a otro hombre durante demasiado tiempo. Tal vez hiciste eso.

—Tienen espías por todas partes.

—Pero fue Antonio quien me acusó ante la policía. ¿Por qué tendría que hacer eso?

—Para salvar su propio pellejo.

A la mañana siguiente, le dijeron que lo interrogarían, pero los dos policías que lo miraban desde el otro lado de la mesa de madera no escucharon sus súplicas. El más severo y mezquino de la pareja le dijo que iba a ser condenado a prisión en virtud de la «Ley de Vagos y Maleantes», la Ley de Vagancia. ¡Esa ley! Él conocía esa ley. Fue creada en 1933 bajo la Segunda República, aparentemente destinada a lidiar con vagos, vagabundos, proxenetas y otras personas de bajos recursos, cualquiera que la sociedad considerara antisocial. Posteriormente, Franco utilizó la ley para perseguir a los republicanos. Luego tuvo la idea de incluir a los homosexuales. Todos los hombres homosexuales de España conocían los riesgos. José conocía los riesgos. Por eso nunca, a pesar de los deseos que llenaban su corazón, rompería su virginidad. Preferiría condenarse al celibato que a la cárcel. Había luchado toda su vida contra sí mismo, contra esos anhelos en su corazón y en sus entrañas. Existía en un estado de angustia y culpa perpetuas. Su único pecado fue elegir socializar en el único café conocido por atraer a homosexuales. Y ahora la ley cayó sobre él.

José Ramos, de tan solo dieciocho años y próximo a ser reclutado para su año de servicio militar, y uno de los primeros en ser condenados.

No hubo juicio. No en el sentido de una audiencia justa. En cambio, fue asumido culpable y sentenciado. El comisario de policía pareció deleitarse con la sentencia. Un triunfo. No había simpatizantes en la sala. Su madre, su hermana y su hermano no estaban allí. Solo su padre vino a ver a su hijo mayor deshonrar el apellido de la familia. Su padre, que se quedó el tiempo suficiente para mirar a José a los ojos, fruncir el ceño y marcharse, una condena pública tan absoluta y definitiva.

—En el nombre de Dios, ¿por qué te tuvieron que atrapar? —Esas fueron sus palabras a José en un momento privado. Palabras de un abogado que defendía a verdaderos criminales.

—No hice nada malo, lo juro.

—Debes haberlo hecho. Fuiste arrestado. Te acusaron.

—¡Por mirar a alguien a los ojos!

DE LA DICHOSA ignorancia a la plena conciencia a través de una mirada persistente. ¿Qué piensas de eso, cuervo querido, tú a quien le importa instalarse a mi lado? ¿Podrías haberlo visto venir? ¿Estás sentado a mi lado ahora como mensajero o presagio? Dime cuál, mi amigo que todo lo ve. Quizás ninguno. Porque soy valiente en tu presencia, eso es todo lo que sé. Contigo a mi lado, puedo afrontar mi futuro asegurado con el coraje que necesito.

Supongo que las autoridades querían poner el ejemplo de alguien, poner la pelota en marcha, poner el temor de

Dios en todos los demás hombres homosexuales de Tenerife. La ironía es que el castigo me ha convertido en la persona muy antisocial para la que se creó la ley original. Antes de mi condena, era el joven más sociable. Tenía una sonrisa en mi rostro y tenía un traje en mi espalda. Me mezclaba con los mejores de la sociedad y tenía un trabajo remunerado. Incluso estaba preparado para soportar el servicio militar a pesar de que todas las células de mi cuerpo querían huir a África para evitarlo.

Yo también era un hijo obediente e hice todo lo posible por llevarme bien con mis hermanos a pesar de su rechazo adolescente hacia mí. Porque no veía nada bueno en devolver el odio por el odio. Por encima de todo, quería demostrar mi valía y había decidido que lo haría con trabajo duro y dedicación.

Yo era un buen chico. No había hecho nada malo. Miraba el reflejo de mi carne en el espejo del baño y me preguntaba lo que acechaba en mi interior, la pestilencia que me recorría, se filtraba en cada átomo, tomando el control de mi deseo.

Cuando cumplí los dieciocho, dejé la escuela con buenas notas, sobresaliendo en literatura e historia española, y me aseguré un puesto en el centro de Santa Cruz como copista de un periódico local. Tenía grandes aspiraciones. Quería ser periodista o editor. Anhelaba un puesto de importancia. Quería ser significativo, contribuir, ser respetado, incluso temido.

Mi lugar habitual antes, durante y después del trabajo era el Café El Águila en la Calle del Castillo, una calle lateral de la Plaza del Príncipe en el corazón cultural de la ciudad. Disfruté esa parte de Santa Cruz de Tenerife, las calles estrechas flanqueadas por edificios antiguos con sus ventanas arqueadas y balcones de Julieta. Podía caminar al trabajo desde la casa de mi tío, donde tenía alojamiento, y seguir adelante, siendo dueño de la ciudad, confiado, orgulloso, ansioso. Ya no me atormentaban las burlas y los insultos y la amenaza de violencia de mis compañeros en la escuela. Yo era un adulto que salía al mundo y me hacía amigo de mis nuevos compañeros de trabajo, y ninguno de ellos me miraba con sospecha, ninguno susurraba nombres al pasar, ninguno se tropezaba a propósito conmigo en los pasillos con la intención de hacerme volar. No era juzgado. Fui aceptado, por primera vez en toda mi vida. Trabajé duro y eso era todo lo que les importaba al resto del personal y a los jefes del periódico.

El café era un lugar de encuentro para escritores, artistas, periodistas y músicos. También venían gente de negocios y gente trabajadora, y el lugar estaba lleno y vibrante día y noche. Más tarde, en las primeras horas, cuando los hombres andaban sueltos y sus bolsillos aún más, las prostitutas entraban o merodeaban afuera, pero yo rara vez o nunca estaba cerca para verlas.

Cualquiera que fuera alguien iba a El Águila. Conocí a muchos grandes artistas, mi amigo cuervo, aunque es posible que no hayas oído hablar de ninguno de ellos, eres un pájaro grancanario. Pero estos eran los gigantes de Tenerife, de Canarias y por tanto de España. ¿Por qué no debería nombrarlos, ya que estoy muy orgulloso de haber estado entre ellos? Como los artistas Enrique Lite y García Miguel Tarquis y Antonio Vizcaya Carpenter y Pedro González. Me codeé con Pedro García Cabrera y Emeterio Gutiérrez Albeto, quienes fueron los poetas vanguardistas de la «Generación del 27» y trabajaron en la prestigiosa revista *Gaceta de Arte*. Hablé con Felix Casanova de Ayala y Agustín Millares Sall e Isaac de Vega. Y Rafael Arozarena y Francisco Pimentel y Antonio Bermejo y José Antonio Padrón, esos miembros del movimiento fetasiano que se opusieron al realismo social de la posguerra en la literatura a favor de obras introspectivas, interiores, algo con lo que solo puedo estar de acuerdo, el espacio interior es donde vive la verdad real, la verdad reprimida. Estos fueron grandes hombres, todos ellos. Todos los gigantes artísticos de Tenerife y más allá venían a El Águila, o eso me pareció. ¿Cómo podría no conocer a estos hombres, incluso si realmente no me conocían a mí? Para ellos, yo era un niño, un niño lindo que trabajaba para El Día, un niño lindo con bromas entretenidas y grandes sueños. Un niño que llamaba la atención. Y no les importaba que estuviera de pie en la barra, escuchando sus fanfarronadas.

Éramos socialistas. No tenía idea del socialismo hasta que comencé en El Día y me relacioné en Café El Águila. Aprendí rápidamente de su importancia. De la lucha clandestina que se prolongó durante el régimen represivo de Franco. Pedro Cabrera fue el más opinado. Era una charla peligrosa, eso lo sabía. Estos fueron los disidentes. Hablaban de las pésimas condiciones entre los campesinos y los jornaleros. Hablaban de oligarquía, una palabra que tuve que buscar. Hablaron de levantamientos, huelgas y otros disturbios en la década de 1930, cuando nací. Las condiciones seguían siendo las mismas en la década de 1950. La clase empresarial apoyó el golpe de estado de Franco. Al igual que los militares y las oficinas de la administración en todos los niveles. La migración clandestina abundaba. Los que pudieron, se fueron a Venezuela. «Vino, cochinilla y plátanos», solía decir Pedro, «el vino adormece nuestros cerebros y la cochinilla mancha nuestra piel mientras resbalamos y caemos de culo sobre cáscara de plátano».

Me encantaba relacionarme con todos esos hombres importantes, hombres radicales, hombres interesantes de convicciones. Yo leía Lorca y Neruda. Hablé de Joyce, Orwell y Hemingway. Me respetaban.

Frecuentadores de El Águila eran hombres heterosexuales intelectuales y creativos y hombres gay intelectuales y creativos. Había hombres de negocios y hombres de negocios que eran homosexuales. Había funcionarios del gobierno. Y funcionarios del gobierno que eran homosexuales. En consecuencia, había mucho juicio y escrutinio.

¿Era el camarero, el taxista, el limpiador, el tendero o el estanco, ambos al otro lado de la calle, quienes habían llamado a la policía esa noche? Los vigilantes. Todos sabían que nos estaban vigilando. Los jóvenes, especialmente, eran vigilados.

Estaba en el bar con un compañero de trabajo, Mario. Bebí un sorbo de café, con azúcar como me gustaba, y llamé la atención de Alfredo, el viejo maricón que parecía haberse centrado en mí como su próxima aventura. Alfredo, una persona habitual del café que se escapaba de casa cuando su esposa estaba metida en la cama, era un hombre de negocios respetado y bien conectado que pretendía ante sí mismo y ante el mundo que era completamente heterosexual. Yo debería haber mirado para otro lado. El hombre estaba envejeciendo, barrigón y repulsivo. Sin embargo, había ese destello seductor en sus ojos, y me fascinó momentáneamente. Yo, un virgen, engañado por las asignaciones subrepticias de un hombre de la edad de mi padre. Yo no era un prostituto. No era un chico de alquiler bajo ninguna circunstancia, y tampoco estaba a punto de seguirlo al parque para buscar a tientas en las sombras.

Nada de eso importaba, porque mientras sostenía la mirada de Alfredo, él me sonrió y me guiñó un ojo. Le devolví la sonrisa mientras apartaba la mirada. No le devolví el guiño. Te juro que no lo hice. Mario estaba a mi lado y sabía que yo nunca le guiñaba el ojo al viejo Alfredo. Pero alguien debió haber dicho que sí. Uno de esos vigilantes informó a la policía que yo estaba teniendo relaciones con un maricón no identificado.

Sí, no identificado.

Conveniente, para él.

Más tarde esa noche, mucho más tarde, cuando la multitud había disminuido y las prostitutas se mezclaban con los hombres, solo entonces la policía allanó El Águila. Debería haberme ido a casa mucho antes, pero Mario estaba borracho y sediento y no quería dejarlo solo para que volviera tambaleándose a su casa en ese estado.

Cuando las puertas de entrada se abrieron en medio de mucha conmoción, traté de salir por una puerta lateral, pero estaba bloqueada, bloqueada por Alfredo quien me miró con su sonrisa recelosa antes de desaparecer, la puerta se cerró detrás de él cuando sentí que algo apretaba mi brazo.

O mejor dicho, alguien. Era una mano. La mano pronto se convirtió en esposas después de que la comadreja marchita me eligió entre un pequeño grupo de jóvenes como uno de los delincuentes.

Antes de que terminara la noche comenzaron los interrogatorios. A nadie le interesaba la verdad o la justicia.

Una mirada persistente al hombre equivocado en el lugar equivocado en la noche equivocada y perdí mi libertad y mi vida. En los días que siguieron, yo y otros cuatro esa noche nos unimos a diez más y, después de un período en la cárcel en Tenerife, nos transportaron en bote a Fuerteventura y luego en camión militar a la Tefía para ser encarcelados en la Colonia Agrícola Penitenciaria.

¡Una granja carcelaria!

Debíamos trabajar como campesinos, solo que a diferencia de los campesinos pobres, no veíamos ninguno de los frutos de nuestro trabajo. No gozaríamos de libertad. Nunca, ni una sola vez, miraríamos al cielo y sonreiríamos.

En Tefía heredé un tipo de familia completamente diferente a la que había tenido en El Águila. Ninguno de nosotros quería estar en Fuerteventura, la isla canaria más cercana a África y una de la que sabía poco antes de ir allí, aparte de su forma, su ubicación y el hecho de que está completamente seca. Las autoridades no podrían haber encontrado un lugar más desolado: un antiguo aeropuerto militar en medio de la nada.

¿Te imaginas ese lugar, amigo cuervo? Tú, encaramado aquí a mi lado en el borde del acantilado, apuntando con el pico de un lado a otro, inclinando la cabeza hacia mí mientras nos sentamos aquí frente a la brisa. Ninguno de los dos estamos preparados para un clima bañado por el sol y azotado por el viento.

Mis pies se balancean. Siento el vacío debajo de ellos y mi estado de ánimo se oscurece. ¿Qué será de los amigos que hice en la cárcel? ¿De Rubén, Rafael y Jorge? ¿Y Manuel? Temo más por Manuel. Temo más por Manuel porque siento más por Manuel. Mi Manuel. Mi amor.

Mi mente vaga hacia atrás y se cierne sobre dos hombres, dos hombres en la espesa oscuridad de la noche, dos escuálidos gorriones de hombres, acurrucados en un abrazo amoroso, nuestra carne apestosa, cubierta de sudor, hueso presionando hueso, nuestros besos, lenguas entrelazadas, nuestro anhelo, nuestro sexo eventual. Y terminamos en medio de esa fría noche, terminamos juntos, en silencio, sin atrevernos siquiera a estremecernos, y me convertí en el pecador por el que había sido encarcelado.

Fue solo una vez. Corrimos el riesgo en los días previos a mi liberación.

Ahora Manuel es un amante al que nunca más podré volver a encontrar.

Y me duele por él, por más de él, anhelo enterrar mi rostro en el suyo. Mi boca tiene hambre de su boca, mi corazón de su corazón. Y él también me amaba, tan apasionadamente como yo a él. Pero el día que fui liberado, todavía le quedaba un mes de su sentencia y sabía que lo enviarían a una isla diferente para cumplir su condena en el destierro bajo la siempre atenta mirada de un delegado judicial. Durante todo un año, a ninguno de nosotros se nos permite estar cerca de nuestras propias familias. Por otros cinco, debemos informar a las autoridades cada mes. Si no lo hacemos, nos encontrarán y nos encarcelarán una vez más.

Mi compañero pájaro se acicala y alborota sus plumas, y levanto la mirada del vacío acuoso que hay muy abajo para mirar. El pájaro pronto se queda quieto y nos miramos fijamente.

¿Qué quieres que haga entonces, cuervo, tú que me miras fijamente, mirando directamente a mi alma? ¿Me levanto y me alejo de este precipicio? ¿Regreso a la comisaría para reportarme como me corresponde cada mes?

¿O?

UNA CRISIS

Una carrera de maratón en la traducción y cuando el Clen finalmente abandonó mi sistema, caí en una pila y dormí durante doce horas seguidas. Cuando me desperté, la habitación estaba iluminada y, al principio, me pregunté dónde estaba. Cuando se me ocurrió que había regresado a la casa de campo, me levanté y fui a la ventana y miré el molino de viento, tratando de distinguir el recinto que era el albergue. No pude.

Después de la ducha, froté la crema hidratante perfumada en mi piel seca y descamada, le di al baño un vistazo con un paño y luego fui a hacer mi cama. Recogí la ropa sucia del respaldo de la silla y fui a la lavandería a lavar. Cuando dejé caer mi equipo de gimnasio en el barril, pensé que una vez que estuviera seco me dirigiría al gimnasio. Habiendo faltado el día anterior, mis músculos ya se sentían inquietos.

Tragué un Clen con mi café, y después del pequeño tazón de fruta enlatada que elegí para el desayuno, mi apetito disminuyó a casi cero. Estaba tragando la última rodaja de melocotón en rodajas viscosas cuando mi laptop señaló una llamada de Skype. Como anticipé, era Angela. Apreté el botón de aceptar llamada y miré su rostro exuberante.

—¿Cómo está el tigre literario? —dijo ella.

—No está mal. ¿Y tú?

Ella ignoró mi pregunta.

—Te ves diferente. —Me miró—. ¿Te has hecho algo en la cara?

—He perdido peso, Angela, si es a eso a lo que te refieres.

—¡Bien hecho! En solo dos semanas también. Eso es increíble. ¿Estás ayunando?

—Algo así —dije evasivamente. No iba a contarle sobre el Clen.

Una mirada seria apareció en su rostro.

—¿Qué acabaste haciendo con la mochila?

—La entregué, como sugeriste. —Mentir se había convertido en una segunda naturaleza.

Ella asintió y se inclinó hacia la cámara web.

—Ahora dime, ¿la musa está siendo amable contigo?

Angela siempre persistente. Improvisé una respuesta.

—He estado investigando profundamente, como puedes imaginar. —Lo cual era la verdad—. Encontré un material que fue de gran ayuda para desarrollar al protagonista y su historia de fondo. —Mentira total: había obtenido todo eso del texto en español. Luego—: Me estoy metiendo en la propia prisión. Sin embargo, debo decir que es un enfrentamiento. Tengo que encontrarme con mi propia resistencia para comprometerme con las condiciones allí. —Espera—. Y, por supuesto, no ser gay lo hace aún más difícil con respecto a la autenticidad. —La enorme mentira.

Angela puso los ojos en blanco.

—Deja de seguir hablando de no ser gay.

—No soy gay, quiero decir.

—Y yo soy la tía de un mono.

—Admito que podría ser bisexual.

—Eso es un comienzo.

—¿Qué quieres decir?

—En tu camino hacia la aceptación.

—Deja de molestar.

—¿Es eso lo que estoy haciendo? —Ella me dio su sonrisa burlona—. Antes de que se me olvide, mañana anunciarán al ganador del premio literario.

—¡Mañana! Ha sucedido rápidamente.

—No realmente. La preselección se anunció hace un mes. No quería decírtelo hasta que no estuvieras bien escondido en Fuerteventura.

—¿Por qué no?

—Estuviste increíblemente molesto, Trevor. Me preocupaba que la noticia pudiera llevarte al límite.

¿De qué estaba hablando ella? Me hizo sonar suicida. No era un suicida. Nunca he sido suicida. Todo menos eso. En ese entonces, estaba en una depresión y eso no era sorprendente dada la situación. El abogado de Jackie había sido despiadado y apenas veía a los niños. Pero hace un mes, estaba en alza. Había comprado mi pequeño retiro en Norfolk. La vida había comenzado a sentirse prometedora de nuevo.

Fingí estar distraído con algo en la mesa fuera de su vista y presioné las teclas para reforzar la idea.

—Me alegro de que todavía estés concentrado —dijo Angela y me lanzó un beso—. Tengo que correr.

Su rostro desapareció. Escuché la lavadora girando. Busqué los artículos que había descargado en mi escritorio. Había una tesis doctoral, en español, sobre Tenerife hasta 1945. Varias entradas de blog sobre la prisión, todas diciendo más o menos lo mismo. Algunos informes de periódicos. Una larga reseña de esa novela por parte del profesor que había entrevistado a Octavio García, cuyo testimonio rompió la historia carcelaria. Recopilar información de todo ese texto fue laborioso, pero seguí adelante, tomando notas a medida que avanzaba.

Cuando sonó la lavadora, fui y saqué mi ropa, asegurándome de que mi equipo de gimnasio estuviera a pleno sol.

Conduciría a la ciudad después del almuerzo. Para entonces, mis pantalones cortos, camiseta y calcetines estarían secos. Y necesitaba hacer ejercicio. No es que me importara el día de pecho. No me importaba mucho ninguno de mis días de entrenamiento designados, pero los efectos ya eran evidentes y mis músculos ansiaban el castigo. Me advertí que no debía permitir que mi nueva fijación literaria anulara mi necesidad de cuidar mi cuerpo.

Volví adentro. En la cocina, miré la hora en mi teléfono y noté que tenía un nuevo mensaje de texto.

Era de Claire.

¿Dónde estás? ¿Por que te fuiste? Preocupada.

Estaba a punto de responder cuando mi teléfono cobró vida con una llamada. Pasé el dedo por el verde sin prestar atención a quién llamaba. Cuando escuché la voz de Claire, sentí que el descuido era al menos una tontería. Ahora tendría que manipular y mentir en el acto. Al menos enviar mensajes de texto me daba la oportunidad de pensar en cómo abordar la historia de las ratas. Se me ocurrió colgar y enviarle un mensaje de texto diciendo que mi teléfono había muerto, pero ¿quién iba a creer eso?

—Hola, Claire —le dije, tan informal como podía—. ¿Cómo estás?

—Te oímos marcharte, y luego leímos tu nota. ¿Qué ha pasado? ¿No te gustó el apartamento?

—El apartamento era precioso.

—Obviamente no quedaba contigo. ¿Dónde estás ahora?

—Tefía.

—¿En la casa de campo? ¿Qué pasa con las ratas?

—El propietario fue directamente al control de plagas. Han solucionado el problema bloqueando los puntos de acceso y colocando algunas trampas. —Me sentí aliviado de haber tenido la presencia de ánimo para investigar el asunto.

—¡Vaya, eso fue rápido!

—Creo que estaban preocupados por la reseña que dejaría si no aceleraban el asunto.

—Cierto. Aún así. —Hizo una pausa—. Sobre las sábanas.

—Desnudé la cama. Pensé que debería lavarlas.

—Realmente no había necesidad. Nosotros lo hubiéramos hecho.

—No puedo dejar que mis anfitriones se queden con toda esa limpieza. Era lo mínimo que podía hacer.

—Solo que nos preguntamos por qué dejaste las fundas de las almohadas. ¿No las usaste?

¿Qué diablos podría decir?

—Un descuido. Me di cuenta cuando volví aquí.

—Y la llave. ¿Tienes idea de dónde lo dejaste?

Me encogí. La había dejado en mi llavero.

—Yo la tengo —dije.

—Te importaría... —Claire se interrumpió. Escuché voces, ahogadas, y luego—: Estábamos planeando visitar el centro de jardinería. Podemos pasar por tu casa en el camino. Digamos, en aproximadamente una hora.

—¿Una hora?

—¿Estabas planeando salir?

—No, no. Una hora está bien.

Salí corriendo de la casa y casi corrí al supermercado. La mujer detrás del mostrador miró sorprendida cuando yo irrumpí por la puerta. Ubiqué los artículos del hogar en la búsqueda de trampas y me sentí aliviado al ver cuatro, exhibidos en sus lados junto al aerosol para moscas. Parecían pequeños, pero la palabra «ratón» me tranquilizó y agarré los cuatro, corrí al mostrador para pagarle a la mujer y me fui. La frase «¿tienes ratones?», me siguió.

De regreso al cortijo, coloqué las trampas con una pequeña miga de queso y coloqué una en la cocina, una en la lavandería, otra en el patio interno y otra en un almacén donde había un hueco debajo de la puerta. Rellené el hueco con papel de periódico arrugado. Satisfecho de haber hecho todo lo posible, fui a buscar las sábanas y las metí en una bolsa de plástico lista para Claire, y luego saqué la llave de la puerta del apartamento de mi llavero.

Llegaron en menos de una hora. En cincuenta y tres minutos, para ser precisos, lo sabía porque había estado vigilando el reloj del horno desde que colgué. Fui a la puerta, con la bolsa de sábanas en la mano y la llave de la puerta en la otra, pensando que se las arrojaría a Claire, cerraría la puerta y eso sería lo último que vería de la extraña pareja, pero no fue así. El viento atrapó la puerta y la abrió de par en par. Paco aprovechó la oportunidad para entrar a empujones y tuve que hacerme a un lado para dejarlo pasar. Claire lo siguió, mirando las sábanas en mi mano mientras pasaba.

Me sentí invadido.

Estuve a punto de cerrar la puerta de golpe antes de seguirlos hasta la cocina, donde les ofrecí su llave. Esta vez ella la tomó.

—Salud —dijo ella.

—¿Puedo traerles té o café?

—El café estaría bien —dijo ella y se sentó en uno de los taburetes del banco. Llené la tetera cuando noté que Paco miraba al suelo. Desapareció en el pequeño comedor que conducía a la sala de estar en la parte delantera de la casa. Luego, lo vi pasar de camino a las otras habitaciones de la casa. La tetera hirvió, eché café en la cafetera y agregué el agua.

Dejando la cafetera en reposo, agarré tres tazas del armario al lado de la estufa y le pregunté a Claire si alguno de ellos tomaba leche o azúcar.

No tomaban.

Paco entró mientras yo servía el café.

—Increíble —dijo en español—. ¿Quién controló tu plaga? —Me miró con sospecha.

—No tengo ni idea —dije. Mis ojos se lanzaron a la papelera, traicionándome en un instante. Paco siguió mi mirada, fue hasta la papelera y extrajo el envoltorio de la trampa para ratas.

—Ratones —dijo él, levantando el cartón para que Claire lo inspeccionara.

—¿Ratones? —dijo ella dubitativa—. Pero dijiste que tenías ratas, Trevor.

—Yo también pensé que sí. Eso fue lo que vi. El dueño me dijo que eran ratones.

—Ratones.

—¿Y vino el control de plagas y puso trampas para ratones? —dijo Paco—. ¿Y te dejó con la basura?

—Evidentemente.

—¿Y rellenó de periódicos en los huecos debajo de las puertas?

—Vi eso —dije.

—Dime quiénes son estas personas. ¿El propietario te dio un nombre?

—Déjalo, Paco.

Paco se volvió hacia Claire.

—Ve y mira esas trampas para ratones. Son basura barata. El tipo de trampa que compras en la tienda local. No del control de plagas. Quienquiera que haya hecho esto debe quedar fuera del negocio. No es profesional.

—No tengo idea de quién lo hizo.

Paco se dio la vuelta y me miró.

—Entonces, debes preguntar.

El calor subió a mis mejillas y sentí una repentina necesidad de evacuar. El Clen. Miré de Paco a Claire, le dediqué una sonrisa tímida, me disculpé y corrí al baño.

A mi regreso, mientras me acercaba a la puerta de la cocina, escuché una conversación en voz baja. Hice una pausa y me escondí para escuchar.

—Si está mintiendo sobre las ratas, ¿sobre qué más está mintiendo? —Esa era Claire.

—La mochila —ambos hablaron a la vez.

Un grito sofocado.

Entonces la voz femenina dijo:

—Apuesto a que no la entregó.

—Debe ser por eso que estaba tan ansioso por dejar el apartamento.

—No es de extrañar que sea tan raro.

Entré en ese punto ya que no podía soportar más la especulación y si iban a continuar como un par de detectives, podrían hacerlo en otra parte.

—Un día fabuloso de nuevo, ¿no les parece? —dije en voz alta, acercándome a mi taza de café. Bebí el líquido tibio en tres grandes tragos y me volví hacia mis invitados, pegando una amplia sonrisa en mi rostro para enmascarar mi irritación.

—Debemos seguir adelante —dijo Claire—. Te estamos reteniendo. —Se puso de pie y se dirigió al fregadero. Me alejé para darle espacio. Dejó su taza en el escurridor.

—Gracias de nuevo por dejarme quedarme en su casa —les dije, sonriéndole a Claire y entregándole las sábanas, que esta vez ella tomó.

Fue un alivio verlos irse, y esperaba no tener que volver a verlos nunca más. Cuando su coche se apartó de la acera y desapareció por la carretera, me di cuenta de que no sabía mucho sobre ninguno de los dos. Claramente, no tenían hijos. Pero, ¿cómo se conocieron y quién tenía el dinero? Uno de ellos tuvo que estar cargado para poder pagar una casa tan grande, y ninguno de ellos había mencionado que trabajara. Raro.

Pensar en el trabajo me llevó al pie del verdadero dilema al que me enfrentaba ahora. Sospechaban que, después de todo, me había quedado con el dinero en efectivo y no había acudido a la policía. Era solo una suposición de su parte, pero era cierto. ¿Cuánto tiempo pasaría antes de que vinieran y me robaran, me atacaran, enviaran a otra persona a hacer lo mismo? Necesitaba salir de la isla y debía actuar rápido.

Fui a lavar la ropa. Estaba seca, y podría haberme puesto mi equipo de gimnasio y dirigirme a Puerto del Rosario para hacer ejercicio, pero no estaba dispuesto a dejar la mochila sin vigilancia. En cambio, en un intento desesperado por restaurar algo de ecuanimidad, canalicé toda mi aprensión, indignación y humillación en la traducción, completando otras dos mil palabras al anochecer.

Me desperté temprano a la mañana siguiente con ganas de hacer ejercicio. Mis músculos se apoderaron de mi razonamiento. Podría ser la última vez que usara el gimnasio antes de irme de la isla y nadie, ni siquiera Paco y Claire, aparecerían al amanecer para asaltar mi casa. Si ese era el camino que iban a tomar, tendrían que crear un plan y eso llevó tiempo. Siempre que saliera por la puerta y regresara en menos de dos horas, la mochila estaría a salvo.

Tomé un Clen, comí una naranja y conduje hasta la ciudad al amanecer. El viaje se hizo difícil con el sol en la horizontal brillando a través del parabrisas, pero puse el pie en el suelo, entrecerré los ojos y miré debajo de la visera. El reloj corría.

Al abrir la puerta de entrada, me sorprendió encontrar el gimnasio lleno. Todas las bicicletas estaban ocupadas excepto la que estaba al final cerca de las máquinas de pesas. Ajusté el asiento y la tensión y monté la bicicleta, pedaleando más rápido, mucho más rápido que antes.

Cuando estaba a mitad de camino, Mario se sentó en la prensa de piernas cercana. Luis se unió a él. Mario parecía irritado. Para mi asombro, ambos hablaban en inglés, pero pronto me di cuenta de por qué.

—Tienes que hacer algo con Javier. ¿Por qué lo dejas entrar aquí?

Javier? No, no, seguro que no...

—No tengo ninguna razón para prohibirle.

—Encuentra una. Juan estaba en un gran problema. Javier y

su pandilla lo perseguían cuando el negocio de las drogas salió mal.

—¿Crees que ellos lo mataron?

—Todo lo que sé es que vinieron a mi taller en busca del dinero. Les dije que no sabía nada al respecto.

¿Javier? ¿Mi Adonis? ¿Un líder de pandillas?

—Haz algo, Luis, antes de que maten a alguien más.

Miré el monitor y descubrí que había pedaleado quince kilómetros. Salté de la bicicleta con las piernas temblorosas, agarré mi bolsa de gimnasio y me acerqué a las máquinas de pecho, ansioso por terminar el entrenamiento lo más rápido que pudiera. Pero la prensa de banca, los pectorales de mesa, la prensa inclinada con mancuernas y la prensa con máquina de declive estaban en uso. Dirigiendo mi mirada, me di la vuelta y salí del gimnasio, por poco chocando con el gigante que se abría paso hacia adentro. Parecía estar a punto de decir algo, y recordé que debía recibir otra inyección de Tren. Un momento de vacilación, el recuerdo del ataque de tos la última vez, ignoré al hombre de esteroides y corrí a mi coche.

Mientras me alejaba del gimnasio, supe que nunca volvería. Una membresía de tres meses y una costosa inyección de esteroides y ni siquiera había logrado una quincena, pero me negué a dejar que esa parte de mi mente calculara la pérdida. No podía salir de la isla lo suficientemente rápido. No importaban Paco ni Claire. Javier era el que buscaba el efectivo. Mi hermoso Javier, el chico por el que momentáneamente había deseado. El hombre que desencadenó un sueño húmedo y me convenció de que era gay. «Un traficante de drogas». Si a eso me llevaban mis predilecciones por el mismo sexo, no quería formar parte de ello. Preferiría ser célibe. Me habían traicionado. Traicionado por un hombre apto para ser una estatua y por mi propia lujuria.

En el momento en que regresé a la casa de campo, reservé un boleto para el próximo vuelo disponible a Stansted, que salía en dos días. No tenía idea de dónde me quedaría en Inglaterra y me decepcionó irme de Fuerteventura tan pronto, pero debía atender las necesidades. Además, si me quedaba el dinero no tenía que preocuparme por esas nimiedades. El problema más grande desde el principio había sido qué hacer con todo ese dinero. Todavía no me sentía con derecho a ello, pero ¿quién lo tenía? No era la familia de Juan, de eso estaba seguro ahora, ya que era evidente que se trataba del producto del crimen, y no iba a permitir que Javier pusiera sus manos sobre un centavo.

No tenía idea de cuánto dinero se me permitía traer a Gran Bretaña, pero cincuenta mil euros parecerían sospechosos. Podría hacer una transferencia de dinero. Crearía un rastro de papel, pero al menos podría desviar parte de la cantidad.

Mis pensamientos comenzaron desde el principio y me pregunté si debería simplemente entregar la mochila y darme tranquilidad. Me liberé del acertijo y decidí canalizar la ansiedad que me estaba causando el dilema para terminar la traducción. Después de todo, Javier no sabía nada de mí. Ni siquiera sabía que yo existía. Claramente, era el rival o enemigo de Mario. Si en los próximos dos días Paco y Claire le contaban a Mario sus sospechas sobre la mochila, Mario no se lo diría a Javier. Lo peor que podía pasar era que Mario apareciera con la mano extendida. Si llegara a eso, le entregaría la mochila.

Fui y tomé otro Clen con un vaso de jugo, me di una ducha y volví al trabajo.

Trabajé el resto del día. A las seis de la tarde, tomé otro Clen, planeando trabajar toda la noche. Alrededor de las siete, apagué mi teléfono y apagué el Internet en mi laptop. No más distracciones, especialmente de Angela. No quería saber nada sobre Flint y el premio. Esa noticia podría esperar hasta la mañana.

Una vez que tuve todas las palabras traducidas al inglés, comencé a trabajar en la historia. Estaba motivado, concentrado, seguro de que este sería mi mejor trabajo. Cuanto más me esforzaba, más veía mi llegada a Fuerteventura como predestinada y al amanecer, cuando presioné el botón de guardar, disfruté el momento en que enviaría los resultados a Angela.

PARTE II

EL ALBERGUE

El amanecer y el sol de verano asestó un golpe fugaz en las contraventanas de la pared noreste, derramando un naranja radiante en mi rostro. Entrecerré los ojos hacia las cegadoras bandas de luz, aventuré un brazo alzado para protegerme los ojos y luego me senté de costado para contemplar la penumbra de la celda. Las laceraciones en mi espalda por la flagelación que recibí el día anterior (hinchadas y llorosas, la sangre seca y con costras) picaban con cada movimiento que hacía.

¿Una flagelación por qué motivo? No había ninguna razón, ninguna que estuviera justificada. El guardia me había culpado de que el sol estuviera demasiado caliente. Esa no era la verdad, pero qué diferencia habría si lo fuera. Me azotaron porque me interpuse entre un guardia y un maldito prisionero demasiado débil para levantar la piedra que había partido. Una parte de mí deseaba no haberlo hecho, pero vi desesperación frenética en los ojos del hombre.

El día ya era cálido. El aire cargado de polvo que entraba desde el exterior circulaba por el espacio, sin hacer nada para eliminar el hedor a ropa sucia, cuerpos sucios, sudor y orina rancia, nuestro aliento. Me levanté del colchón, tan delgado que podía sentir las tablillas de madera debajo, balanceé las piernas hacia el piso y me detuve para que mi cabeza dejara de girar cuando mis pies tocaron las tablas del piso.

El catre de enfrente crujió, miré y asentí con la cabeza a Rafael cuando me llamó la atención. Se quedó quieto. No tenía prisa por levantarse. Nadie lo estaba. Era sábado, nuestro único día de descanso. Yo dudé. ¿Por qué vestirme cuando podría haberme quedado dormido? No pude darme una respuesta.

Mis pantalones y camisa colgaban de un clavo en la viga de madera sobre mi catre. Me levanté para desabrochar la ropa y ponérmela, teniendo cuidado mientras me ponía la camisa, metiendo la fina tela en los pantalones como solía hacerlo cuando me vestía cada mañana para ir al trabajo.

Pantalones marrones y camisas blancas sucias colgaban por todas partes del techo del granero, ventilándose, abarrotando el espacio ya abarrotado. La celda, una de las tres, era un rectángulo pequeño y estrecho. Éramos doce apiñados en un área que era aproximadamente del tamaño de la habitación de mis padres. Siete catres en el lado de la ventana frente a cinco catres aplastados entre dos puertas. En el centro de la pared del fondo, al final del pasillo, había otra puerta que conducía a una antesala de hormigón y a la celda contigua donde dormían otros doce hombres. Dos celdas para veinticuatro hombres y todos éramos homosexuales.

La tercera celda, desconectada, albergaba a otros doce prisioneros. Eran los no homosexuales, entre ellos en la actualidad se encontraban tres criminales empedernidos, dos matones profesionales, un alcohólico, tres drogadictos, dos presos políticos y un simple jovencito con la edad mental de unos seis años. Pablo no tenía idea de por qué estaba aquí, excepto que sabía que debía haber hecho algo muy malo.

Vengo de una familia de cinco y me encontré en otra familia de cinco. Estaban Jorge y Rubén y Rafael y, el más cercano a mí, Manuel. Todos éramos de Tenerife y todos de la misma edad, hermanos unidos no por nuestra sexualidad sino por nuestras diversas afinidades y experiencias. Una pequeña hermandad de cinco, por el bien que nos haría.

Los otros siete de la sala eran de Gran Canaria. Si bien los doce fuimos lo suficientemente amables, los grancanarios tendían a ceñirse a su grupo cultural y nosotros al nuestro. Cada isla era diferente. Hablábamos en diferentes dialectos y teníamos actitudes y tradiciones algo diferentes. No había hostilidad entre nosotros, no teníamos energía para eso, pero congregarnos con los de nuestra propia especie facilitaba las cosas. La otra celda estaba formada por hombres de La Palma, La Gomera e incluso el pequeño El Hierro, junto con dos hombres de Lanzarote. Siete islas, siete culturas distintas y una simple fuerza vinculante: nuestra sexualidad.

Tenía el catre en el lado de la habitación con ventana, dos más abajo del final y debajo de la ventana cerrada que daba a las montañas a través de la llanura. Manuel tenía el catre junto al mío. Rubén y Rafael ocupaban catres al otro lado del pasillo, el de Rafael más cercano a la puerta. El catre de Jorge estaba pegado a la pared al otro lado del de Manuel. El de Manuel estaba tan cerca del mío que si queríamos podíamos extendernos y tomarnos de la mano.

Nunca lo hicimos. Nuestra sexualidad tenía mucho que ver con por qué estábamos todos aquí y nada que ver con las relaciones que formamos entre nosotros. Sin embargo, nuestra preferencia sexual flotaba en el aire, siempre presente, una atmósfera, casi un olor, el olor de la masculinidad y el deseo prohibido y el asco y la vergüenza. Existimos dentro de este vórtice de instinto y emoción mientras soportamos las peores privaciones que cualquiera de nosotros podría haber imaginado a pesar de lo que había sucedido tan recientemente en Alemania, en Polonia.

Todos deseábamos estar muertos, que nos mataran en lugar de hacernos soportar la miseria.

Afuera hubo una conmoción. Me paré en mi catre y miré a través de las contraventanas. Dos guardias, que habían bajado apresuradamente del cuartel general militar situado en la elevación por encima de las celdas, aparecieron al final del bloque de celdas, corriendo hacia el gallinero, con las armas listas.

Brito, el director de la prisión, salió del interior del gallinero gritando. Sostuvo en una mano un lío de plumas blancas y sangre y cuando se acercó a las celdas vi que era un pollo. Un pollo bien y verdaderamente muerto, lo que quedaba de él. Pequeñas manchas de sangre mancharon la tierra detrás de él. Desapareció por la esquina de la última celda, camino al recinto. Los guardias siguieron detrás.

Los hombres de la celda que estaban decididos a no despertar empezaron a moverse. Me aparté de la ventana y me senté en mi catre.

—¿Qué está pasando? —gimió Jorge, aturdido por el sueño.

—Ha habido una masacre en el gallinero. Un perro, supongo.

—Entonces no tenemos gallinas.

—No hay huevos —murmuró Manuel. Aún tenía los ojos cerrados.

Jorge lo observó con desprecio.

—Nunca conseguimos huevos, cariño.

—O pollo —dije.

—¡Pollo! —Los ojos de Manuel se abrieron de golpe—. ¡Oh, lo que daría yo por un trozo de pechuga!

Mi estómago se apretó en respuesta. Lo que habría dado

por cualquier comida medio decente. Para pan fresco y carne de cabra asada, para pescado a la plancha y papas baby arrugadas. ¡Tomates!

La saliva se acumuló en mi boca. Tragué saliva.

Era mejor no obsesionarse con la comida. Era mejor fingir que la comida no existía. De lo contrario, el hambre solo se intensificaba. El hambre que nunca se iba. Sería la puesta del sol antes de que comiéramos.

Rafael se levantó, se vistió y se sentó a los pies del catre de Rubén. Jorge se unió a él, los dos hombres frente a mí. Detrás de ellos, Rubén seguía acurrucado bajo su manta gris.

En el catre junto al mío, Manuel se quitó las mantas, se vistió y se sentó con las piernas cruzadas en su catre. En un extraño momento de acicalarse a sí mismo, comenzó a quitarse la tierra de debajo de las uñas de los pies y olisquear los resultados. Medio anticipé que se llevaría el queso de uña a la boca. No lo hizo. Ninguno de nosotros tenía la energía para decirle que estaba siendo repugnante. A nadie le importaba realmente.

—¿Creen que quede algo? —dijo Jorge.

—¿De las gallinas? —dije—. Lo dudo.

—¿De quién era el perro? —dijo Manuel sin levantar la vista.

—¿Importa, cariño? —Jorge, siempre el marica, no pudo evitar burlarse del igualmente afeminado Manuel. Todos ignoramos su tono.

—Ese granjero —dijo Rafael—. El que nos saluda a veces cuando su esposa no está mirando. Él tiene un perro.

—Todos tienen perros —dijo Jorge.

Nadie estuvo en desacuerdo.

—Brito se pondrá lívido —dije, reflexionando sobre cómo nos afectaría ese crudo hecho.

—Tal vez se vuelva loco —dijo Rafael con una risita. No era motivo de risa, pero no pudimos evitar reírnos. El hombre,

Brito, se comportaba como un pollo sin cabeza. O tal vez no. Más como un perro rabioso.

—Como el perro que mató a las gallinas —dijo Rafael, leyendo mis pensamientos.

—Gruñendo, rugiendo, levantando el labio superior. —Manuel enseñó los dientes.

—Babeando —dijo Jorge, ahora serio y sombrío.

Rafael, cuya mirada no se había apartado de mi rostro, dijo:

—Se arrodillará y suplicará a la Santísima Virgen.

—¿Para qué? —dijo Manuel.

Jorge rió.

—Quién sabe para qué, cariño. Brito está trastornado.

—Estará suplicando la absolución y suplicando misericordia.

Todos nos reímos esta vez, pero ninguno de nosotros estaba seguro de saber a qué se refería Rafael. Los ojos se posaron sobre él inquisitivamente.

—Por ser maricón, claro. Probablemente ve la masacre de los pollos como su castigo por ser gay.

—Ese tiene que ser tu pensamiento más absurdo hasta ahora. —Jorge se burló.

Rafael lo ignoró.

—Él nunca lo admitirá. Aunque esto es lo que lo está volviendo loco.

—Sí, él nos culparía a nosotros, no a sí mismo —dije.

Nos quedamos en silencio.

Manuel se encorvó para ocuparse de su otro dedo gordo. Podía ver sus costillas, como peldaños de una escalera a través de la piel de su espalda. Mis ojos se desviaron hacia los demás. Todos estábamos demacrados. Los huesos de Rafael se asomaban a través de su carne. El rostro de Jorge estaba demacrado, sus ojos hundidos. Supuse que los míos estaban iguales. Era difícil saber cuán demacrado me había vuelto, ya

que nunca me preocupé de mirar mi reflejo, incluso cuando podía, lo que no era frecuente.

Rubén se dio la vuelta en su catre, se acurrucó en posición fetal y se echó la manta alrededor de los hombros. Una mirada de preocupación apareció en el rostro de Rafael. Rubén había estado enfermo durante semanas, desde que nos empapamos de lluvia en un repentino aguacero primaveral mientras estábamos rompiendo rocas en un campo cercano. Un fuerte resfriado que no podía quitarse ahora se había vuelto desagradable. Estaba febril. Jadeaba cuando respiraba. El clima más cálido no había ayudado y ahora era el comienzo del verano y, a medida que los días se volvían calurosos, se marchitaba.

No pudimos ayudarlo. Oramos, por todo el bien que haría. Le deseamos lo mejor con las pocas fuerzas que teníamos. Por la noche, tuve que resistirme a cerrar la ventana para protegerlo del aire fresco de la noche. Resistir o ser arrestado.

No valía la pena la paliza.

Rubén tosió. Su tos se convirtió en un truco y todo su cuerpo escuálido se estremeció. El día que llegó, era un joven fornido de veintidós años. Era un granjero de Vilaflor, en el seco sur de Tenerife. Su padre arrendatario pagó un tributo tan alto por su pequeño trozo de tierra al terrateniente ausente que prefería vivir en el norte de la isla, que quedaba poco para que la familia sobreviviera. Días de doce horas y casi morir de hambre. El hambre llevó a Rubén a Santa Cruz, inicialmente a una vida de carroñero. Luego aprendió el arte antiguo y se hizo fuerte y gordo con las pesetas de viejos maricones, haciendo lo que le pidieran en el urinario o en el cine o en el parque. Ahora Rubén se acurrucaba enfermo en su catre, una bolsa de huesos. Casi podía oírlo traquetear. Temí que lo perderíamos.

Hubo otra conmoción afuera, y me acerqué a la ventana y miré entre las contraventanas.

Brito estaba cargando hacia el gallinero, agitando los brazos. Mientras se acercaba a un guardia de aspecto desconcertado, gritó algo, se detuvo, dio media vuelta y regresó a su oficina. El guardia examinó las celdas como si decidiera cuál elegir. Su mirada se posó en la nuestra. Me retiré de la ventana y me senté en el borde de mi catre.

Momentos después, la puerta se abrió de golpe. Los hombres del otro extremo de la habitación murmuraron entre dientes. Todos los hombres de la habitación evitaron la mirada del guardia. Todos excepto Manuel, que fue lento para dar vueltas. En el instante en que sus ojos se encontraron, Manuel supo su error.

—Ven conmigo. —El guardia me miró—. Y tú y tú y tú —dijo, apuñalando en el aire a Jorge y Rafael.

Nos pusimos de pie lentamente y nos calzamos los zapatos, inclinándonos para atar los cordones. Ninguno de nosotros tenía prisa.

A regañadientes, nos dirigimos a la puerta bajo las miradas inquietas de los otros prisioneros.

En el momento en que estuvimos afuera, el guardia nos condujo a lo largo del estrecho camino de concreto que daba a las celdas, por el costado y por la grava hasta el gallinero que se había erigido junto a un granero en desuso. Allí, nos acurrucamos juntos, preparándonos para lo que vendría. El sonido de un cloqueo que normalmente habría saludado a los oídos había sido reemplazado por un silencio incómodo. Otro guardia bajó a toda velocidad por la pendiente y arrojó cubetas y un saco de arpillera en nuestras manos antes de marcharse de nuevo. Atravesamos la desvencijada puerta del gallinero, agachándonos en nuestro camino hacia adentro, pasando junto al guardia restante que parecía decidido a pararse donde estaba.

El gallinero era un lío de plumas y sangre. El perro había atacado a todos los pájaros y se había comido la mayor parte de sus presas. Todo lo que quedaba de los diez pájaros eran patas y cabezas cortadas, alas destrozadas y entrañas.

En el cobertizo de la caja nido, estábamos ocultos a la vista del guardia. Eché un vistazo alrededor. Otros dos guardias bajaban la colina, pero se desviaron hacia las celdas por otro asunto. Me volví y aparté la espalda de nuestro solitario centinela y le susurré a Jorge que se parara en la entrada del cobertizo. Al darse cuenta en un instante de lo que quería decir, accedió.

Algunas moscas se habían unido a nosotros.

Arranqué las plumas de un trozo de piel de pollo y me las metí en la boca, apenas masticando la masa cruda, llorosa y quebrada antes de tragarla. Las entrañas eran más fáciles de masticar, de morder, pero el deseo de hacerlo era escaso. Comí todo lo que pude. Rafael y Manuel, al verme comer, hicieron lo mismo. Manuel tomó un bocado de hígado de pollo y lo que fuera que estuviera unido. Le siseé para que tragara. Cuando hube comido lo que pensaba que era mi parte, me paré en la entrada del cobertizo y dejé que Jorge se saciara. Rafael envolvió las entrañas en un poco de piel y se lo metió en el bolsillo. Miré alarmado.

—Para Rubén —murmuró. A Manuel le resultó más fácil consumir el aserrín empapado de sangre. Jorge había logrado encontrar algo de carne.

Nuestro banquete terminó tan rápido como comenzó. Dejamos lo peor, la carne con costra de mierda de pollo, la piel pisoteada en la tierra, las cabezas; dejamos lo suficiente para convencer a los guardias de que no nos habíamos dado un festín con las sobras del perro.

—¡Dense prisa, zorras!

Un tenedor o un rastrillo hubieran ayudado. Tal como estaban las cosas, tuvimos que recoger a mano la sangre y la mierda, plumas incrustadas y fragmentos de hueso del piso del cobertizo y el área exterior del gallinero, y mientras lo hacíamos, estábamos encorvados como pollos.

—Perras sucias, saquen sus traseros de allí.

Casi habíamos terminado. Salí del gallinero, con la cubeta llena en la mano, mientras el guardia bajaba su rifle sobre mi hombro. Hice una mueca, un golpe inesperado. Al darse cuenta de que todos recibirían el mismo trato, mis amigos se estremecieron al salir del gallinero.

Tres golpes fuertes.

Con el guardia gruñendo insultos detrás de nosotros, subimos penosamente la colina y depositamos la basura ensangrentada en el incinerador.

El sol caía sobre nuestras caras mientras caminábamos de regreso a las celdas. El viento, como convocado a la acción, rugió a través de la llanura, soplando la fina arena levantada por nuestros pasos y lanzándola a los rostros de los que estaban detrás. El aullido, y ya no oí el rítmico crujir de los zapatos en el suelo de grava. Las celdas amortiguaron el viento y mientras nos acercábamos y entramos en la estrecha franja de sombra proyectada por los edificios, di la bienvenida a ese breve momento de aire todavía fresco, haciendo una pausa, sin querer volver a entrar en la celda. No es que fuera mucho mejor. El sitio quedó al descubierto, la ladera sembrada de malezas secas. No había nada en el paisaje que lo elogiara. Incluso las montañas con sus formas esculpidas se alzaban como recordatorios del tipo de lugar que era Tefía. En ningún lugar donde quisiera estar.

El indulto se desvaneció. El hosco guardia nos empujó dentro para sofocarnos en la penumbra, para esperar a que el sol saliera a su cenit. Y a partir de entonces, cuando el sol se arqueaba hacia el oeste y quemaba las paredes de las celdas, nos sentábamos en las tablas del suelo y sudamos. Era difícil saber si un día de descanso en verano equivalía a algún descanso en absoluto.

En lo que respecta a tolerar el calor, a Rafael le fue peor. Era del fresco noroeste de Tenerife, de la región vinícola de Icod. Poderosas familias antiguas poseían los viñedos allí, algunas de ellas nobles. La familia de Rafael no estaba entre ellas. Venía de una familia trabajadora pobre, y cuando se dio cuenta de que era gay, supo que no podía quedarse en Icod. Huyó a Santa Cruz donde consiguió trabajo en un bar. Se las arregló para mantener un perfil bajo y pasó por su servicio nacional sin que nadie detectara su sexualidad. Fue cuando estaba de regreso en Santa Cruz, trabajando en un bar diferente, uno frecuentado por algunos de los maricones más destacados, que comenzó el problema. Tenía veintidós años cuando lo atraparon haciendo una felación en un cine.

No había nada que hacer más que sentarse o tumbarse y hablar en voz baja. A medida que pasaban los minutos, mi sed se hacía cada vez más urgente, una sed que había estado ignorando desde que me desperté, una sed que se hizo aún más fuerte por el banquete improvisado del buitre, y me levanté y fui al otro extremo de la celda donde había una cubeta de agua en el suelo. Sumergí la taza de lata común y me preparé para el sabor salado. Bebí rápido en grandes tragos. Nadie miró. Nadie quiso mirar. Mientras caminaba por el pasillo hacia mi catre, ningún hombre me miró. Nadie quería que le recordaran el agua sucia y salobre que había en ese balde, o el desperdicio resultante que había salido de cada uno de nosotros que estaba encontrándose en el balde junto a él.

Oímos a Brito afuera, regañando a los guardias. Se abrió una puerta que daba a la celda contigua con un chirrido. Curioso, fui y miré por el ojo de la cerradura.

Al principio, todo lo que podía ver era la ancha espalda de Brito a unos cinco metros de distancia. Tenía las manos en las caderas y lucía típicamente pomposo con su uniforme. Los guardias aparecieron, maltratando a un reacio Paulo entre ellos. Paulo se dejó flotar y los guardias se vieron obligados a arrastrarlo hasta el recinto principal. ¿Qué diablos había hecho?

Paulo era de La Palma y había estado en la prisión durante un largo tiempo. Brito, al parecer, había encontrado un objetivo para su ira. Vuelvo a pensar en el día anterior, en el gallinero y en Paulo trabajando cerca en el campo más allá del complejo. No pudo haber tenido nada que ver con el perro que atacaba a las gallinas, pero en la mente trastornada de Brito, estar cerca, ser el último prisionero visto en las cercanías, sería suficiente. Pensé que esos guardias que se llevaban a Paulo a rastras parecían aliviados, aliviados por la presión que les había quitado. O tal vez estaban ansiosos por dar otro aire a su propia naturaleza violenta.

No había ni rastro de los otros guardias. En este breve momento de relativa libertad, capté la mirada de Rafael y miré a Rubén. Rafael asintió. Luego le di un codazo a Manuel, le susurré que me siguiera sin dudarlo a través de la habitación, y juntos nos sentamos en la cama de Rubén, apiñándonos sobre él.

Rafael aprovechó la oportunidad y hurgó en su bolsillo en busca de las sobras de pollo. Sacudí a Rubén y cuando me miró, presioné mis dedos contra mis labios. Luego dirigí mi mirada a Rafael. Rubén hizo lo mismo. En el momento en que se dio cuenta de la ofrenda en la mano de Rafael, dejó escapar un suave gemido. Tosí con fuerza para enmascararlo. Manuel empezó a golpear con el pie las tablas del suelo como si marcara un ritmo. Aprecié su esfuerzo por enmascarar los sonidos provenientes de Rubén, pero no ayudó. En todo caso, golpear con el pie solo llamaría la atención de los demás y nadie debe saber de nuestra fiesta ilícita. Si no nos desgarraban las tripas por una parte, podrían decírselo a los guardias por despecho.

Rubén devoró la ofrenda en varias masticadas y tragos grandes. Cuando terminó, fui a buscarle un poco de agua. Manuel volvió a su catre y Rafael al suyo. Me uní a Manuel, que había logrado adquirir una copia del *Poema del cante jondo* de Lorca que había insertado en las portadas de su Biblia, el único libro que Brito nos permitía tener, y leímos las palabras juntos como si estuviéramos vertiendo sobre las Escrituras.

Los hombres del otro extremo de la celda estaban sentados en pequeños grupos, algunos jugaban a juegos que habían creado con trozos de papel y lápices, otros hablaban en voz baja.

Un destello repentino y vi que Jorge estaba revisando su rostro en busca de sangre de pollo en el pequeño espejo que mantenía escondido en su colchón. Mis ojos recorrieron la habitación. Si los guardias lo atrapaban, yo no querría ver su espalda después de la golpiza. El movimiento repentino de mi torso me envió un duro recordatorio.

Jorge era el gay más demostrable de los cinco. Le gustaba darse aires. Yo atribuyo su comportamiento a veces escandaloso a su educación en el ambiente cosmopolita de Santa Cruz. Su familia, como la mía, no estaba en deuda con los terratenientes ricos. Era hijo de un comerciante de exportación modestamente rico que comerciaba con plátanos. En la década de 1930, su padre se había opuesto firmemente a las huelgas de los trabajadores bananeros en Fyffes y respaldó la represión que siguió y las desapariciones de los cabecillas. Como todos los demás hombres de la clase empresarial de Santa Cruz, su padre apoyó el gobierno de la época. Cuando la Segunda República fue reemplazada por el fascismo de Franco, Jorge dice que su padre no se inmutó. Todo fue como de costumbre. Al menos lo fue hasta el día en que se dio cuenta de que su hijo no estaba del todo bien. De hecho, su hijo no estaba nada bien a los ojos de su padre. Una escolarización rigurosa, el asesoramiento interminable de los sacerdotes, nada marcaba la más mínima diferencia. Al final, su padre le dio una pequeña mesada y le dijo a Jorge que alquilara una habitación en el centro de la ciudad y que nunca volviera a oscurecer su puerta. La madre de Jorge estaba angustiada en ese momento, pero era poco lo que podía o quería hacer. Jorge dijo que la fuerte reacción de su padre tuvo más que ver con sus propias inclinaciones privadas que con las de su hijo. Solo y libre, Jorge logró que lo arrestaran y lo enviaran a Tefía la víspera del día en que debía comenzar su servicio nacional. Rafael, en uno de sus momentos más severos, me dijo que pensaba que Jorge había ideado su arresto para evitar a los militares. Y lo habría pasado brutalmente.

Jorge seguía mirando su reflejo en el espejo.

—Guárdalo —siseé.

En ese momento, la puerta se abrió. Me volví para ver qué guardia era cuando Jorge volvió a insertar el espejo en una rendija de su colchón. Todos los ojos se veían nerviosos cuando el propio Brito se paró en la puerta y nos gritó que nos bajáramos de nuestros asquerosos traseros y nos pusiéramos en fila en el cuadrilátero. Los hombres tardaron en moverse. Rubén levantó la cabeza de la almohada y su rostro se contrajo consternado. Brito salió furioso y fue reemplazado por un guardia que reforzó el mando de Brito con uno de los suyos.

—Ya escucharon. ¡Quiten sus sórdidos traseros de esas camas, zorras!

Era el mismo guardia que nos había ordenado limpiar el gallinero. Un hombre bajo y rechoncho, de caderas estrechas y hombros anchos y una curvatura maliciosa en las comisuras de los labios, con la cara dispuesta en una mueca permanente.

Rafael ayudó a Rubén a ponerse de pie y los dos hombres salieron, Rafael se aseguró de que estaba a la izquierda de Rubén para recibir el golpe que anticipaba. El guardia golpeó con la culata de su rifle el hombro de Rafael mientras los dos hombres pasaban. Salí a continuación y Jorge y Manuel me siguieron. Cada uno de nosotros recibió un golpe cuando pasamos al guardia, la culata del rifle aterrizó en nuestros hombros como lo había hecho antes, agregando al moretón que nunca desapareció.

Los prisioneros de las otras celdas ya estaban alineados en el cuadrilátero. Estábamos a punto de ir detrás de ellos, pero Brito tenía otras ideas y nos hizo pararnos al frente. Rafael y Rubén estaban delante de mí. Tercero en la fila, pude pararme frente a Paulo, quien miraba sin comprender desde su rostro ensangrentado. Manuel vino y se paró a mi lado, luego Jorge. Ninguno de nosotros se atrevió a hablar.

El sol caía sobre el cuadrilátero, horneando el cemento bajo nuestros pies, los edificios bajos que bordeaban el cuadrilátero atrapaban el calor. La temperatura se elevó aún más por un viento seco del desierto que nos sopló en la cara. Ya sentía que el sudor se acumulaba en mis axilas.

En el momento en que nos tuvo a todos alineados como para freír a pleno sol, Brito comenzó su diatriba.

Aparentemente, fue culpa nuestra que el perro se hubiera metido en el gallinero y hubiera masacrado a esas pobres gallinas. Culpa nuestra por ser la escoria inmunda que éramos, no dignos de ser llamados humanos, el flagelo del planeta, lleno de un mal tan corruptor que solo la rehabilitación más severa sacaría a la bestia de nuestras almas.

—Una pestilencia vive en todos ustedes los hombres. En ti y en ti y en ti. Están enfermos, ¿me escuchan? ¡Todos ustedes, enfermos! Y deben ser purgados. Dios sabe que es mi carga purgarlos y la tarea es tan onerosa hoy como lo fue el primer día que puse un pie en este campamento. Dios los derribará, zorras paganas.

Brito hizo una señal a un guardia que se alejó y desapareció por el costado del edificio principal.

—Ahora ustedes, sucias zorras bastardas, cantarán el himno nacional y mostrarán los orgullosos españoles que no son.

Nos quedamos callados.

—¡Canten! —rugió Brito.

Alguien en la parte de atrás cantó:

—Cara al sol con la camisa nueva —y poco a poco todos nos unimos.

—Más fuerte —gritó Brito por encima de nuestras voces cuando llegamos al «si te dicen que caí», y abrimos el pecho y cantamos con una cordialidad que ninguno de nosotros sintió. Y cuando llegamos al final de *Cara el Sol* Brito nos hizo empezar de nuevo.

Cuando estábamos a la mitad de la segunda vez, el guardia reapareció y nuestras miradas fueron atraídas hacia la figura militar que tenía un perro en sus brazos.

Brito nos gritó que mantuviéramos la vista al frente y siguiéramos cantando. El guardia fornido se adelantó desde los bastidores para actuar como maestro de nuestro desaliñado coro, animándonos con su mirada furiosa y sus brazos que rebotaban un ritmo en el aire.

El guardia le entregó el perro a Brito. Un Podenco demacrado, marrón y blanco con orejas erguidas de gran tamaño, un perro de granja que había visto vagando por los campos alrededor del campamento. Era dudoso que fuera el perro que había matado a las gallinas; su vientre era hueco, no hinchado ni regordete.

No la parte culpable, solo el sacrificio, Brito, el director airado, decidido a encontrar a alguien o algo a quien culpar.

Seguimos cantando. Brito agarró al perro. Escuché los gemidos del perro en las breves pausas entre los versos de la canción.

Lo que sucedió a continuación no fue inesperado. En mi mente, mientras Brito sostenía al perro en alto con los brazos extendidos, apareció una imagen similar, de una cabra en ese momento. Una cabra que Brito había sacrificado salvajemente después de su olivar, un bosquecillo de quinientos árboles jóvenes que habíamos plantado y cuidado laboriosamente a su orden, un olivar que habíamos protegido con espantapájaros hechos con papel de periódico, un olivar que vigilamos en pena de una paliza, ahuyentando a los conejos, pájaros y lagartos, al final fue destruido por cabras y una tormenta de granizo mientras estábamos todos en la iglesia. Brito no pudo castigar al granizo así que castigó a la cabra.

Alto en el aire, el perro sostuvo su cola entre sus piernas. Estaba temblando, los ojos enloquecidos por el miedo. Brito lo sostuvo allí como una ofrenda a algún dios y como ejemplo para todos nosotros de la crueldad que latía en su corazón. Al final del himno, bajó al perro y lo sostuvo contra su pecho como si lo abrazara. Eso no fue un abrazo. Brito intentaba exprimirle la vida al pobre canino. Cuando se cansó de esa técnica, estiró los brazos en horizontal y dejó caer ceremoniosamente al perro en el suelo. Luego levantó el pie y lo golpeó con fuerza sobre la caja torácica del pobre animal.

El perro no estaba muerto. Se encogió y tembló, echó las orejas hacia atrás y trató de levantar la cabeza.

Yo apenas podía mirar lo que vino después.

No satisfecho de haber infligido suficiente crueldad, Brito pateó y pisoteó al pobre animal. Él mismo era un animal, con los brazos agitados, los ojos enloquecidos con una especie de locura frenética. Su boca colgaba abierta y soltó suaves gruñidos cuando sus botas con puntera de acero aterrizaron en el saco de huesos que era el perro. Y todo el tiempo cantábamos. Cantamos a todo pulmón, con la garganta seca y ronca. Y el guardia agitó los brazos como si estuviera en un elegante auditorio, y el perro se quedó quieto. No había señales de vida en ese cuerpo magullado y sangrante. Pensé en Paulo detrás de mí. No me atreví a mirar a mi alrededor, pero lo sentí allí, sentí el dolor en su propio cuerpo maltrecho.

Por fin Brito detuvo su brutalidad, pero nuestro tormento no terminó ahí. Brito ordenó que se detuviera el canto. Tomó al perro y caminó por la fila de hombres, obligándonos a cada uno a mirar detenidamente a la criatura muerta.

—Que esta sea una leccion para todos. Esto es lo que les pasará a criminales como ustedes. Yo mando en esta prisión, que no haya errores, y si alguno de ustedes se sale de la línea, recuerden, lo que le pasó a este perro les pasará a ustedes.

Mientras Brito continuaba con su espantosa presentación, dos guardias se apresuraron y construyeron una pira de ramitas y troncos y periódicos y cualquier otra cosa que pudieran encontrar que se quemara. Brito se unió a ellos y ordenó que se encendiera la pira. Una vez que la madera se prendió y el fuego ardió, arrojó al perro, y todos nos quedamos con la cara hacia el viento ardiente, obligados a inhalar el humo de la madera y luego el hedor a piel de perro quemada y, finalmente, su carne quemada.

Nuestro calvario terminó cuando el fuego se apagó y todos los restos carbonizados del perro fueron llevados al incinerador. Brito dejó a los guardias para que nos llevaran de regreso a nuestras celdas, mientras se marchaba furioso de regreso a su oficina, sin duda para regodearse por un trabajo bien ejecutado.

Una vez que los guardias habían regresado al recinto, todos nos sentamos en nuestros catres o en el suelo apagados. Al principio, nadie habló.

Entonces Antonio, uno de los hombres de Gran Canaria, dijo:

—Ese hombre es un monstruo.

Su comentario provocó una protesta y pronto todos estaban hablando a la vez en ese extremo de la celda. Al final, Jorge se sentó en su catre abrazado a sus rodillas, y Rafael se desplomó en el costado de la cama de Rubén. Su mano agarró la de Rubén. Manuel, que había empezado a temblar por el trauma, rompió a llorar.

Vi su cara enrojecerse, las lágrimas dejando limpias rayas

en sus mejillas. Manuel, nuevo en Tefía, estaba teniendo dificultades para adaptarse.

Era de Santa Cruz y se había prostituido desde los quince años. Pasó un año en la capital de Gran Canaria, Las Palmas, donde pasaba el rato en los bares del parque de Santa Catalina. El área estaba cerca del puerto y se sabía que estaba en malas condiciones. Iba allí por las orgías lujuriosas de borrachos, por el dinero que chapoteaban los extranjeros que frecuentaban la ciudad portuaria, extranjeros hambrientos de guapos canarios como Manuel. Me dijo que había vivido en un estado perpetuo de miedo combinado con un deseo insaciable de sexo clandestino. El hecho de que le pagaran por sus citas nocturnas solo agregó una capa adicional de peligro, ya que los parques, los cines y los urinarios alrededor del puerto eran asaltados de vez en cuando y luego las cosas se volvían violentas.

Después de haber evitado por poco el arresto por enésima vez, un amigo y compañero de prostitución le dijo que se alejara rápido de Las Palmas. Las autoridades estaban sobre él, y era solo cuestión de tiempo antes de que lo atraparan. Regresó a Santa Cruz y continuó en la línea de trabajo que eligió, en parte porque realmente disfrutaba de la emoción y en parte porque no podía hacer nada más.

Verlo sollozar y estremecerse era demasiado para soportar y, arriesgándome a una paliza si entraba un guardia, fui y me senté en su cama, lo rodeé con un brazo y le alisé el cabello hacia atrás. No es que mis esfuerzos tuvieran ningún efecto.

—Tengo que salir de este lugar —dijo, sonando histérico—. Ayúdame a escapar. —Me agarró del brazo—. Tienes que ayudarme a escapar.

—No puedes escapar —dije, y mi propio estómago se apretó ante la idea. Fue una reacción extraña, y en ese instante me di cuenta de que lo deseaba a él.

—Pero debo. Debo hacerlo. —Su voz se volvió estridente.

—Cálmate —dijo Jorge.

Manuel apartó las manos de su cara y miró a Jorge con indignación.

—Ya no puedo hacer esto. Ese hombre Brito está loco. Seremos los siguientes. Empezará a quemarnos en piras en poco tiempo. Probablemente quemándonos vivos.

—Deja de ser melodramático, cariño.

Le lancé a Jorge una mirada de censura y luego me volví hacia Manuel.

—No lo hará. Ni siquiera Brito haría eso.

—Cómo lo sabes. Estaba loco allá arriba. Creí ver espuma en las comisuras de su boca.

Eso era cierto. El tipo era un completo maníaco.

—Por favor, ayúdame, José. Ayúdame a salir de aquí.

Tomé su mano y le di un apretón.

—No hay a donde ir. Antonio te lo dirá. Su amigo lo intentó, recuerda. ¿O fue eso antes de que llegaras? Mira, incluso si logras salir corriendo de esta llanura, solo hay una forma de salir de la isla. Necesitarías conseguir un bote en Puerto Cabras y nadie te dejará tomarlo. Tienen espías por todas partes. Esta es una isla que ama a Franco. ¿No lo entiendes? Estos campesinos piensan que es maravilloso. Créeme.

—Seguro que no. No todos.

—¿Y cómo sabrías cuáles sí y cuáles no? E incluso si pudieras saberlo, todos son católicos y todos nos odian. Ves la forma en que nos miran. ¿Alguna vez has visto a alguno de ellos saludar o sonreír? No, no lo has hecho. No lo has hecho porque nunca ha sucedido. ¿No lo ves, Manuel? Necesitarías ayuda para salir de la isla y nadie te ayudará. Créeme. Si intentas escapar, serás castigado. Después de ser capturado de nuevo, el amigo de Antonio fue trasladado a otra prisión. Antonio escuchó a los guardias hablar de eso.

Todas mis palabras cayeron en oídos sordos.

—No puedo quedarme aquí. No puedo hacer esto.

—Tienes que quedarte aquí y puedes hacer esto.

—Tuve que evitar correr al fuego por un pedazo de perro carbonizado —dijo Rafael con gravedad, y afortunadamente cambiando de tema.

—Igual —dijo Jorge—. Estaba salivando.

—No puedo creer que nos hayamos reducido a esto —dije.

—Mejor que los excrementos de cabra.

—Cierto. —Fue mi turno de sonar sombrío.

—O paquetes de comida rancia.

—Al menos sabes que a tu familia le importas —dijo Manuel lastimeramente.

Manuel no podía tener idea de que nadie había recibido la visita de un miembro de la familia en todo el tiempo que estaba encarcelado, diez meses ahora, y ningún preso en nuestra celda había recibido una carta de su familia.

—Extraño mucho a mi mamá —dijo. Parecía dispuesto a estallar en más lágrimas.

Acaricié su espalda.

—Todos lo hacemos.

—¿Lo hacemos? —dijo Jorge.

—O a nuestras hermanas o nuestros hermanos o nuestros amigos —dije rápidamente. No quería entrar en una conversación sobre la madre de Jorge—. No debes pensar así —dije en voz baja—. Ahora somos tu familia. Debes ser fuerte. No puede durar para siempre. Tres años es el máximo.

—Y Brito nos retendrá a todos durante todo ese tiempo. Apuesto a que lo hará.

—No lo sabes.

—Envía informes a las autoridades. Él tiene el control total de nosotros.

Manuel se apartó y empezó a pellizcarse la piel de los brazos.

—¿Qué me pasa? —dijo con disgusto—. ¿Por qué tuve que nacer así? ¿Por qué no puedo ser normal como todos los demás?

—¡Cariño, cierra la boca!

Le di a Jorge un riguroso movimiento de cabeza.

—¿Es mi biología, como dice el sacerdote?

—Algunos dicen que tenemos madres que nos miman mucho —dijo Rafael, con un tono filosófico burlón.

—Mi madre nunca me mimó.

—Jorge, todos lamentamos que tuvieras una madre tan horrible. —Esperaba que eso fuera suficiente.

—Creen que somos hedonistas pervertidos —dijo Rafael—, que disfrutamos de nuestros placeres carnales.

—¿Y qué pasa si lo somos? —De repente, Manuel se puso a la defensiva, y me complació y me alivió escuchar el desafío en su tono. Esa era la energía que necesitaba para sobrevivir aquí. Nada más lo haría pasar.

Nuestra conversación se desvaneció cuando el sol, ahora en su descenso por la tarde, comenzó a calentar la pared frontal de la celda, su calor irradiaba dentro. Poco escapaba por las ventanas cerradas y no había brisa. La habitación pronto se convirtió en un horno, sofocante y opresivo, y a medida que avanzaba la tarde, el hedor de la orina y la mierda que se había acumulado en la cubeta junto a la otra puerta se hizo cada vez más fuerte. Muchos de nosotros nos acostamos en nuestros catres para aguantar lo peor medio comatosos, tapándonos la nariz o enterrando la cabeza en el hedor de nuestras propias axilas, que era un tipo de hedor preferible al que emanaba de nuestras defecaciones.

Se hizo de noche antes de que comiéramos. Los guardias abrieron la puerta y dejaron entrar una repentina ráfaga de aire caliente y seco. Un guardia estaba en la puerta mientras el otro nos entregaba a cada uno un cuenco de hojalata lleno de polenta y papilla de cebolla cruda. La versión carcelaria del gofio escaldado, delicioso cuando se cocina tradicionalmente. El gofio escaldado se hace con harina de maíz tostado combinada con caldo para formar una pasta suave. Se agregan ajo, cebolla, sal y el importantísimo aceite de oliva para darle sabor y consistencia. Me encantaba el platillo como lo preparaba mi familia, servido con una salsa picante. Aquí faltaban todos los ingredientes vitales. El resultado era un estofado sin sabor que era casi imposible de tragar. Era un insulto a nuestra cultura y sólo un poco mejor que las batatas enraizadas y los guisantes llenos de gorgojos que también nos daban de comer. La única forma de comerse el gofio era perseguirlo con tragos de agua. Sabiendo esto, una vez que los guardias habían salido de la celda, Antonio dio vueltas con el balde, y cada uno de nosotros sacó agua con nuestras jarras de hojalata. Las comidas eran las únicas ocasiones en que nos sentíamos impulsados a saciar nuestra sed con el agua salada del pozo.

Tomé una cucharada de la papilla granulada e insípida en mi tazón y sorbí mi agua con cada bocado y tragué con fuerza, forzando el contenido de mi boca a bajar por mi garganta lo mejor que podía. Mientras lo hacía, reviví el episodio en el gallinero, probé la carne cruda, la piel y las entrañas. La sangre. Ninguno de esos sabores o texturas era agradable, pero no era peor que nuestra comida diaria. Vi a Manuel, Jorge, Rafael y Rubén luchar con su comida, deseando que se comieran cada sobra, sin dar un motivo de perplejidad en cuanto a por qué alguno de nosotros estaba fuera de nuestra comida. Porque la conclusión sería obvia, incluso para esos tontos tontos de afuera, que nos habíamos dado un festín con las sobras dejadas por el perro.

Y luego volví a pensar en el Podenco y el hedor espantoso de su incineración. Casi me atraganto.

Los guardias regresaron media hora después para recoger nuestros cuencos. A Antonio se le ordenó que quitara el balde apestoso que servía de baño común y lo vaciara sobre el muro de piedra. Fue la única vez que se vació el balde. Todos sabíamos que los guardias eligieron esa hora del día a propósito, para hacernos soportar el hedor de nuestros propios excrementos durante el mayor tiempo posible y hacer que la hora de la comida fuera aún más desagradable de lo que ya era.

Al atardecer, llegaba la instrucción religiosa obligatoria y diaria destinada a hacernos arrepentirnos y cambiar nuestras costumbres carnales. Con el guardia al fondo de la sala, otro preso, Miguel, que venía de origen religioso y había sido designado para el papel, nos daba una conferencia. Todas las noches pasaba lo mismo. Teníamos que reunirnos. Comenzó instruyéndonos en las Primeras Cartas. Luego habló de la historia de Jesús. Después de eso, leyó pasajes bíblicos seleccionados. Luego vinieron las oraciones del Rosario. Era como ir a misa todas las noches. Todos conocíamos las historias de la fe y todos conocíamos el subtexto incrustado en la instrucción. Éramos pecadores y necesitábamos redención. Teníamos una enfermedad para la que no había cura, nunca nos salvaríamos y estaríamos condenados al infierno una vez que muramos, y todo lo que podíamos pensar mientras escuchábamos era que ya estábamos en el infierno, aquí mismo en esta celda, y ¿por qué no nos derrotaba Dios y nos liberaba de esta miseria?

Mientras Miguel hablaba, mi mente divagaba. Me imaginé la misa en la iglesia de La Laguna. Cómo le confesé al sacerdote mis deseos homosexuales y él me dijo que lucharía toda mi vida y nunca encontraría aceptación y que era mejor enterrar mis deseos y nunca actuar en consecuencia. Escuché y no, pero mi mirada me traicionó y aquí estaba de todos modos, independientemente.

A continuación, me imaginé la caminata que enfrentamos en la mañana, la caminata de casi cinco kilómetros hasta la iglesia en Casillas del Ángel y los casi cinco kilómetros de regreso. Un paseo inútil e infructuoso por la llanura seca y rocosa para escuchar al sacerdote hablar sobre la santidad, la pureza y Cristo. Y luego confesaré y seré sermoneado una vez más que me separaron de la sociedad porque era, todos éramos, un peligro para nuestras familias, nuestros vecinos, para todos los que entraron en contacto con nosotros. Éramos abusadores de niños y prostitutas, una amenaza para la sociedad por la que nunca habría perdón. Y mientras caminamos, de ida y vuelta, la gente de las casas por las que pasamos se quedará mirando y sus hijos nos señalarán y dirán «mira a los prisioneros» y sus familias cerrarán las puertas y ventanas.

Y en la larga caminata de regreso, pasaremos por el campo donde estaba el olivar, y me imaginaré las cabras y la tormenta de granizo que arruinó esos árboles jóvenes. E imaginaré a Brito y su alboroto que culminó con el sacrificio de una cabra.

Una vez le dije al sacerdote que nuestro director carmelita de prisión era un homosexual reprimido y que estaba trastornado. Todos intentamos decírselo al sacerdote, pero nuestras palabras cayeron en oídos sordos.

Y bloqueé mi mente para los días venideros. Las horas y horas que pasábamos en los campos rompiendo rocas. El azadón y el acarreo de piedras y tierra. El trabajo duro bajo el sol abrasador y el viento rugiente y la implacable diatriba de insultos de los guardias que hacían de la cosa más pequeña nuestra culpa. Nunca nos permitían ni una sola pausa para que no sufriéramos el látigo, el azote, las palizas.

Con la luz que se apagaba, la conferencia terminó y el guardia nos dejó. Hablamos en voz baja, alguien cantó una canción. Al final, todo se quedó en silencio y escuché sollozos, los sollozos suaves no de Manuel, sino de otro hombre más allá del pasillo.

Cerré los ojos ante los horrores del día. Cerré los ojos y miré al carmelita demente que había sido puesto a cargo. Cerré los ojos ante sus secuaces guardias que no tenían ni una pizca de compasión entre ellos. Cerré mis ojos.

* * *

CUERVO, ¿por qué me miras con una mirada tan inquisitiva? Se libró una guerra para acabar con el tipo de atrocidades que ocurrieron en Tefía, una guerra librada por una alianza de los buenos, sí, los buenos que eran de Gran Bretaña y Francia y Canadá y Estados Unidos. Y esas naciones, ¿qué hacen ahora que la guerra ya pasó? Seguramente no tienen intención de tener otra guerra para derrocar a Franco. No en esta nueva era en la que el enemigo, como ellos lo ven, no es el fascismo sino el comunismo. Franco les sienta bien. Franco y su odio a los comunistas, republicanos y gays.

En cuanto a la inutilidad de mi encarcelamiento, inútil porque me convirtió en el hombre gay que soy, oh amor de pájaro, tú con tus alas y tu libertad, nunca podrías saber el efecto que tiene una vida enjaulada en el alma. Nadie enjaula a un cuervo.

Cuánto anhelaba la comodidad del hogar en ese lugar. Cómo supliqué y supliqué por una oportunidad para expiarme. Cómo lloré tranquilamente por la noche por un amoroso abrazo familiar. Quería recuperar el tiempo hasta que no fuera más que un óvulo y un espermatozoide y suplicarle a Dios que me hiciera heterosexual.

Y nadie escribió y no llegó ningún paquete de comida y sentí como si mi propia carne y sangre se hubieran lavado las manos de mí. Quizás lo habían hecho. Hasta el día de hoy no tengo ni idea. No puedo verlos. Les escribí y les dije que era libre, pero ni siquiera entonces se acercaron a mí y me desearon lo mejor.

En Tefía todos nos sentimos abandonados por nuestras familias. Y muchos de nosotros lo habíamos estado. Pero, ¿qué iban a hacer? ¿Qué podrían haber logrado? La respuesta a eso es simple. Nada.

Fue solo cuando me liberaron del campamento y me enviaron a Gran Canaria que supe de las luchas de una madre desesperada por liberar a su único hijo. Cómo nadie movió un dedo para ayudar y especialmente los gays ricos cuyas aberrantes necesidades eran satisfechas por prostitutas empobrecidas. Esta madre habló con el alcalde, con funcionarios policiales y empresarios, el director colonial y el comandante de la guardia civil. Le cerraron puertas en la cara. Nadie hizo nada. Todos fueron indiferentes a su súplica. Le dijeron que su hijo era maricón y que estaba mejor en prisión. Esta mujer era ama de llaves. Trabajaba para un don rico. También era un maricón.

A Jorge le gustaba decir que todos tuvimos suerte de no haber sido asesinados o deportados al continente, o secuestrados o asesinados en la noche, arrojados por un acantilado o disparados, como lo habían sido muchos disidentes políticos. Jorge, quien al ser liberado fue y se arrojó por este mismo acantilado. Siempre había sido dramático, y fue su último florecimiento, pero con sus formas femeninas que estaban arraigadas en cada célula de él, no tenía vida en este mundo.

Ahora no siento nada. Mi familia está separada de mí. Han pasado seis años desde la última vez que los vi, pero ¿qué ha cambiado en el mundo para permitirme regresar a Santa Cruz? ¿Qué puede cambiar? Es 1961 y Franco lleva más de dos décadas en el poder. Él nunca se irá. Sus espías lo mantienen en el poder. La condena de los de mi especie continuará. Y continuará. A los ojos de mi familia, soy despreciable. Soy mala semilla. No puedo volver y pedirles perdón porque eso sería pedirles que me acepten por quien soy. No puedo demostrarles que he cambiado. No he cambiado. Soy el mismo de siempre. Peor.

Podría fingir. A menudo se me ocurre fingir. Podría seguir los pasos de Rubén y encontrar una mujer y casarme con ella y hacer lo que hacen los ricos maricones. Rubén, que se recuperó de su enfermedad y fue liberado tres meses antes que yo. Se mudó a Las Palmas donde conoció a la hija de un campesino y le derramó todo el encanto que tenía, convenciéndola de que se casara con él y condenándose a vivir una mentira.

O podría encontrar algún viejo maricón rico como Rafael que, según me dijeron, se había prostituido a la servidumbre en La Palma.

Luego estaba Manuel, mi amado Manuel, quien corría el mayor riesgo de todos. Vivía en las calles de los muelles de Las Palmas, entregándose a los turistas que pasaban arrastrándose, arriesgándose a más encarcelamiento e incluso a su propia vida.

Pero, Cuervo, no puedo casarme con una mujer o prostituirme con un viejo maricón. Debo ser sincero conmigo mismo. Porque he aprendido lo que es amar a otro hombre y perder ese amor. He aprendido lo que es odiar tu propia carne, querer arañar tus entrañas, arrancar todo lo que hay dentro que deforma los deseos. Si ser gay es anormal, ser gay es la encarnación de una especie de tortura peor que Tefía.

Solo hay una forma de acabar con este tormento, cuervo. Cuando saltes del borde del acantilado, extenderás tus alas y volarás en las térmicas.

¿Yo? No tengo alas. Moriré, como Jorge.

PARTE III

UNA LARGA CAMINATA

ME RECLINÉ EN MI ASIENTO, RODÉ LOS HOMBROS Y LUEGO ESTIRÉ los brazos detrás de la silla, sintiendo la liberación de la tensión. En la pantalla de la laptop, el cursor parpadeaba debajo de la última oración. No había nada más que hacer con el guión español, y nada más que extraer de mi frenética investigación. El borrador, lo mejor que pude manejar, tenía poco menos de veinte mil palabras, lo cual era demasiado corto, demasiado corto para ser siquiera una novela, pero demasiado largo para ser una historia corta. ¿Una noveleta? Las noveletas eran casi desconocidas. ¿Quién escribía una noveleta? Además, eran típicamente ligeras, románticas y frívolas, no pesadas y cargadas de significado como el borrador de mi laptop. No tenía ni idea de qué hacer con una noveleta. ¿Las noveletas ganaban premios? Me preguntaba si habría formas de multiplicar por cuatro lo que tenía y convertir el borrador en una novela. Necesitaría sentarme sobre él por un tiempo, probablemente algunos meses. Incluso entonces, existía todo el peligro de que lo que agregara fuera el relleno. Aún así, realmente debería alargar la narrativa. Pero no quería embellecer la introspección torturada más de lo que antes había querido ampliar la infancia de José. ¿Qué interés tenía todo eso para los lectores de habla inglesa? La versión original en español terminó abruptamente con José saltando por el acantilado y, por abrupto que fuera, quería mantenerlo así. Mirando hacia atrás sobre lo que tenía, pude ver que no era un ganador de un premio.

El Clenbutoral había desaparecido y me había dejado sintiéndome agobiado pero sin cansarme en lo más mínimo. Antes de cerrar mi laptop, inicié sesión en mis correos electrónicos. Como se anticipó, allí estaba uno de Angela. No necesité abrirlo. La línea de asunto me dijo todo lo que me importaba saber. Sandra Flint había ganado el premio.

Por supuesto, había ganado el premio. Mi mandíbula se apretó al imaginarse su sonrisa, el brillo triunfal en sus ojos, ella, una mujer con poca conciencia, una mujer que no había podido ni siquiera ofrecer gratitud a su fantasma durante todo el proceso. O había borrado mis esfuerzos de su memoria o estaba demasiado asustada de que pudiera callar y reclamar el trabajo de alguna manera pública. ¿En negación? ¿Una cobarde? ¿Cual era? ¿Ambos? Me alegré de no vivir en su piel.

En la cocina, llené la tetera y me preparé un omelette. No había comido desde anoche, cuando me metí en la boca una tarrina de un litro de yogur de fresa. Y había estado despierto toda la noche. Si mi estómago quería comida o no, estaba recibiendo algo.

Una hora más tarde, ya había limpiado las cosas del desayuno y me duché y me vestí con ropa limpia, y me quedé sin saber qué hacer a continuación. Mi vuelo no salía hasta el día siguiente y era demasiado pronto para empacar. Mi mente estaba confusa por horas y horas de ejercicio mental, y mi cuerpo había dormido muy poco. Necesitaba salir de la casa de campo, eso estaba claro, y tomar aire fresco, y necesitaba hacer un movimiento antes de que el día se pusiera demasiado caluroso. Pensé en la mochila y decidí que si Paco y Claire planeaban robarla o reclamarla, lo habrían hecho y no fue así. Supuse que el robo y la confrontación no era su estilo. Lo más probable es que estuvieran bien, especialmente si Mario les había dicho que Juan había estado involucrado en un negocio de drogas que salió mal y que Javier lo había perseguido.

Consideré un paseo. Después de todo, no había visto gran parte de la isla y estaba destinado a estar de vacaciones. Se decía que Morro Jable era agradable, y luego estaba el talón sur de la isla más allá. Aunque cuando estudié el mapa, vi que tendría que conducir por Tiscamanita o Puerto del Rosario para llegar a la ubicación elegida, a menos que subiera y cruzara las montañas de Betancuria, lo que tomaría una eternidad y requeriría demasiada concentración en caminos sinuosos y ventosos. Cuando consideré toda la conducción de ida y vuelta en mi estado actual de falta de sueño, decidí que usar mis propios pies sería un riesgo menor para mi vida. Además, sentí una molestia, un picor interno. Había pasado gran parte de la última semana profundamente inmerso en la historia del campo de concentración, y quería rendir homenaje a esos hombres, esos hombres gay, los cien que habían estado encarcelados y sufrían privaciones indescriptibles.

Mi cerebro literario arrebató la idea con gusto vulpino. ¿Otro capítulo de la noveleta? ¿Suficiente contenido para inclinar la balanza a favor de una novela?

Gruñí interiormente a mí mismo por siquiera tener esos pensamientos. Me estaba recordando a mí mismo a Flint. Se trataba de los hombres, no del libro rubicundo.

Cada semana, esos hombres caminaban a la iglesia en Casillas del Ángel, e incluso si elegía no incluir un capítulo en la noveleta que describiera su ritual semanal, parecía que lo mínimo que podía hacer era seguir sus pasos y caminar hasta la iglesia y de regreso. Caminaría por todo el campo tal como ellos lo habían hecho y sentiría por mí mismo parte de su sufrimiento. Después de todo, no solo había traducido ese guión, lo había transformado, le había dado forma y seguiría haciéndolo. Y tal vez un toque de experiencia era todo lo que necesitaba para expandir aún más el trabajo. A través de mí, los angloparlantes podrían leer sobre esta prisión pasada por alto, y una parte de la historia sería conocida y reconocida.

No pasó desapercibido para mí que mi yo literario se había apoderado una vez más del noble acto de la peregrinación, pero me sentí más cómodo con la forma en que había enmarcado mi razón de ser.

Estudié el mapa. Había un camino de tierra que pude recoger cerca del ecomuseo. Un par de curvas pronunciadas a tener en cuenta, pero la pista prácticamente me llevó directamente a Casillas.

La sabiduría me hizo untarme con protector solar y encontré el sombrero de lona azul que había empacado y que hasta ahora nunca había usado. Luego me puse mis zapatos deportivos, llené mi botella de agua y agarré un poco de fruta. Cuando cerré la puerta principal, tuve que espantar una punzada de ansiedad por la mochila. Me recordé una vez más que el traficante de drogas Adonis, Javier, no me conocía. Definitivamente Paco y Claire sabían demasiado, pero probablemente no conocían a Javier, y ciertamente no se lo dirían aunque lo supieran. No eran del tipo que lleva a un autor pobre a ese tipo de problemas. Lo máximo que pudieron haber hecho fue agarrar la mochila por sí mismos a través de algún sentido retorcido de derecho, pero estaban goteando en riqueza, eso era obvio por la casa que poseían, y tenían ese aire libre de problemas que proviene de ser ricos. Realmente necesitaba dejar de preocuparme.

Luego estaba el hecho, y era inequívoco y tan fuera de lugar que fui tan lejos como para llamarlo así, que lo que estaba a punto de hacer era más importante que el dinero.

Una curiosa sensación se apoderó de mí. No reconocí el sentimiento, pero si tuviera que nombrarlo lo llamaría buena voluntad. Y me sorprendí a mí mismo con mi propia determinación. Nunca antes había actuado con un propósito tan altruista.

Una miserable noveleta de veinte mil palabras podría no ser adecuada en el mundo literario, pero ese borrador representaba algo más, algo personal. Por un lado, necesitaba expiarme. Necesitaba expiarme por no querer estar a la altura del desafío de escribir una novela basada en la prisión. Necesitaba expiar mi actitud desdeñosa, que ahora veía como notablemente egocéntrica. Por otro lado, necesitaba presentar mis respetos a esos hombres que habían sufrido tan terriblemente por ser homosexuales, mientras que yo, Trevor Moore, había vacilado, preocupado y jugado con mi propia sexualidad como si estuviera boxeando frente a la tele.

¡Qué diferencia en los morales sociales podrían hacer cuarenta años! Eso y democracia. Aunque los valores no habían cambiado tanto en muchos sectores, y era solo mi ¿qué? vanidad, o tal vez autocomplacencia que me había dado el ímpetu para considerar incluso mi propia preferencia sexual. Eso, junto con un par de sueños húmedos, mi mejor amiga y ex esposa lesbiana, y Vince. Para muchos, ser gay era algo tan grande ahora como entonces. Lección aprendida.

El sol ya había comenzado su asalto en la llanura cuando partí, acompañado por un viento espantoso que me empujaba por detrás. Pronto atravesé la franja de sendero estrecho y seguí por el borde de la carretera hasta el desvío hacia el museo, ignorando la arena en mis zapatos. A partir de ahí, todo fue fácil. Con la excepción de un puñado de pequeñas granjas diseminadas aquí y allá en la llanura, no había nada que observar más que la montaña de aspecto mezquino hacia la que caminaba, con laderas empinadas y una tapa puntiaguda de color marrón oscuro. Al sur de la montaña, una larga montura hacía un descenso gradual. Una colina baja se alzaba detrás. Una vez que había navegado un par de curvas pronunciadas, todo lo que tenía que hacer era mantenerme en la pista. El camino fue fácil, aunque vi más adelante que el camino llano que cruzaba la llanura pronto llegaría a su fin.

Llevaba caminando unos veinte minutos cuando la pista inició su ascenso. Lo que había sido un paseo razonablemente agradable, para Tefía, de repente se volvió extenuante. La montaña, con su tapa oscura, se elevaba por encima de mí. Debajo de la tapa, los barrancos gemelos parecían un par de cuencas oculares encapuchadas, y la cresta entre ellos era una nariz larga y abanicada. Un rostro sombrío, como un señor monolítico, que sugería algo amenazador en todo el paisaje. Empecé a sentir que había entrado en una novela de fantasía y, en cualquier momento, aparecería alguna extraña criatura mágica.

Sin duda un troll.

Podrías volverte loco aquí. Ese pensamiento se hizo más prominente mientras seguía adelante, la arena de mis zapatos picaba las plantas de mis pies.

A pesar de la incomodidad, mantuve un ritmo decente, pero al poco tiempo comencé a jadear. Mis piernas se pusieron rígidas y mis pantorrillas comenzaron a arder. Sabía que el dolor tenía más que ver con mis músculos mal estirados que con la actividad real, y estaba molesto conmigo mismo por no seguir el consejo de Luis y estirarme todos los días.

Tomé un respiro, vacié mis zapatos de arena, estiré mis pantorrillas y tomé un trago de mi botella de agua. El sentido común entró en acción, anulando mi ansiedad por salir de debajo de la mirada de la montaña, y continué a un ritmo más lento. No había necesidad de convertir la caminata en una especie de maratón y, al hacerlo, hacer la peregrinación sobre mí mismo cuando estaba destinado a sintonizarme con lo que podría haber sido para los prisioneros. Y ya sabía que incluso, no, especialmente para ellos en su estado demacrado, hambriento y golpeado, esta caminata habría sido ardua.

Unos pocos pasos más y más arena había entrado en mis zapatos. Elegí ignorarla. Cuanto más avanzaba, más empinado se volvía el camino, hasta que tuve que tener cuidado de no resbalar en la grava. Lo último que quería era un par de rodillas raspadas.

Cuando el sendero subió a la montura y la montaña ya no estaba en mi campo de visión, mi mirada se dirigió a mi derecha, hacia la suave subida y bajada de la llanura, el mosaico de campos, los diversos tonos de marrones cremosos y rojizos. La vista me atrajo, pero tuve que vigilar cuidadosamente por dónde caminaba, ya que el camino se estrechaba y el declive a mi lado se hacía más alto y más empinado. Me detenía de vez en cuando, no para vaciarme los zapatos, sino para absorber la inquietante atmósfera del desierto, la crueldad del viento que nunca cedía, el sol feroz del que no había escapatoria. Ni un solo árbol.

Aproximadamente a la mitad de la silla, la pista se curvaba alrededor de un bulto y luego continuaba hacia la V de un barranco, los flancos se elevaban abruptamente hasta una cresta redondeada en el vértice. Aquí, el camino se estrechó aún más y el suelo cayó bruscamente a un lado. Los prisioneros habrían tenido que caminar en fila india. Anhelaba un pasamanos o algún tipo de protección para evitar que me cayera en caso de que resbalara. La altura no era vertiginosa, no podría decir mucho, pero no había nada que frenara la caída.

Dando pasos tentativos, salí del barranco y doblé otra curva. Aquí, el camino era aún más estrecho, el ascenso constante, la pista poco más que un rasguño recorriendo el costado de la silla. Me detuve de vez en cuando, me incliné hacia el pedregal rocoso que se elevaba a mi lado y contemplé la vista de abajo. Cuanto más avanzaba, más desafiantes se volvían esas pausas.

Otra curva y la pista ascendió abruptamente durante un tramo, aunque no parecía tener prisa por superar la cresta. En cambio, vagó en su camino hasta que la montura se aplanó. La tierra que se alejaba junto a la pista se había vuelto desconcertante. En el barranco final, poco profundo esta vez, el lado de la montura era especialmente empinado y el camino desaparecía debajo de una pequeña caída de rocas. Seguí mi camino, probando cada paso, incapaz de imaginarme haciendo esta caminata cada semana. No importaba la tremenda vista, la sensación de euforia que sentí. Los prisioneros habrían sido indiferentes a este entorno. Habrían trabajado pesadamente en no mirar a su alrededor, sin considerar la sensación de espacio excepto para despreciarlo. Y en el camino de regreso, sus corazones se habrían hundido al ver la llanura abriéndose ante ellos, y sabían hacia dónde se dirigían, y no tendrían prisa por llegar allí a pesar del calor y el viento que los empujaba con fuerza. Mientras caminaba penosamente, en mi mente también lo hacían, y caminamos juntos como uno, yo, un británico con sobrepeso con músculos doloridos por el gimnasio y pies pinchados por el polvo, a punto de regresar a la cómoda vida de un hombre soltero en la que podría elegir ser gay o heterosexual y afrontar las consecuencias. Ellos sin futuro, sin futuro en absoluto a menos que se casaran con una mujer y fingieran, ¿y qué clase de vida era esa?

Entonces, por fin, llegué a la cima de la montura, y la tierra hacia el este se abrió, y pude ver el pueblo a poca distancia debajo. Me detuve y miré a mi alrededor mientras recuperaba el aliento. Perdí todo pensamiento en los prisioneros. No se les habría permitido un descanso. Habrían seguido caminando con la cabeza gacha. Los guardias nunca los habrían dejado pararse como yo, rey del mundo, contemplando una vista panorámica y magnífica, con los diversos rangos en todas direcciones elevándose desde la llanura suavemente ondulada. Ni una mancha verde en ninguna parte. Todo era rojizo y marrón rosado y piedra cremosa. Incluso podía ver el océano, de un agradable azul al este y al oeste, y tuve una idea del tamaño de la isla, que era larga y bastante estrecha. En todas partes las montañas, sus largas crestas, y aunque no había mucho para elegir entre la tierra del este y el oeste, era evidente que las montañas protegían la tierra del este del viento. A medida que esas mismas montañas amortiguaban el viento en el lado occidental, el viento se canalizaba e intensificaba a medida que avanzaba hacia el sur. Era física básica.

Me enfrenté al viento de nuevo, sujetándome el sombrero cuando una ráfaga repentina al momento siguiente casi me derriba. Parpadeando en mi mente estaban esos pobres paracaidistas obligados a saltar y tocar tierra, y el terror que habrían sentido al ser arrastrados por sus propios paracaídas. De alguna manera, de pie sobre esta montura con mis arenosos zapatos, capaz de inspeccionar toda la escena, trajo a casa toda la fuerza de la tragedia. Qué lugar predestinado, tan sombrío y expuesto como podría ser cualquier lugar, y cuando me volví para continuar mi camino, me sentí extrañamente privilegiado de haber formado parte, al pisar este mismo camino, en parte de su historia. Otros, pensé con cierto cinismo irónico, recorrieron el Camino.

El resto de la caminata fue cuesta abajo y con el viento detrás de mí, un poco menos fuerte cuando me sumergí por debajo de la cresta, hice un buen progreso a través de la tierra árida y pedregosa. La temperatura se sentía más caliente a sotavento de las montañas, y más caliente aún cuando la pista cortaba un camino profundo entre campos vacíos y me cortaba intermitentemente el viento. El pueblo había desaparecido de la vista, y pasó mucho tiempo antes de que volviera a ver el grupo de viviendas paralelas blancas. Caminando entre los campos vacíos sin una señal de vida a la vista, imaginé que había tomado un camino equivocado y me había perdido sin remedio. Podría caminar durante días y estar muerto antes de que alguien me encontrara. O atacado por una manada de Podencos. ¿Eran esos perros salvajes? Escuché un ladrido no muy lejos y la alarma sonó a través de mí. Tomé una piedra, por si acaso.

Entonces, de repente, estaba el pueblo justo enfrente de mí, o más bien una extensión de granjas en las afueras. Supuse que el pueblo habría sido mucho más pequeño en la década de 1950 y tal vez la iglesia fuera visible desde donde yo estaba. Tal como estaban las cosas, me sentí temporalmente perdido. No tenía idea de qué calles se habían visto obligados a recorrer los prisioneros, pero frente a un laberinto de ellos, tuve que confiar en la aplicación de mapas de mi teléfono para encontrar el camino a la iglesia.

En la esquina de una arteria en el centro del pueblo, vi un bar que anunciaba vinos y tapas. Los olores que emanaban de su cocina eran acogedores y, sin pensarlo, entré, consumido por un hambre repentina y un afán de escapar del sol.

El café era barato y alegre. Me senté en una de las tres mesas vacías y cuando llegó la mesera, pedí la tortilla en exhibición y una cerveza fría. La camarera tomó mi pedido sin sonreír ni preocuparse y se alejó de mi presencia. Solo, mi mente comenzó a reconocer mi cuerpo en secciones, primero mis pies cansados, luego mis pantorrillas rígidas y cuádriceps. Sentí una punzada en la rodilla izquierda y me di cuenta de que me estaba dando un dolor de cabeza.

Pasaron algunos coches, pero por lo demás, el pueblo estaba en silencio. Cuando llegó mi pedido, me apresuré a tomarme la cerveza, saciando una sed urgente, el líquido amargo y burbujeante desapareció por mi garganta, y no fue hasta que drené la última escoria que pensé en los prisioneros, su sed, el agua salobre que se les daba para apagarla, el cansancio que habrían sentido después de haber caminado tan lejos, el impulso de encontrarse dentro de la iglesia donde al menos hacía fresco, y una resistencia igual, dado que soportarían aún más recriminaciones del sacerdote por ser gay.

Fue solo cuando dejé la botella de cerveza vacía que había

consumido con tanta urgencia que me di cuenta de que, inadvertido, había arruinado mi comprensión de la experiencia de lo que esos hombres habían pasado justo en el pico de su terrible experiencia semanal. Siempre el Trevor para el que nací, pensé sombríamente. Castigado, apresuré la tortilla a mi panza, pagué y me fui, vaciando mis zapatos de arena en el pavimento de afuera.

Desde el café, la iglesia era fácil de encontrar. Bajé por un camino estrecho y allí estaba, a menos de cien metros. Doblé la pared lateral y vi a dos hombres parados a la sombra de un árbol al otro lado de la pequeña plaza. Pensé que probablemente eran los mismos hombres bajo el mismo árbol que había visto la última vez que visité la iglesia. Los hombres estaban charlando y no parecían notarme. Me dirigí a la entrada de la iglesia, y fue entonces cuando ambos se volvieron y miraron. Mientras intentaba empujar contra la puerta de la iglesia, noté que uno de los hombres levantaba la mano. Me llamó, pero no tenía idea de lo que estaba diciendo. Al ver la puerta abrirse, dejó caer la mano y se volvió hacia su amigo con una mirada de sorpresa.

Al entrar en la iglesia, retomé mi actitud de peregrinaje, aunque ligeramente ebrio. El aire en el interior era fresco y tranquilo y un bendito alivio del calor que se acumulaba en la plaza.

Me dirigí al banco trasero y, cuando me senté, un olor nauseabundo me golpeó. El olor me recordó a carne podrida dejada sin envolver en la basura. Estaba pútrido y, en otras circunstancias, habría dejado la iglesia. En cambio, permanecí sentado en el banco y traté de ignorar el asalto olfativo. Estaba aquí por los prisioneros. Quería imaginarlos sentados aquí a mi lado y luego haciendo fila para confesarse. Quería sentir su angustia y desesperanza y desesperación. Incliné la cabeza y cerré los ojos e imaginé el sufrimiento, la injusticia, la hipocresía. La implacable crueldad. Luego abrí los ojos y miré el altar;

Me imaginé al sacerdote vestido con sus mejores galas, y mi labio superior se curvó con desprecio.

Cristo habla de perdón y buena voluntad y de amar al prójimo; enseña parábolas como el Buen Samaritano y no juzga a nadie. Todo ese juicio vino después, de la mente y la boca del nuevo sacerdocio. Dejando a un lado los evangelios y toda la sabiduría que contenían, lo que quedó fue un edificio de condenación y artimañas, construido durante milenios, para gobernar a las masas y mantenerlas bajo control; una iglesia que se volvería feliz con su propio rebaño si se presentara la ocasión. La Inquisición no fue hace tanto tiempo, pensé, no hace tanto tiempo en absoluto, aunque el tiempo suficiente para que la humanidad la olvidara por completo. Y José y sus amigos sufrieron otra inquisición hecha especialmente para ellos. Y a nadie le importó mucho en ese momento o desde entonces, porque la Iglesia Católica les había enseñado a todos que ser gay era un pecado y que aquellos hombres que mostraban tendencias homosexuales estaban enfermos o corrompidos de alguna manera y necesitaban ser desterrados o curados. No hace tanto tiempo. Las décadas de 1950, 1960, esas décadas eran historia reciente. La generación de mis abuelos. Todo parte de la era moderna. Cuando consideré incluso ahora que había países y pueblos que condenaban a otros por sus elecciones del mismo sexo, la indignación se agitó, la indignación en nombre de Angela, hacia cualquiera que no fuera heterosexual, incluso Jackie.

El punto al que había llegado en mis cavilaciones me inquietaba por otra razón. Había sido necesaria mi apropiación literaria, un acto nacido del oportunismo, para que ocurrieran estas realizaciones y para que esta empatía se despertara. ¿Podría el bien provenir de un acto que fue fundamentalmente incorrecto? Evidentemente, podría. Pero eso no absolvió el acto en sí, y con mi nueva conciencia, me di cuenta de que tendría que vivir con la realidad de mis propios defectos y esforzarme por mejorar. Me levanté, una vez más, sorprendiéndome cayendo en el fango de la introspección. ¿Dónde estaba la empatía cuando mi pensamiento era todo sobre mí?

Me senté y miré y pensé. Conjuré a José y sus amigos en mi mente lo mejor que pude. Pero finalmente no pude presentar mis respetos a esos hombres. El olor distraía demasiado.

Con la esperanza de escapar de lo peor, caminé por el pasillo hasta el altar, solo para encontrar que el olor se hacía más fuerte. Anticipé encontrar una bolsa de basura dejada por un vagabundo. O los escolares que habían usado la iglesia como lugar de reunión para hacer un picnic carnívoro y se aburrieron de la comida.

Miré a mi alrededor, pero no había basura de ningún tipo en el piso, debajo de la mesa del altar, en el confesionario, de hecho no en ningún rincón o grieta en ese extremo de la nave.

El olor era más fuerte alrededor de la entrada de la sacristía. Llamé a la puerta. Me respondió una mosca decidida a entrar conmigo. Llamé de nuevo. Silencio. Dudé con la mano en el pomo de la puerta, preguntándome si tenía derecho a hacer un movimiento tan audaz, sin estar seguro de lo que encontraría.

Abrí la puerta e inmediatamente deseé no haberlo hecho. Todos los pensamientos de una peregrinación me abandonaron en el momento en que mis ojos se encontraron con un gran trozo de carne humana extendida en el suelo.

El cadáver miraba en otra dirección. Eché un vistazo alrededor de la habitación. Las puertas de los armarios y los cajones estaban abiertos. Había papeles esparcidos. Pero lo peor eran las moscas. Las moscas, por todas partes, festejando, y mientras mis oídos se sintonizaban con su incesante zumbido, el olor era tan intenso que retrocedí y me tapé la boca.

Afortunadamente, gran parte del cuerpo estaba oscurecido, el sacerdote no había logrado quitarse las vestiduras, pero cuando me aventuré hacia el otro lado de él, el rostro, el rostro hinchado con sus ojos de mirada de horror se imprimió en mi mente.

Salí a trompicones de la habitación, cerré la puerta y volví corriendo a través de la nave, deteniéndome en la puerta principal para recobrar mi ingenio antes de salir. No quería parecer afligido ante quienquiera que estuviera ahí fuera. Cuando el hedor persistente superó mi estado traumatizado, y abrí la puerta y salí a la brillante luz del sol, los dos ancianos ya no estaban charlando. La pequeña plaza que rodeaba la iglesia estaba vacía. Estaba aliviado.

Lo último que quería era acabar en una comisaría denunciando la muerte de un sacerdote. Pero tenía que informar de la muerte. Esos hombres me habían visto entrar a la iglesia, y podrían ser los mismos que me vieron entrar a la iglesia la semana pasada. Alguien encontraría al sacerdote y los chismes zumbarían; si no me ponía en contacto con la policía, terminaría siendo el principal sospechoso. Sin duda, terminaría siendo el principal sospechoso en cualquier caso, pero informar del cuerpo seguramente iría a mi favor.

Con las piernas temblorosas, volví directamente al café y, al ver que volvía a ser el único cliente, pedí un brandy a la joven que antes me había servido con tanta indiferencia. Esta vez pareció sorprendida y preocupada, y me preguntó en español si estaba bien, pero fingí no entender una palabra. Cuando empezó a hablar inglés, mi instinto fue fingir que yo tampoco entendía eso, pero el sentido común entró en acción y dije que estaba bien. Claramente no me creyó, así que le dije que un perro había saltado frente a mí y me había dado un susto. Ella dijo: «Oh, sigo diciendo que ese animal debería estar encerrado», y me dio una sonrisa comprensiva. Bebí el brandy de un solo trago y pedí otro. Ella obedeció. Me lo bebí también, y ella se paró y miró por unos momentos, me sirvió un tercer brandy y luego se alejó. Aprovechando la privacidad momentánea, utilicé mi traductor en línea y obtuve el número en español de la policía.

Marqué. Cuando sonó el número, mis ojos se posaron en el titular de un artículo de primera plana del periódico doblado por la mitad en el mostrador junto a mi bebida, y colgué. Reconocí el nombre de la iglesia, el pueblo, Casillas del Ángel, y una foto de quien presumí era el cura, el mismo cura actualmente hinchado y comido por moscas. Pero no fueron esos dos hechos los que me llamaron la atención. Era la cantidad escrita en negrita. Cincuenta mil euros. Mi alijo. Todo encajó en su lugar. Juan debió haberle robado el dinero en efectivo al sacerdote para pagarle a Javier por ese negocio de drogas y luego huyó de la escena. Tal vez, como yo, pensó que lo estaban siguiendo y fue y escondió el dinero en efectivo hasta que tuviera un plan de juego.

Tomé el periódico y lo llevé con mi vaso a la mesa del fondo, abrí el traductor de mi teléfono y procedí a averiguar qué decía el artículo, fechado hace diez días.

El cura, con la ayuda de un enorme esfuerzo comunitario que abarcaba todas las Islas Canarias y un año entero, había conseguido recaudar los cincuenta mil euros para el Centro de Rescate y Perros Huérfanos de Mérida, una organización benéfica para perros necesitados en Venezuela. ¿Venezuela? ¿Por qué allí? Me imaginé a Paco y Claire donando una buena suma. El sacerdote debía volar al día siguiente a Caracas y luego viajar a la otra ciudad para entregar los fondos en persona.

¡Qué idiota! ¿Por qué no puso todo ese dinero en efectivo en un banco y organizó una transferencia internacional? El artículo continuó hablando de que el dinero es un símbolo de la buena voluntad de la gente de las Islas Canarias, que tuvo una fuerte conexión con Venezuela a través de siglos de migración. Respondida mi pregunta anterior, comencé a perder interés. Seguí volviendo al hecho de que el estúpido sacerdote debería haber puesto todo ese dinero en un banco.

Quizás había ido de camino a un banco ese mismo día. O tal vez no confiaba en los bancos de las Islas Canarias o Venezuela, o le cobraban tarifas elevadas y quería que el dinero, todo, fuera directamente a los cuidadores de los perros.

Con esa cantidad de efectivo, debería haber contratado guardaespaldas.

No había ninguna indicación en el artículo de que el dinero hubiera sido robado. En lo que al periódico se refería, el dinero estaba felizmente en camino a Venezuela, bien guardado en los bolsillos del sacerdote. Un cinturón de dinero, uno habría esperado. Regresé al artículo y me abrí paso a través de los dos últimos párrafos, escribiendo secciones del texto en el sitio web de traducción. El reportero anunció hacia el final del artículo que la iglesia permanecería cerrada durante dos semanas hasta el regreso del sacerdote. «Nunca se fue». Busqué su nombre en línea y no encontré artículos sobre él, el dinero o la caridad del perro desde el día en que se suponía que se había ido. Quienquiera que haya estado involucrado en la entrega de los fondos para este fin, todos deben estar pensando que había llegado a su destino.

¿Por qué nadie había dado la alarma en el otro extremo? ¡Diez días! Seguramente alguien en la casa de los perros habría llamado, enviado un correo electrónico o un mensaje a un contacto aquí para descubrir el paradero del sacerdote. Busqué de nuevo en línea, esta vez apuntando a noticias venezolanas, pero no pude encontrar ninguna mención del cura, el dinero o la casa de los perros. Algo no cuadraba. Por otra parte, a juzgar por los titulares que aparecieron en mis búsquedas, Venezuela estaba sumida en un caos democrático considerable. Curioso, miré hacia arriba en los mapas y encontré que Mérida estaba bastante lejos de Caracas. Quizás hubo problemas de comunicación en Mérida. Quizás Mérida era el tipo de ciudad pequeña que todavía estaba encerrada en el siglo pasado o en el anterior, y la gente esperaba que las cosas sucedieran eventualmente y no necesariamente cuando estaban programadas.

Eso podría explicar por qué nadie estaba preocupado por este fin. Y por qué lo estarían. No había ninguna razón para sospechar que había habido un juego sucio. Nadie podría haber olido ese olor desde fuera de la iglesia. La sacristía no tenía ventanas. Y todos asumían que la iglesia estaba cerrada.

Me intrigaron los dos hombres que me habían visto acercarme a la iglesia la semana pasada. Quizás no eran religiosos y no sabían nada al respecto. Quizás no eran los mismos hombres que había visto al entrar en la iglesia esta vez. Quizás.

Bebí el tercer brandy, me levanté y le pedí la cuenta a la mesera y, sin esperar su respuesta, le entregué un billete de diez euros y esperé mi cambio con una impaciencia apenas reprimida y un terror creciente. La mujer pareció desconcertada. Cuando me entregó el cambio, le ofrecí una rápida sonrisa a modo de disculpa y salí por la puerta.

Fue cuesta arriba hasta la cima. El sol estaba alto y caía sobre mi espalda. El viento no existía en los tramos de pista cortados debajo de los campos y la temperatura era notablemente más alta. El sudor formaba pequeños ríos que corrían por los lados de mi cara y se escurrían por mi columna vertebral. Mis zapatos se llenaron de arena. Mi penitencia. Me negué a ralentizar mi paso. Necesitaba alejarme lo más posible de esa iglesia y rápido. A medida que me acercaba a la montura, la pendiente se acentuó considerablemente y los campos dieron paso a tierras áridas. Aquí arriba me sentí expuesto. La montaña del casquete puntiagudo se alzaba a mi derecha. El viento que apenas se había mostrado ahora soplaba en mi cara, enfriando mi piel y ralentizando mi paso de una vez. Seguí presionando, y cuando me acerqué a la cima, mi corazón latía con fuerza, estaba empapado en sudor y jadeando por aire. Luego subí a la montura y el viento, que había estado escondido como si estuviera al acecho todo este tiempo, me azotó. Me detuve y me doblé, poniendo mis manos en mis muslos. Mientras lo hacía, me imaginé a los prisioneros gimiendo por dentro al llegar al mismo punto, antes de seguir avanzando, esforzándose por mantenerse erguidos. Entonces, como yo, habrían visto la pista que tenían delante, la pista que los llevaba de regreso a Tefía, y el corazón se les habría hundido en las botas. Delante, para ellos, aguardaban sus celdas hediondas y abarrotadas, trabajos forzados y palizas brutales, comida repugnante y agua salobre.

No podía compartir su desesperación. Tenía una preocupación más inmediata. El viento se había llevado mi sombrero y el sol me quemaba el cuero cabelludo. Me di la vuelta y vi el lienzo azul atrapado en una roca en algún lugar pendiente abajo. Mis pies no tolerarían el caminar penosamente para recuperarlo. En cambio, me abrí paso por el camino estrecho, aferrándome a la cara de la montura mientras el viento y el sol me asaltaban, y decidí que Tefía tenía que ser el lugar más inhóspito de la tierra y que nunca volvería aquí. Eso lo compartí con los prisioneros. No es de extrañar que el lugar no estuviera lleno de alquileres vacacionales. Solo los fanáticos venían aquí.

Cuando llegué a tierra llana, casi corrí de regreso a la casa de campo.

UNA NOCHE EN EL HOTEL

Dentro de la cocina, bebí un vaso de agua tras otro, antes de arrancarme la ropa empapada de sudor y tomar una ducha larga y fresca. De vuelta en la cocina, abrí una lata de atún y la vertí, con aceite y todo, sobre un trozo de pan duro. Lo hice puré con un tenedor y hundí los dientes en el pan salado a pescado y mastiqué rápidamente. Podía sentir el pánico y sabía que lo mejor que podía hacer era llamar a la policía, entregar la mochila y contárselo todo. Parecería un idiota o un oportunista y posiblemente un mentiroso total, pero al menos habría hecho lo correcto. El dinero no era mío, y me sentiría moralmente en bancarrota si tuviera dinero en efectivo destinado a una organización benéfica. En todo caso, yo era el héroe de la pieza, porque si no me hubiera tropezado con esa mochila, el mundo se empobrecería en dos partes. Sin dinero de caridad y sin historia de prisión gay.

No era necesario mencionar la historia. Quienquiera que lo hubiera puesto allí presumiría que sus páginas se habían perdido una vez que se conociera la noticia. Sabía con tanta certeza como era posible, dado que la evidencia era circunstancial, que fue Juan quien había asesinado al cura, robado la

"

mochila y la había metido en esa cueva para esconder el dinero en efectivo hasta que fuera seguro recuperarlo y disfrutar del botín. La historia no era de Juan en absoluto. Sin darse cuenta, él también lo había robado.

Mis pensamientos se detuvieron al darme cuenta de que la historia había sido puesta allí para que la encontrara el sacerdote muerto, o si no el sacerdote, quienquiera que estuviera esperando el dinero en efectivo en Venezuela. ¿Un escritor anónimo que quiere señalar con el dedo a la Iglesia católica, o a Franco, y dar a conocer la historia de la prisión al mundo? Era un gesto bastante patético, dada la ubicación de Mérida. Una editorial en Londres o Nueva York habría sido una mejor apuesta.

Instantáneamente vi mi traducción subrepticia como un servicio vital para la humanidad, porque el sacerdote, si hubiera encontrado ese manuscrito, podría haber rasgado esas páginas en pedazos diminutos y haberlas quemado. O, si hubiera sido un buen sacerdote, tal vez hubiera intentado hacer algo con ellos, pero ¿de qué serviría? En cualquier caso, era mi deber convertir esas palabras en la mejor prosa que jamás haya existido.

Cuando llamé a la policía, evitaría toda mención del manuscrito. Tuve que repetir el pensamiento varias veces para asegurarme de no cometer un desliz. Antes de hacer la llamada, también necesitaba calmarme. Tomar algunas notas mientras la caminata aún estaba fresca en mi mente, me pareció una buena idea. Me senté a la mesa del comedor. Cuando abrí mi laptop, Skype cobró vida y el corazón se me subió a la garganta.

Era Angela.

Debo haber parecido sorprendido de verla porque ella me miró con los ojos entrecerrados, luego sonrió y dijo:

—¿Te estoy molestando?

—Para nada —mentí.

Me miró, su rostro llenó la pantalla.

—Pareces, no lo sé, nervioso.

—He salido a dar un paseo.

—Uno largo, por tu aspecto.

—Lo fue, como sucede. ¿Querías algo?

—Solo quería tu reacción —dijo ella, moviéndose en su asiento con una sonrisa.

—¿Qué reacción? —dije desconcertado.

—Sobre Sandra Flint.

—Oh, eso —dije, desinflado instantáneamente. Realmente no quería hablar de Flint y su premio mal habido.

—Pero es increíble, ¿no crees?

—¿Que merecía ganar? Difícilmente. Yo lo escribi.

Angela parecía confundida.

—Pero, ¿qué opinas de su declaración? Para ser honesta, creo que será por motivos fiscales, pero aún así.

—¿De qué estás hablando? —Me impacienté.

Su boca se abrió una fracción cuando la comprensión de que yo no tenía ni idea de lo que estaba diciendo se filtró en su mente. Luego dijo:

—Sandra Flint está donando todo el dinero de su premio a la caridad.

Me permití una mueca privada. Flint tenía más riquezas de las que sabía qué hacer. Angela probablemente tenía razón, la donación podría haber tenido algo que ver con los impuestos de Flint, y también era una estrategia excelente para obtener la máxima publicidad, y sin duda las ventas de libros se dispararían.

—¿Qué caridad? —pregunté, sin el menor interés.

—Espera. —Desapareció de mi vista por un momento. Cuando regresó, dijo—: El Centro de Rescate y Perros Huérfanos de Mérida.

Casi me caigo de mi silla.

Angela malinterpretó mi reacción y dijo:

—Sí, pensé que su elección era bastante extraña. Pero Juliette me dice que el esposo de Flint es de Venezuela.

—Increíble. —Fue todo lo que se me ocurrió decir.

—Sabía que la noticia te resultaría asombrosa. Tengo que correr. —Se despidió alegremente—. Diviértete y que tu musa te inspire.

¿Asombrosa? Eso apenas lo cubrió. Mi mente estaba dando vueltas con la noticia. Flint había obsequiado a la caridad de Mérida los cincuenta mil que el sacerdote muerto había querido entregar. Su generoso regalo se sintió como una intervención divina y una recompensa por mi esfuerzo de escritura fantasma, todo a la vez. La organización benéfica obtendría su dinero y yo podría conservar mi alijo con la conciencia relativamente tranquila. El caso, que involucra dos muertes y el dinero perdido, quedaría sin resolver y sin la evidencia crucial de la mochila, la policía tendría un trabajo difícil para vincular el cadáver en la playa con el sacerdote muerto en la iglesia, pero ¿qué me importaba? Dejaría que los policías se ocuparan. Quizás resolverían algunos otros crímenes en el proceso. Al tomar el efectivo, también les estaba haciendo un favor a Paco, Claire y Mario, al ayudar a preservar la reputación de su pariente fallecido. Mientras que, pensé, repentinamente emocionado de ser exonerado del peso de la culpa, si entregaba el dinero en efectivo, Juan sería el principal sospechoso del asesinato del sacerdote, incapaz de ofrecer su defensa desde la tumba.

En mi mente, Juan había matado al cura, se había largado con el dinero en efectivo y el manuscrito, y había escondido su botín en una cueva marina. A su salida de la cueva, mientras intentaba regresar a Puertito, quedó atrapado en una corriente y lo arrastró por la costa hasta que se ahogó y luego fue arrastrado a esa playa aislada. Dejemos que los gustos del autor que Angela mencionó, Richard Parry, si mal no recuerdo, se le ocurran alternativas ficticias a ese escenario. Que sea él quien inyecte complejidad en forma de otros sospechosos. No quería considerar la posibilidad de que alguien más matara al cura y también a Juan, y Fuerteventura tuviera un asesino suelto. Además, si ese fuera el caso, la policía sin duda lo resolvería.

Empecé a empacar mis cosas, ansioso por dejar atrás la casa de campo y Tefía. Mi vuelo no salía hasta la mañana siguiente, pero pensé en registrarme en un hotel de la ciudad para ver si podía transferir parte del efectivo.

En el dormitorio, saqué el contenido de la mochila y lo esparcí por la cama con dosel. La ropa, los zapatos y el protector solar los metí en una bolsa de plástico, pensando en tirarlos a un bote de basura en Puerto del Rosario. En mi maleta empaqué el efectivo. Eso dejó el teléfono. Curioso, lo encendí. Había dos llamadas perdidas a las que no tenía intención de responder, y un mensaje solitario. Lo abrí.

¿Subiste bien a tu vuelo? Espero que estés teniendo buen clima en Caracas.

¿El teléfono pertenecía al cura? Tenía la razón. Era una prueba más condenatoria de que el asesino y el poseedor de esa mochila eran la misma persona.

Presioné el botón de apagado en caso de que el teléfono cobrara vida con otra llamada. Necesitaba deshacerme de él. No en la basura de Puerto del Rosario. Lo llevaría conmigo al aeropuerto y lo tiraría en un contenedor allí, sin la tarjeta SIM.

Antes de salir del dormitorio, eché una última mirada por la ventana, a la vista de la llanura rocosa y el molino de viento que marcaba el sitio de la prisión. Se levantaron nubes sin lluvia. Un coche se precipitó por la carretera en dirección sur. Dudaba que alguna vez volviera aquí, y fue con cierta solemnidad que me regrese a la habitación y recogí mi maleta y la mochila.

Cargué el auto y luego hice un barrido final de habitación en habitación asegurándome de no haber dejado nada atrás. Cuando cerré la puerta principal y deposité la llave debajo de la alfombra, sucumbí a una ola de nostalgia. Se suponía que la casa de campo habría sido mi hogar durante algunos meses. Le digo adiós a la vieja piedra.

Insertar la llave de encendido despertó una nueva ola de ansiedad mezclada con anticipación. Estuve a punto de escapar con mi botín. Por delante de mí en Inglaterra, me enfrentaba a un nuevo futuro brillante lleno de promesas. En menos de dos semanas, me había transformado de un desgraciado deprimido revolcándose en la miseria del divorcio y varios resentimientos, en un hombre optimista listo para comenzar su propia carrera literaria. Ya no un fantasma.

El viaje por la isla fue agradable. La sensación de irme, el conocimiento de que no estaría conduciendo en la otra dirección, me llevó a preguntarme cómo debió de sentirse cuando esos prisioneros fueron liberados. A diferencia de mí, no volaron para comenzar una nueva vida. Se enfrentaron a una especie de purgatorio sin cielo al final. A diferencia de mí, habían viajado a un futuro sombrío, incierto y peligroso. Un futuro de compromiso o condena. O, sin futuro en absoluto. Diferente a mí.

Mi primera tarea en Puerto del Rosario era encontrar un servicio de transferencia bancaria. Llamé a un banco, hice mi consulta y me dirigieron a un lugar en Corralejo. ¿Seguramente había algún lugar en Puerto? ¡Como si estuviera a punto de conducir hasta Corralejo! El hombre me miró con desdén y me informó en un inglés adecuado y, me atrevo a decirlo, sarcástico, que el único lugar de la isla donde la gente quería hacer ese tipo de cosas era en Corralejo. Miró detrás de mí como para atender a la siguiente persona en la fila. No había otro en la fila. Con el ceño fruncido, salí del banco y escudriñé el pavimento. La ciudad estaba ocupada, nadie se fijaba en nadie más. Había un pequeño bote de basura en la plaza al otro lado de la calle. Metí la mano en el bolsillo del pantalón y extraje el teléfono del sacerdote, acercándome a la pared del banco para extraer la tarjeta SIM. Luego, con un paso casual, me acerqué a la papelera y me deshice del teléfono. Seguí caminando. Tomé una calle lateral y luego otra. Cuando estuve seguro de que nadie estaba mirando, dejé caer la SIM en la alcantarilla. Se me ocurrió que tal vez debería haber tirado la tarjeta SIM por la ventanilla del coche, pero ya era demasiado tarde. Me apresuré a regresar a mi coche y me marché, dejando atrás la congestión de la ciudad y dirigiéndome hacia el sur, en dirección al aeropuerto.

Me registré en un hotel caro frente al mar en las afueras de la ciudad y me encontré en una habitación espaciosa y moderna con una ventana que daba al océano. Asombroso como era, con poco que hacer para ocupar mi tiempo, leí mi historia en mi laptop, reflexionando sobre los puntos de expansión. Después de todo, no había forma de que Trevor Moore estuviera a punto de conformarse con haber escrito una noveleta. Pensé que podría hacer que José se casara y reprimiera su sexualidad en lugar de saltar por un precipicio; ese final realmente era demasiado melodramático y cortaba numerosas escenas posibles. Realmente, el suicidio era la única razón por la que el trabajo era demasiado corto.

Una vez que los prisioneros cumplieron sus condenas, no se les permitió regresar a sus islas hasta cinco años. Fueron sometidos a vigilancia por delegados judiciales. Tenían que presentarse en la comisaría una vez al mes o terminar de nuevo en Tefía. Era casi imposible encontrar trabajo porque tenían antecedentes penales. Nadie quería conocerlos. Terminaron trabajando como semiesclavos o como prostitutas. Probablemente, muchos de los hombres saltaron de acantilados. Podría incorporar todo eso y hacer que mi protagonista sobreviva para contar la historia.

Había algo en la idea de una doble vida que me atraía. José podría convertirse en un devoto esposo y padre de numerosos hijos y albergar profundos antojos que estaría obligado a reprimir. Un alma torturada para siempre en desacuerdo con sus propios deseos. Un hombre dividido, viviendo una mentira, una farsa que con el tiempo moldearía su psique, deformaría sus cavilaciones internas, alimentaría todo tipo de distorsiones y sueños perturbadores. Y nunca, ni una sola vez, hablaría de Tefía, ni a su esposa y, desde luego, a sus hijos. Si alguna vez se encontrara con otro prisionero en la calle, miraría fijamente sin reconocerlo mientras pasaba.

La reescritura transformaría la historia en algo menos y más perturbador; al mismo tiempo, amplíe el trabajo lo suficiente como para garantizar la etiqueta de novela. Redacté escenas, conjuré personajes e investigué escenarios.

El único descanso que tomé de mi escritura fue una carrera en busca de un contenedor municipal para deshacerme de la bolsa de plástico y su contenido incriminatorio. No fue el viaje más agradable, terminé teniendo que regresar a Puerto del Rosario, y mis ojos estaban por todas partes anticipando a la policía o, peor aún, a alguien del gimnasio. Después de encontrar por fin una papelera en una calle lateral, me dirigí hacia atrás, me estacioné en el estacionamiento y me apresuré a volver al hotel. A medida que avanzaba, noté la arquitectura de estilo compuesto, un edificio largo y bajo con grandes ventanas en arco en el frente y un techo plano, que recuerda de manera curiosa al albergue de Tefía y, también como Tefía, ubicado en el medio de la nada, ciertamente al final de un tramo de playa de aspecto salvaje. Detrás del hotel estaba la autovía que era la principal vía arterial de la isla, un puñado de urbanizaciones y luego las montañas. Era como si el hotel hubiera sido colocado en su propio lugar ideal esperando algún tipo de compañero.

No queriendo ojos innecesarios en mi cara, fui directamente a mi habitación y ordené al servicio de habitaciones. Pasé la noche bebiendo unas deliciosas ostras rojas seguidas de un bistec maravillosamente cocinado. Satisfecho, escaneé mis correos electrónicos y acepté tres trabajos de escritura fantasma. Un agradable resplandor me invadió. Incluso me sentí predispuesto a escribirle a Jackie un correo electrónico para hacerle saber que volvería a Londres al día siguiente. Luego les envié a Ian y Felicity un correo electrónico a cada uno, diciéndoles que los extrañaba y que esperaba que estuvieran bien y que se mantuvieran al día con sus estudios y les pregunté si podían dedicar unas horas para ponerse al día con su padre. Pensé en los regalos costosos que podría comprarles con mi nuevo dinero. No demasiado lujoso, no quisiera despertar sospechas, solo lo suficiente para hacerles saber lo mucho que me importaban. No había tenido noticias de ninguno de ellos. Pero no esperaba tenerlas. Saqué una foto de ellos que guardaba en mi billetera, sonreí ante sus rostros alegres e inocentes, Felicity con sus frenillos de alambre enderezándole los dientes e Ian con un toque de acné. Esa era una foto antigua, tomada en un fotomatón en un viaje de un día a Madame Tussauds. Guardé la foto en mi billetera y encendí la televisión.

A la mañana siguiente, reprimí mis ansiedades lo suficiente como para disfrutar de un suntuoso desayuno buffet, lleno de huevos, tocino, salchichas, champiñones fritos, tomates asados, pan tostado, café, jugo, un pastel danés, y fue solo cuando fui a buscar un segundo café que recogí el periódico local. No necesitaba un traductor en línea para entender el título. Habían encontrado al sacerdote. Miré alrededor del comedor. Nadie se fijaba en mí. Me obligué a beber mi café antes de ponerme de pie y caminar casualmente de regreso a mi habitación. No había necesidad de entrar en pánico. No había nada que me vinculara con el asesinato. Nada. La única prueba era la mochila y la tenía a salvo en mi poder.

Me recompuse y salí del hotel, llegando al aeropuerto dos horas antes de la salida de mi vuelo. El día se estaba calentando, y los veraneantes monótonos poco a poco entraban en el edificio. Estacioné el coche, agarré mi equipaje y seguí a los demás. Al acercarme a la puerta, vi que adentro, la entrada estaba custodiada por dos policías. Pensé que tal vez eso era normal o que había habido un susto de seguridad. Pensé eso en un esfuerzo por calmar las náuseas que subían por mi estómago mientras mi desayuno se cuajaba. Cuando entré con mi equipaje, uno de los oficiales dio un paso atrás para dejarme pasar, lo cual encontré un gesto decente y me relajé.

Depositar las llaves del coche en la caja proporcionada por el servicio de alquiler parecía marcar una línea bajo mi presencia en la isla. Subiría al avión y cruzaría el Atlántico y, en mi mente, ya me estaba mudando a mi nuevo hogar en Norfolk.

Caminé hacia el mostrador de facturación y me uní a la cola, manteniendo una expresión indiferente en mi rostro y evitando las miradas. La cola se acortó a trompicones cuando algunas parejas siguieron a los grandes grupos familiares. Mientras me acercaba al escritorio, noté a dos hombres uniformados de pie detrás del asistente de facturación. Miraron fijamente a la cola y, por un momento repugnante, sentí sus miradas sobre mí. Me dije a mí mismo que debía deshacerme de la paranoia, rápido. Lo último que quería era despertar sospechas, no con cincuenta mil euros en la maleta. Me maldije por no esforzarme más en encontrar algún lugar en Puerto del Rosario para hacer una transferencia internacional. Quizás debería haber escuchado a ese cajero altivo en el banco e irme a Corralejo, pero no estaba de humor para viajar por la costa y volver.

Miré detrás de mí y los dos policías con los que me había cruzado en mi camino hacia el aeropuerto estaban como estatuas mirando hacia abajo en mi fila. Era evidente que alguien delante o detrás de mí estaba metido en algún tipo de problema.

Fue solo cuando llegué al escritorio que me di cuenta de que la atención de los cuatro oficiales no estaba en nadie más que en mí. Antes de que tuviera la oportunidad de colocar mi maleta en la balanza, uno de los oficiales dijo:

—¿Es usted Trevor Moore?

—Eso es correcto. —Difícilmente podría mentir.

—Venga con nosotros, señor.

Mis entrañas se desplomaron. Sentí los ojos de todos los turistas en el aeropuerto atravesándome como si fueran dagas pequeñas mientras los oficiales me llevaban. Mi mente se aceleró. ¿Quién había informado a la policía? ¿Alguien en el gimnasio? Pero ninguno de ellos sabía nada. ¿Los ancianos fuera de la iglesia? Pero, ¿cómo estableció la policía el vínculo entre el extraño que habían visto y yo? Lo mismo ocurrió con la mesera del café. ¿O no? ¿Y Paco y Claire? ¿Y si hubieran leído el mismo periódico que yo y, sospechando que me había quedado con el efectivo, hubieran informado a la policía? Esperaba que lo hubieran hecho. Porque al menos me absolvería del crimen de asesinato.

Me llevaron a una habitación pequeña sin ventanas y me dijeron que me sentara.

LIBROS Y SITIOS WEB CONSULTADOS

Richard Cleminson y Francisco Vázquez García, *«Los Invisibles»: Una historia de la homosexualidad masculina en España, 1850-1940*.

Carlos David Aguiar García, *La provincia de Santa Cruz de Tenerife entre dos dictaduras (1923-1945). Hambre y orden*, Universidad de Barcelona, 2012.

Miguel Ángel Sosa Machín, Viaje al centro de la infamia, autopublicado, 2012

Dr. Daniel Vallès Muñío, *La Privación de Libertad de Los Homosexuales en el Franquismo y su Asimilación al Alta en la Seguridad Social*, Universidad de Barcelona, 2017.

Video - La Memoria Silenciada Tefía 1 -https://www.youtube.com/watch?v=-wW-7XHuwz8&t=571s

Video La Memoria Silenciada Tefía 2 -https://www.youtube.com/watch?time_continue=9&v=GU2o-exy8q4

Video Carcel de Tefía -https://www.youtube.com/watch?v=
RT19zfx1AJ8&t=179s

Artículo de periódico - http://eldia.es/vivir/2005-07-31/1-
centenar-gays-estuvieron-presos-Fuerteventura-
franquismo.htm

Artículo en línea - http://www.nodo50.org/despage/Nues-
tra%20Historia/verdad%20historica/estrellarosa.htm

Artículo en línea - http://www.tamaimos.com/2012/06/28/
memoria-historica-canaria-xii-la-colonia-agricola-
penitenciararia-de-tefia/

Artículo de periódico - http://eldia.es/canarias/2008-05-18/6-
Auschwitz-Fuerteventura.htm

Artículo en línea http://www.javilarrauri.com/
represaliados/octavio_garcia.html

AGRADECIMIENTOS

Este libro no podría haberse escrito sin el apoyo y el aliento de mi madre, Margaret Rodgers. También estoy en deuda con mi viejo amigo Domingo Díaz Barrios de Haría, Lanzarote, que me habló de la prisión en 1989, y Miguel Medina Rodríguez, también de Haría, que me habló muchas veces de la prisión e incluso pasó por delante de ella en una de nuestras visitas a la isla y me la señaló. Un sincero agradecimiento a todos los que me animaron a abordar este tema. Un agradecimiento especial a mi editora, Veronica Schwarz por su mirada aguda y diligencia. Y mi gratitud a Miika Hannila y al equipo de Next Chapter por su continuo apoyo y fe en mi escritura.

BIOGRAFÍA DE LA AUTORA

Isobel Blackthorn es una autora galardonada de ficción única y atrayente. Escribe thrillers psicológicos oscuros, misterios y ficción contemporánea y literaria. Isobel fue preseleccionada para el premio Ada Cambridge Prose 2019 por su cuento biográfico, «Nothing to Declare». *The Legacy of Old Gran Parks* es ganadora de los Raven Awards 2019. Isobel tiene un doctorado de la Universidad de Western Sydney, por su investigación sobre los trabajos de la teósofa Alice A. Bailey, la «Madre de la Nueva Era». Es la autora de *The Unlikely Occultist: una novela biográfica de Alice A. Bailey. Una prisión al sol* es su tercera novela de las Islas Canarias.

Querido lector,

Esperamos que hayas disfrutado leyendo *Una prisión al sol*. Tómese un momento para dejar una reseña, incluso si es breve. Tu opinión es importante para nosotros.

Atentamente,

Isobel Blackthorn y el equipo de Next Chapter

Una Prisión Al Sol
ISBN: 978-4-82412-175-2

Publicado por
Next Chapter
1-60-20 Minami-Otsuka
170-0005 Toshima-Ku, Tokyo
+818035793528

19 diciembre 2021